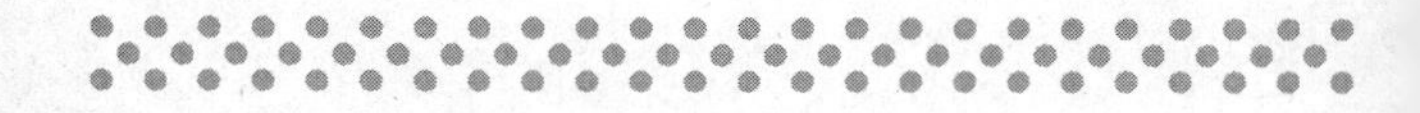

野いちご文庫

あのね、聞いて。「きみが好き」

嶺央

STARTS
スターツ出版株式会社

contents

Episode 1

Episode 2

Episode 3

Episode 4

Episode 5

Mion Yoshino

吉野（よしの）美音（みおん）

親の転勤で転校してきた高校二年生。進行性の難聴を患い、辛い学校生活を送っていた。転校先でも友だちをつくらないと決めていたが……。

染井（そめい）奏人（かなと）

美音の転校先の高校のクラスメート。ひとりぼっちで心を閉ざしていた美音に優しい声をかける。でも、それにはある理由があって……。

Kanato Somei

宇佐美璃子（うさみりこ）

斗真の幼なじみで、奏人とは中学時代からの友達。おしゃれでしっかり者。見た目が派手で目立つグループにいるが、優しい。美音のよき理解者。

志馬野斗真（しまのとうま）

学校で目立つ人気者で、奏人とは中学からの親友。一見チャラくて口は悪いけど、実は友だち思いで正義感がある。大学生の兄がひとりいる。

Toma Shimano

こんなにもきみのことが好きなのに
不思議なことに「いつから好きか？」と聞かれたら答えられない
でも……
あの日、あの時
もっときみの声を聞いていたい
きっとそう思った時から
きみに恋をしていたんだと思います
きみはいつだって
私にとって
僕にとって
声という、とても美しい音を奏でる人でした

Episode 1

ソメイヨシノの下で

四月。

午後七時をまわった頃、私は病院のすぐそばにある橋の上から河原に咲く桜をぼんやりと眺めていた。

ここから落ちたら死んじゃうのかな。

橋の下を流れる川を見つめながらそんなことを考えてみたけれど、実際に川はそれほど深くないし流れも穏やか。カナヅチの私でもおぼれることはないだろう。

日が落ちてあたりが暗くなってくると、星たちが顔を出してきた。

あぁ、やっぱり……、田舎は空がとてもきれい。まるで、プラネタリウムにでもいるみたい。

私はこの春休みに、お父さんの急な転勤で東京から遠く離れたこの田舎町へと引っ越してきた。東京ではあちこちにあるコンビニや高層ビル、車や人々が忙しく行きかう広いスクランブル交差点も見当たらない。手つかずの自然に囲まれ、のどかな田んぼの風景が広がる。都会生まれ、都会育ちの私としては、少し不便だとは思うけれど。

きっと少しずつ慣れてくるだろう。

私は耳が聞こえづらい。

小学生の時、両耳に進行性の難聴を患った私は、治療の甲斐なく悪化していき、今は進行が落ち着いているけど、回復は見込めないと診断された。

突然、難聴が急激に悪化してしまう日がくるかもしれない。それは明日かもしれないし、何十年後かもしれないし、誰にもわからない。

私に訪れるかもしれない未来は……失聴、聾。そうなれば、私の世界から音が消える。なにも聞こえなくなったら、いったいどうやって生きていけばいいの？　考えると、不安に押しつぶされそうになる。

だけど……、心のどこかでは「別にどうでもいいや」と、投げやりになる私もいた。そうなったところで、どうせ今とたいして変わりはしないのだから。

私は生まれた時からの難聴ではないから、言葉を覚えることができたし理解もできるし、会話もできる。それでもやっぱり、みんなみたいにスムーズではなくて、苦労することもある。

騒がしい場所ではまったく聞きとれないし、自分の声さえも聞こえずうまく話せないことがある。どの方向から声をかけられているのかわからない時もあるし、声をかけられても気づけないことも。

「もう一度話して」「もう一度聞いて」。そう頼んでも、「あー。なんでもないや」「聞こえないからしかたないよ」と、めんどくさがられてしまうことも多かった。

みんなより少し聞こえづらいだけなのに。

いつもこの〝少し〟がみんなと私を大きく引きはなす。ほんの少し人とズレてしまうと、なにもかもうまくいかなくなる。少し前まではみんなとうまくできていたのに。それはとてももどかしくて、歯がゆくて。私はずっとそんな思いばかりをしながら生きてきたんだ。

〝美音ちゃん、私と会話したくないんでしょ？〟

〝美音ちゃんは、聞こえていないわけじゃないのに、聞こえないフリして無視するから感じ悪い〟

小学生の時、仲のよかった友だちとうまく会話ができずに怒らせて嫌われてしまった。まったく聞こえない両耳失聴者とは違う難聴者だから、『聞こえていないわけじゃないけど、聞こえないの』という矛盾は理解してもらえなかった。

中学生になると、心ない言葉でたくさん傷つけられた。

補聴器をからかわれたり、時にはわざと大声で悪口を言われたり、いじめにも遭った。

そんな人たちに負けたくなかった。ゆっくり大きな声で話すことを心がけ、筆談したり、会話をする時は必ず相手の口の動きを見る癖をつけたり、一生懸命覚えた手話をみんなにも覚えてもらい、広めようともした。自分なりに周りに溶けこもうと必死に努力してきたつもりだった。それでも……。

〝お前さ、もう話しかけないでくれる？〟

そんなこと言われてしまったら。やっぱり私はみんなと同じようにはできないんだって思ったら、どんどん人の目が気になるようになって、しゃべり方や耳の悪さを指摘されるのが嫌で、周りを遠ざけて最後は人と関わることをやめた。そうしたら、驚くほど心が軽くなった。初めからそうしていればよかったんだ。周りに無理に合わせる必要なんてなかった。人が人を傷つけるなら、ひとりでいれば傷つくことはない。逃げ道はこんなにもすぐそばにあった。

おしゃべりが大好きだった私は、今ではもう必要最低限の会話しかしなくなって、口数はめっきり減った。からかわれるのが嫌で補聴器も取った。もう二度と誰かと一緒にいたいなんて願っちゃいけない。小さな殻に閉じこもり、ひとりぼっちで生きる道を選んだ。私の人生ってきっと、そんなもの、そう思っていた。

「桜、好きなの？」

……え？　突然、誰かに声をかけられた。それは、私の耳にもスーッと入ってくるような、とてもきれいな透きとおったやわらかな声だった。こんなにも聞こえやすい声は初めて。

「下のほうがもっときれいに見られるよ」

咄嗟に周りを見まわすと、いつの間にか私のすぐそばに同じ歳くらいの男の子が立っていた。つやのある黒い髪を風になびかせながら、河原の桜の木を指差す男の子。細身で手足がスラッと長い彼は、身長一五五センチの私と比べて軽く二十センチは身長差がありそう。雪のように肌が白く、まつ毛が長くて黒目の大きな優しそうな目が印象的で、男の子なのにきれいという言葉が似合う、どこか中性的で整った顔立ちをしている。すっかり見惚れていた私ははっと我に返り、首を横にブンブンと振った。

「下で見るよりも、ここがいいの？」

コクリとうなずく。

「高いところが好き？」

別にそういうわけじゃないけど、もう一度コクリとうなずく。

「そっか。そっか。僕も高いところ好きだよ」そう言って笑いながら私の隣に並ぶと、欄干に腕を置き、遠くに見える桜を眺めた。

初対面なのに気さくな人……。私は若干気まずいながらも隣に並んだまま、ちらりと横を見た。黒い髪がうしろに流れると、口元が締まり鼻筋の通った横顔や柔和で大きな瞳があらわになって、とてもきれいだなぁ……と思った。

「ねぇ」

「……っ!?」

無意識に男の子の横顔を見つめていたら、急にこっちを向くからビックリした。私は驚きつつも「……なに？」と首をかしげる。

「名前、聞いてもいい？」

な、名前？　どうして名前なんて聞くんだろう。

「吉野……吉野美音」。

不審に思いながらも、小さな声でつぶやいた。静かな場所だし彼の声はちゃんと聞こえてくるかな？　こいつは変だ、と思われたくなくて、気になってしまう。

「ヨシノ……ミオン？　ヨシノ、ヨシノ……、あっ！」

え？　なに？

男の子は私の苗字をつぶやくと、急になにか思いついたかのように「僕の名前は、染井奏人」と、微笑んで自己紹介をした。

染井奏人……。

「あそこに咲いてる桜、ソメイヨシノっていうんだけどさ」

一瞬、頭の中が「?」になったけれど、すぐに染井くんがなにを言いたいのかわかった。「染井」と「吉野」で「ソメイヨシノ」。ふたりの苗字をつなげると、ソメイヨシノになるんだ。

「意味わかった？」

少し遅れて理解した私に、染井くんはちょっと笑う。

「僕は『染』めるに井戸の『井』で染井なんだけど、ヨシノってどんな漢字？」

「えっ？　あ、えっと……。大吉の『吉』に野原の『野』」

「本当に？　それなら漢字もピッタリ同じだよ。すごいね。偶然」

そうなんだ……。ソメイヨシノは漢字で染井吉野って書くんだ。知らなかった。

「ねぇ、やっぱり河原に行こうよ。一緒にソメイヨシノを見に。近くで見たらもっときれいだから」

染井くんは私の腕をギュッとつかむと歩きだした。あ、ちょっと……！　突然のことに思わずビックリしてしまったけれど、そのまま彼のあとをついていった。

目の前には川が流れているけれど、私に川のせせらぎは聞こえない。染井くんには聞こえているのだろうか。そんなことをぼんやりと考えながらそっとソメイヨシノを見上げる。

わぁ……すごい。

間近で見るソメイヨシノは、染井くんが言うとおり、橋の上から見るよりも何倍もきれいだった。私たちの背の何倍もの高さがあり、薄暗い中ぼんやりと花あかりを灯す。薄ピンク色の小さな花びらが、月明かりに照らされ宝石のようにキラキラ光っている。雲のようにやわらかな桃色景色も、粉雪のようにゆっくり舞いおちる零れ桜も。そのすべてがあまりにも美しく幻想的で目が離せなくなる。

「ほら、きれいだろ？」

あまりの美しさに感激して目を輝かせている私を見て、染井くんはクスリと笑った。

「毎年ここがいちばんきれいに咲くんだよ。知ってた？」

私は首を横に振った。だって引っ越してきたばかりだから。

「春のソメイヨシノはピンク色だけど、夏は葉が生い茂って緑色になる。秋には紅葉して、冬は葉を落として春が来るのをじっと待っている」

染井くんの手のひらに桜の花びらが落ちる。そのままぎゅっと握りしめると、

「そんなふうに季節ごとに表情が変わるこの木を見ていると『あー。またこの景色を見ることができたんだなー』ってうれしく思えるんだよ」

独り言のようにつぶやいた。どういう意味、なのだろう?

「気に入った？　この場所」

ぼーっと染井くんの横顔を見てた私は、あわててうなずく。

「だよね。僕のお気に入りの場所なんだ」

ニコッと染井くんが笑う。彼はよく笑う人だ。それからしばらくの間、お互い言葉を発することなくソメイヨシノを見上げていた。

「ねぇ、さっきから誰か呼んでるよ」

「えっ？」

「ほら。あそこ。美音って叫んでるけど……」

彼が指差す河原の上を見た。あ、お母さんだ。さっきまで、新しい病院の先生に挨拶をしにいっていた。お母さんは先生との話が終わって、先に病院から出ていた私を迎えにきたんだ。

「お母さん？」

「うん」

私にはお母さんの声は聞こえていなかった。お母さんの声に気づかなかった私のことを、染井くんは絶対不審に思ったはず。

『聞こえなかったの？』

どうか私にそうやって聞かないでほしいと心の中で願った。

「そっか。ごめんね。勝手に連れてきちゃって。またね」

私の心配をよそに、染井くんはとくになにも指摘することなく、バイバイと手を振った。

あぁ、よかった……。ホッとすると同時に、なにを言われるのかビクビクしている自分がとても情けなかった。

「またね」

そんな言葉を交わしたって、きっともう会うことはないんだろう。

「美音、さっきの子は誰？　もう新しい友だちができたのー？」

駐車場に向かう途中、お母さんがうれしそうに聞いてきたので私はすぐに否定した。別に友だちになったわけじゃない。声をかけられて、一緒にソメイヨシノを見ただけ。

車に乗りこんで、お母さんの運転で家へと帰る。

河原の横を通りすぎながら、さっきまで自分のいた場所を見ると、ソメイヨシノのそばに染井くんの姿はもうなかった。帰ったのかな……。あたりにはもう誰もいない。ソメイヨシノはあんなにも大きくて堂々と咲きほこっているのに、あの場所に桜の木はたった一本しかないからかな？　ヒラヒラと花びらが散りはじめた桜の木は儚げで、私にはなんだかとてもさみしそうに見えた。

それは「自分のそばに誰もいなくても平気だ」って強がって主張しているかのようで。散ってゆく花びらは、まるでソメイヨシノの涙みたいだった。私たちが出会ったのはそんな、夜。

ソメイヨシノの下で、きみと同じ春を見た。

仲良くなろうよ

それから数日後。

短い春休みが終わり、新学期の初日。今日から私は高校二年生になる。

転校先の真新しい白のセーラー服に身を包み、まだ慣れない道を歩く。時折(ときおり)吹く心地いい春風が薄水色のスカーフをふわりと揺(ゆ)らす。

私が通う公立高校は家から徒歩二十分ほどの場所にある。左を見れば川。右を見ればば田んぼ。のどかな時間が流れている静かな通学路だ。

今日は始業式だけれど、登校初日はまっすぐ職員室へ来るように言われていたので、上履(うわばき)に履きかえると私はそのまま向かった。

職員室の前で待っていた担任の先生は私を見つけると軽く手を上げて「おはよう」と挨拶(あいさつ)をしたので私もぺこりと頭を下げた。

「あ、そうそう。耳のことやけど……」

先生が少し遠慮(えんりょ)がちに口を開いた。

「クラスの奴らには俺から話してええか？」

学校にはあらかじめ難聴のことは伝えてあるから、先生ももちろん知っている。本当は誰にも知られたくはないけれど、先生は立場上、把握しておかなければならないことだからしょうがない。私はそんなことを考えながら「はい、お願いします」と頭を下げた。

チャイムが鳴り、ちょうど始業式も終わる頃、先生と教室へと向かった。

「あいつら席に座らせるに。ちょっとここで待っとって」

言われたとおり教室の前でおとなしく待つ。そういえば、先生から聞いた説明では、この学校は三年間クラス替えもないし担任も変わらないらしい。

「おらー。お前ら席につけー。一、二、三……って。なーんか空席が多いような気するけど……。まぁええわ。今日は転校生を紹介する。吉野、入ってこい」

先生は大きな声で呼んだ。私は教室に入ると教壇に立つ先生の隣に並んだ。かわりばえのない教室に突然やってきた転校生に当然みんなは注目する。

「えー。東京から越してきた吉野美音や」

「東京⁉ やべー！ すげー都会っ子やん！」

東京の人がそんなに珍しいのか、はたまた都会に憧れているのか、なにやら盛りあがっている。

「吉野は難聴を患っていて、聞こえが悪いそうや。やで、吉野が過ごしやすい学校生活を送れるようみんなで協力してやれ」

〝難聴〟その言葉にクラスの空気が一瞬にして変わったのを感じた。

「難聴ってなに？　障がい？」

「聞こえないん？　やばくない？」

突き刺さる視線とヒソヒソ声。なにを言われているのかなんて、聞こえなくてもその見慣れた口の動きと表情でよくわかる。思わずうつむいてしまった。

あれ、おかしいな、どうしてうつむくの。大丈夫だよこんなの。だって私は、この光景を何度も何度も見てきたじゃん。もう慣れっこ。平気なはず。

ギュッと目をつむり手を握りしめる。その拳はカタカタと震えた。

「あたし、たぶんあの子と仲良くなれやんわぁ……」

本当にこれっぽっちも辛くなんかない……。

「先生ー！　おっはよー！」

突然、元気な挨拶とともに勢いよくドアが開いた。ビックリして反射的に顔を上げてドアのほうに視線を向ける。

「先生ー。私、ギリギリセーフやんなぁ？　遅刻つけんといてなー？」

「アホかお前は！　遅刻や遅刻！　始業式に出とらんやろ！」

入ってきたのは、かわいい女の子だった。スカート丈はかなり短く、ピンク色のカーディガンを腰に巻いて、花のモチーフのピアスやブレスレットを身につけている。

かなり明るいブラウンのセミロングヘアーをクルクル巻いたおしゃれな子。

「にしても、お前は相変わらず堂々としてんなー？　俺はお前に新学期までに身なりを正せ言わんかったか？　お前だけや、そんな格好しとんのは」

「えへへ。ありがとう」

「ほめとらんわ」

先生は「もうええわ」とあきらめた様子でため息をつく。

「んで？　あのバカふたりはどうしたん？　まだ来やんのか？　お前らどうせ三人で来たんやろ」

「あれ？　ほんまや！　おらん！　もう来ると思うんやけど……」

先生と女の子がそんなやり取りをしていると……。

「ほんまありえやんで！」

なにやら騒がしい声が聞こえてきた。

「言っとくけどふたりのせいで俺が遅刻したんやからな？　あんな自転車漕がせやがって。そもそも、なんで俺が野郎を自転車のうしろに乗せやんとあかんのや」

「だって、まさかパンクしてるとは思わなかった」

続いて教室に入ってきたふたりの男の子はそんな言い合いをしている。

「先生ー。璃子が寝坊したうえに、こいつの命令でパンクした自転車を漕いで学校まできたので、遅刻しましたー。俺は被害者やで」

先に遅刻の言い訳を述べているのは、一八〇センチはあるであろう背の高いやんちゃそうな男の子。学ランのボタンは全開で、袖をまくりあげ、少し前髪が長めのミルクティーアッシュの色をした髪は、ゆるくパーマがかけられ整髪料で軽く束感を出している。大人っぽい顔立ちだなぁ……。そんなことを思いながらもうひとりの男の子の顔を見ると、思わず目を見開いた。

「先生、待って。そもそも今日は自転車で行こうと言いだしたのは、シマなんだよ」

これは、偶然なの？　やんちゃそうな男の子の隣にいたのは、河原で一緒にソメイヨシノを見た染井くんだったから。もう、二度と会うことはないのだろうと思っていたのに……。

「おい！　俺のせいにすんなや！　奏人！」

「だいたい僕は……あっ！」

染井くんはなにか言いかけると、私に気づき驚いたように目を大きくさせた。

「びっくりした……。吉野さんだ」

私はおどおどしながらも頭を下げた。

「おはよう。久しぶりだね。転校生だったんだ」そう言って、「すごい偶然だね」と笑う染井くん。

「あ？　なんや？　お前ら知り合いなん？　なら、ちょうどええわ。席順は去年から引き継いだんやけど、染井の隣はちょうど空いとるし、吉野を隣にするからいろいろ頼むわ」

頭の中が追いついていかない。こんな偶然があるんだ。

「にしてもお前ら三人は一年の頃から仲良く遅刻しすぎや、アホ。しかも今日は新学期やで？　次に遅刻したらプール掃除やからな」

先生のそんな小言に「だってこいつが」と、なおも責任をお互いになすりつけようとしているふたりをよそに、染井くんが私のほうへ歩みよってきた。

「席、隣だって」

どこかちょっとうれしそうに笑う染井くんは「こっちおいで」と私を手招きをする。

案内されたのは窓際のいちばん前の席だった。ここなら先生の口の動きも見えるし、声もなんとか聞こえそう。もしも聞こえなくても、板書さえしっかりできれば、家できちんと復習すればいいだけ。誰にも頼らなくたってひとりでできる。今までずっとそうしてきたから……。

「本当は僕が窓際なんだけど、特別に譲ってあげる。窓際は風が気持ちいいから。座っていいよ」

「え？」

譲ってあげる？　どうして？　私は首を横に振るけれど、「いいから、遠慮しないで」と言われ、なかば無理やり座らされる。そして、私の右側の席に染井くんが座った。

「いちばん前だと授業中に寝れないね」と言って、いたずらっ子みたいにクスッと笑う。

染井くんはどうしてこんなにもふつうに接してくれるのかな？　初めて会った時もそうだった。

染井くんは遅刻してきて先生の話を聞いていないから、私の難聴のことは知らないはず。ただ無口な子って思われているのかな。

「なにか困ったことがあったら僕に言って。これからよろしくね」と、笑う染井くん。

胸がざわついて落ちつかない。こんなに気さくに親しみをもって接してもらうのはずいぶんと久しぶりだったから。染井くんの優しい笑顔はあまりにもまぶしすぎた。

今日は始業式だけで授業はなく、学校は午前中で終わり。私は足早に校舎から出た。ひとりぼっちの下校は慣れっこだった。そう思っていたら……。

「待って！　吉野さん！」

大きな声で名前を呼ばれた気がしたけれど、その声がどこから聞こえたのかわからない。キョロキョロとあたりを見まわすと、私のほうに向かって息を切らしながら走ってくる染井くんの姿を見つけた。

一瞬、『彼の声を聞きのがさないでよかった』と、思ったのはなぜだろう……？

「気づいたら教室にいないから、急いで追いかけたんだ。今日、どうしても伝えておきたいことがあったから」

染井くんはハアハアと呼吸を整え、相変わらず優しい顔で私を見つめながらこう言った。

「僕たち、仲良くなろうよ」

え……？

「だって。もう二度と会えないと思ってたのにまた会えたんだ。あの時から仲良くなりたいってずっと思ってた。こんな奇跡はもう二度とない」

染井くんはいったいなにを言ってるんだろう。仲良くなりたい？　こんな無口な私と？　ソメイヨシノを一緒に見ただけなのに。なぜそんなにうれしそうに笑っているの……？

きっと、転校初日にこんなことを言われたら、ふつうはうれしくてたまらないんだと思う。だけど私は彼の言葉が信じられなかった。

なにを考えているの？　なにを企んでいるの？　すべてを疑ってかかり、その裏側を読みとろうとした。だって、みんな最初はそう言うんだ。なにも知らずに私に近づいて、仲良くなろうって。でも、最後にはどうせ……。

〝耳が悪い子だなんて知らなかった〟

〝美音ちゃんと一緒にいると疲れる〟

そう言って、簡単に離れていくんだ。私は知ってるよ。だって、今までずっとそうだったから。いつも私の隣には誰ひとり残らなかった。

「とりあえず名前……。吉野さんじゃなくて、美音って呼んでもいい？　友だちなら名前で呼びあうよね」

ダメだよ。友だちだなんて。そんな言葉私に言わないで。私の難聴のことを知れば、その言葉はどうせ取りけされてしまうんでしょ？

「僕のことは、奏人でいいよ」

私はひとりぼっちでいいんだよ。私に近づこうとしないで。

「あ、わざわざ引き止めてごめんね。このことを伝えたかっただけだから。じゃあ、ばいばい。またね。また明日」

「また明日」だなんて、そんな友だちなら当たり前のように交わす言葉とか、まるで明日からは毎日会えることをうれしく思っているような笑顔とか。そういうの私はいらないよ。……私のことなにも知らないくせに。

「……っ！」

私は咄嗟に染井くんに背中を向けると、その場から逃げるように走った。

〝仲良くなろうよ〟

頭の中では染井くんの言葉がぐるぐる駆けめぐって。私はそれを振りはらうかのように首を振った。

三人とひとり

「おはよ、美音」

　翌朝、下駄箱の前で、突然、染井くんに右肩を軽くポンと叩かれた。

「今日はちょっと寒いね」

　染井くんは上履に履きかえながら、なにげない言葉をかけてくれる。私は昨日「仲良くなろうよ」と言ってくれた染井くんになにも答えずに逃げだした。染井くんはそんな私の態度をどう受けとったのかな……。なんて、どうして気になるのだろう。

「教室、一緒に行こう」

　そう言われて断ることができず、私は染井くんと教室へと向かう。

「あー！　奏人がもう転校生と仲良くなっとるに！」

「うわ、ほんまや。お前、朝からいちゃいちゃしやがって。転校生口説くの早すぎやろ」

　昨日、染井くんと一緒に遅刻してきたあのふたりが駆けよってきた。名前……なんだっけ。

「いちゃ……!?　ち、違う！　たまたまそこで会ったからだよ！」

「おいおい。なに焦っとんの？　ますますあやしいで。お前、実は狙っとるんやろ？」

「だからっ、違うって！」

「へぇー。奏人のタイプってこういう子やったんかー？」

染井くんは咄嗟に否定するも、男の子はニヤニヤしながら染井くんの肩をツンツンつつき、それに女の子も続いて面白がるように冷やかした。昨日も感じたけれど、この三人はとても仲がいいんだ。

「あ、美音ごめん。紹介するね。こっちが宇佐美璃子で、こっちが志馬野斗真」

染井くんは私のほうに向きなおると、ふたりを紹介してくれた。

「璃子、シマ。この子は吉野美音だよ」。

「名前、美音って言うんや！　すごいかわいい名前やな。美音、よろしくね！　私、あんま女友だちおらんでさー。やで、うれしいわ～！」

宇佐美さんはそう言うと私の手を握りブンブンと上下に振った。彼女の声はかなり大きい。

「お前、そんな怪力で吉野の手を握ったら吉野の骨折れるやろが」

テンションの高い宇佐美さんを横目でにらむ志馬野くんは「まぁ、仲良くして」と私に軽く笑いかけてくれた。とても気さくに接してくれるから戸惑う。

「転校二日目で友だちが三人もできたね、美音」

転校生の私が自然と溶けこめる場所をさりげなく染井くんが作ってくれたってことを、私はちゃんとわかっている。

「美音、あとで連絡先、交換しよう」

「吉野、教えやんほうがいいに？　こいつ、なにかあるとすぐに人を電話でパシるで」

そして、それを当たり前のように受けいれてくれる人たちがいることを。

でも、みんなとは違う私が、友だちを作って笑いあうことなんて不可能だ。

三人は私と仲良くって言ってくれているけれど、タイミングを見計らって、輪の中から抜けよう。

私はひとりでいい。ひとりがいい。まるで呪文を唱えるみたいに、心の中で何度もつぶやく。

でも……、染井くんは、それをさせてはくれなかった。

染井くんは、授業中や休み時間は必ず声をかけてくれるし、お昼休みになると「一緒に食べよう」と誘ってくれて、宇佐美さんと志馬野くんも嫌な顔せずに私を輪の中に入れてくれた。

どうして染井くんはそんなにも私のことを気にかけてくれるの？　私なんかと友だちにならなくとも、染井くんは絶対に困らないのに。きっと、転校生の私がひとりでいるのがかわいそうだからこうして優しくしてくれているんだ。

ふたりも染井くんが「仲良くしてあげて」って言うから仕方なく、私を輪の中に入れてくれているんだ。でも、難聴のことを知ればめんどくさくなって自然と離れていくから、それまでのこと。

「みんな集合ー！」

放課後になって帰りの支度をしていると、宇佐美さんが大きな声で手を上げた。

「なに？」

「なんと、この超絶ド田舎になー、おしゃれな雑貨屋ができたんやって！　って言っても駅のほうまで行かんとやけど……」

今日は前髪をポンパドールにしている宇佐美さんが「ほら！」とうれしそうにスマホ画面に映る雑貨屋さんのサイトを私たちに見せてくれる。

「駅前って……。ここからかなり遠いやん。嫌やし」

「なんでそんなこと言うん⁉　今日オープンやし、行くしかないやろ！」

「美音、今から用事ある？」

染井くんの問いかけに、今度こそ断らなきゃ。でも……。

「用事ないなら、一緒に行こうよ。みんなで」

「……うん」

また断れなかった。結局、三人と一緒に雑貨屋さんに向かった。放課後、こうして誰かと寄り道するのは、人生で初めてだった。

「あ、そうや。美音。美音は——」

途中、私の前を歩く宇佐美さんが話しかけてきたけれど、ちょうどそのタイミングで私のすぐ真横で自転車がブレーキをかけたから、最後まで声が聞こえなかった。言葉を聞くことに集中しないといけない私にとって、こんな雑音でさえ、人が話す言葉を聞きとりにくくさせる。しかも宇佐美さんは前を向いていたので、口の動きも読めなかった。

「ん？　美音？」

答えない私を不思議に思ったのか、宇佐美さんがこちらを振り返る。

「あ……」

どうしよう。今、宇佐美さんはなんて言ったの？　聞き返したら、変に思われない？

『もう一度言って』と頼んだ私を嫌そうに見る子たちの顔を思い出し、ビクビクしてしまう。やっぱり私には無理なんだ。ふつうに誰かと会話するなんて。

「美音は、髪結ぶの？って」と、私の右側で声がした。

うつむいていた顔を上げると……。

「ブレーキの音で聞こえなかったね。僕も」

染井くんが私を見てニコッと笑っていた。さりげなく、私に宇佐美さんからの質問を教えてくれたんだ。

「あ、髪はたまにならば結ぶよ……」

「それならよかった！　じゃあ一緒にシュシュ買おう！」

染井くんのおかげで宇佐美さんに返事ができた。もしかして、染井くん……私の耳が聞こえにくいことに気づいてる？　そう思いながら、もう一度、染井くんの顔を見ると、染井くんは「ん？」と首をかしげた。

……違うみたい。そう、だよね。もしも気づいていたら、こんな優しくしてくれるわけないのに。なに考えてるんだろう、私。

雑貨屋さんに着くとお客さんでにぎわっていた。宇佐美さんも「かわいいー！」と目を輝かせテンションマックス。東京にはこんな雑貨屋さんはよくあるけれど、この町の人にとってはめずらしいのだろう。

「ねぇ、美音これ見て！　このシュシュかわいいやろ。これ買わへん？　おそろいにしよ！」

宇佐美さんはオレンジ色の花柄のシュシュをふたつ手に取って見せてくれた。ガヤガヤしていてかなり聞きとりづらかったから、宇佐美さんの口の動きを読んだ。おそろいなんて、なんだかムズムズする。

「おそろいとか、ガキくせー」

「うっさいなー！　ええやろ別にー。……ってことで、あんたこれ買って！」

茶々を入れるように笑っていた志馬野くんに、宇佐美さんがシュシュを差しだす。

「はぁ？　なんで俺が買うん？　自分で買えや」

「ケチやなー！　美音もほしいやんなー？」

「わ、私……？　あ、私は……、その……」

こ、困った。こういう時どっちの味方をすればいいのだろう。

「じゃあ、美音のぶんは僕が買うね」

ふたりの間でおどおどしていると、さっきまで違うコーナーを見ていた染井くんがやってきて、うしろからひょいっと宇佐美さんが持っていたシュシュを手に取った。

「……ってことは俺がこいつの買うん⁉　お前は俺を裏切るんか⁉」

「さすが奏人！　斗真とは出来が違うに」

どういうこと？　私のシュシュを染井くんが買ってくれるの？

「あ、あの……！」

すでにレジへ向かっていた染井くんに走りより学ランの裾をつかんだ。

「あ、私、自分で買うよ……」

「こういうのはね、黙って買ってもらっとけばいいんだよ」

やっぱり騒がしい店内じゃ言葉が聞きとりづらくて、少し顔を上げて染井くんの口の動きを読む。

「璃子を見てみなよ。あれくらいがちょうどいいよ」

そういうものなの、かな……？

「けど……」

「美音って遠慮深い子なんだね。それなら今度、購買でなにかおごってよ」

染井くんは断ろうとする私に「ね？」と笑う。本当にそんなんでいいのかな？

「じゃ、じゃあ……染井くんはそのシュシュよりも高いもの選んでね」

「ハハッ。わかった。じゃあ、ありがたくそうさせてもらうよ」

その言葉に私はスッと学ランから手を離す。結局、宇佐美さんとのおそろいのシュシュは男の子ふたりが買ってくれた。

雑貨屋さんを出ると、宇佐美さんはさっそくシュシュを取りだしてうれしそうに腕につけた。

その隣には「なんで俺が」とブツブツ言いながら宇佐美さんをにらむ志馬野くん。

「はい。これ美音の」

「……あ、ありがとう」

「どういたしまして」

染井くんからシュシュが入った小さな袋を受けとる。本当によかったのかな？

「あの……。やっぱり私、お金を払……」

「いいって。その代わりそれちゃんと使ってね。ポニーテール……っていうのかな？

あれとか絶対似合いそうだよ」

ポニーテールが似合いそう、だなんて初めて言われたよ……。

「美音、それ失くしたらあかんでー？　今度一緒におそろいの髪型しよー！」

「ハッ。お前のそのチョウチンアンコウみたいな前髪を誰が一緒にしたがるん？　お前だけやに。そんな変な髪型しとんのは」

「はぁ？　なんやって⁉」

「またケンカしてるし。もう夫婦じゃん」

「『夫婦ちゃうわ！』」

帰り道、笑いの絶えない三人のこんなやり取りを、私は一歩下がったところから見ていた。

今日初めて放課後に誰かと遊びに出かけた。初めて誰かとおそろいができた。思い出ができた……。誰かと一緒にいられるうれしさとか楽しさとか、そんな感情はずっと前にすべて捨てさり、忘れたはずだった。それなのに、今ここでそれを思い出している。あぁ、ダメだ。早くやめなきゃ。早く抜けださなきゃ。でも……。

でも、本当は私ね……。

だから、ひとりぼっち

次の日もその次の日も、私がひとりになることはなかった。

私のそばには必ず三人がいた。三人は中学時代に仲良くなってからずっと行動を共にしていて、宇佐美さんと志馬野くんは幼なじみだと知った。

宇佐美さんは、スタイルがよく、薄くメイクをした顔は〝きれいなお姉さん〟という感じ。毎日いろいろなヘアアレンジをしたりネイルをしたり、おしゃれでかわいらしいけど、性格はすごく活発で飾り気がぜんぜんない。女の子がほしいものをぜんぶ持っている。

志馬野くんは、その明るい髪色や着崩(くず)した制服がふつうならヤンキーになりそうなのに、それをまったくそう感じさせないのは顔がかなり端正で大人っぽいからだと思う。

当然どこにいてもすごく目立っていて、よく後輩の女の子たちが「かっこいい」と口にしているのを耳にする。

染井くんは、三人の中で唯一校則違反をしておらず派手さはまったく感じさせない。

でも、染井くんにはそんなのいっさい必要ないと思う。ひと言で表すならまさに好青年。かといって真面目で堅苦しいわけではなく、遅刻をして先生に怒られたり志馬野くんと子どもみたいな言いあいをしたり、そんな一面もまた女の子たちの胸をくすぐるんだと思う。

見た目もタイプもぜんぜん違う三人。だけど、信頼感はすごく強いんだろうなぁって、三人の様子を見ているとよくわかる。

そこに今、私を入れてくれている。

そのかわりに染井くんたち以外のクラスメートが私に話しかけてくることはなかった。それは私が難聴者であることを知っているから。

三人はクラスでもなにかと目立つ存在だから、だからみんなはいつも私のことを不思議そうな目で見ている。

〝なんで、あの子なんかとつるんでいるんだろう？〟

そう思われているのは、言われなくともわかる。私もそう思うから。ただひとつ確かなのは、三人はまだ私が難聴だと知らないから仲良くしてくれているんだってこと。

「美音、一緒に帰りたいから待ってて」

最近、私たち四人はよく一緒に帰っている。いつも染井くんから誘ってくれるのだけど、私はそれを断ることができずにいた。

「うん」

「じゃあ、先生に頼まれた資料を職員室に運んだら、すぐ戻ってくるからね」

口角を上げて染井くんが笑う。染井くんは急ぎ足で教室を出ていった。私は自分の席から動かずに染井くんたちが戻るのを待っていた。

「ねぇ、吉野さん」

私がひとりになるタイミングをうかがっていたかのように、ほかのクラスの女の子たちが教室に入ってきた。

「吉野さんってさー。染井くんと付き合っとんの？」

「最近やたらと染井くんと一緒におるやろ。転校生のくせにいつから仲良くなったん？」

リーダー格の女の子が詰めよってきて、私は身体を強張(こわば)らせる。なんか勘違いされているみたい。早く否定しなきゃ。

「あ……、違……」

「染井くんのこと狙っとんの？」

「あー、もしかしてあれ？　実は志馬野くん狙いとか？　顔がよかったら誰でもええの？」

否定するよりも先に、次々に質問を浴びせられる。なんだか怖くなって、私は黙ってしまう。

「はよ、答えてや。聞いとんの？」

「あー。ダメやに。吉野さんって耳が悪いもん。ここのクラスの子が言っとったやんか。聞こえやんのやない？」

「え？　あー。そうやったわ。めんどくさ」

このクラス以外にも私の耳のことを知っている子がいたのか、「耳が悪いのも大変やな」とばかにしながらケラケラと笑う女の子たち。

どうして、関わったこともない人たちにこんなことを言われて笑われてるんだろう。

「ねぇ、なんでしゃべらへんの？　無視？　もしかして耳が悪いだけやなくてしゃべることもできやんの？」

「あー。ほんまイライラするわ。ぜんぜんしゃべれやんやん。聞こえとんのか聞こえやんのかわからへん。なんで染井くんはこんな子かまうんやろ」

ついにイライラしだした女の子は、グイッと私の耳元に顔を近づけてきた。

「耳の悪い吉野さんにもわかるようにちゃんと大きな声で言ったるわ」

「障がい者のくせに男に色目使っとんなや！」

「……っ」

あまりにも大きな怒鳴り声に私は思わずぎゅっと目をつぶった。

『障がい者のくせに』

今まで何度も言われてきた言葉が私に重くのしかかってくる。胸が苦しくなって、涙がこぼれそうになった。

「おい。なんかあれやばない？　ケンカ？」

「誰か止めろよ」

教室に残っていたクラスメートが女の子の怒鳴り声に気づき、その視線は私たちに集まった。

「アハッ。泣きそうやん」

ごめんなさい。ごめんなさい。ごめんなさい。

胸の中でひたすら謝った。もう、なにに対して、誰に対して謝っているのかもわからない。怖い。怖いよ……。

「なにしてるの？」

不意に声が聞こえた。それは……最近は毎日のように聞いているあの声。

「あ、染井くん……」

誰かのその言葉に、私もゆっくり顔を上げドアのほうを見た。そこにいたのは資料を運びおえて戻ってきた染井くんだった。一緒に、宇佐美さんと志馬野くんもいる。

「美音！　どうしたん⁉」

ただならぬ空気に気づいた、宇佐美さん、志馬野くんが一目散に私のほうに駆けよってくると、心配そうに顔をのぞきこんできた。

「美音になに言ったの？」

染井くんもこっちにやってくる。

「なんて言ったの」

冷たい目で女の子たちをにらみながらもう一度問いかける。ふだんは温厚な染井くんの、見せたことのないような怖い目と抑揚のない声に、女の子たちはさっきまでの威勢を失い黙りこんでしまう。

染井くんは一度女の子たちから視線をはずし、私の背中にポンと手を添えると、その場にしゃがんで私に視線を合わせた。

「美音どうしたの？　なにか言われたの？」

「……ぁ、私っ……」

「うん。どうした？」

染井くんたちが来てくれた安心感からか、涙がこみあげてくる。

その時、突然、私の頭の中で悪魔のささやきが聞こえた。

『お前を今からひとりぼっちにしてやるよ』と。

「……んで。なんで染井くんはその子ばっかかまうん⁉」

意地悪な悪魔のささやきが聞こえたのと同時に、女の子が教室に響きわたるような声を上げた。なにかが崩れてゆく音がして、すべてが終わる予感がした。

「三人共おかしいんちゃう⁉」

お願い、やめて。嫌だ。嫌だ。嫌だ。

「吉野さんのどこがいいん⁉」

待って。言わないで。三人に聞かせないで！

「だって、吉野さんは障がい者やん！」

私はどうしても、彼らにはそれを知られたくなかった——。

しーんと静まり返る教室。カタカタと身体が震える。

「は……？　障がい者って……。あんたらいきなりなに言うとんの」

「なぁお前、くだらんこと言っとらんとさっさと消えろや」

宇佐美さんと志馬野くんは、立ちあがると私から女の子たちへと視線を変えた。染井くんのことは怖くて見れない。

「ハッ。もしかして初耳？　同じクラスやのに知らなかったん？　知らずに仲良くしとったん？　いや、違うか……。知らへんかったから仲良くできとったんや。じゃあ、教えたるわ」

女の子はもうここまできたらヤケクソだと言うように、開きなおって笑う。

「吉野さんは難聴者やで」

……終わった。なにもかも。

「難聴ってわかる？　耳が悪いってこと。どんくらい悪いのかは知らへんけど……。吉野さんは障がい者なんやで」

なにもかも終わっちゃった。こんなこと聞かされて、三人はなにを思っただろう。騙されたと思ってるかな？　もう今までみたいに仲良くできないよね。当然だ。今まで健常者の振りして三人を騙してたんだから。

「お前ら……最低やな」

志馬野くんがポツリとつぶやく。私はもう我慢ができなくなって、カバンをつかんで立ちあがった。

「美音！」

やっと口を開いた染井くんが私の右腕をガシッとつかんだ。

嫌だ。絶対に嫌だ。私はもう知っているの。染井くんがとても優しい笑顔や目を、そして声を持っていることを。そのすべてに触れたから。きみだけには……冷たい視線を向けられたくない。

「離してっ……！」

染井くんの手を振りきった私は、そのまま教室を飛びだし、すべての雑音をかき消すように走った。家に着く頃には息も切れ切れで、部屋に戻ると糸がプツンと切れたように力が抜けてその場にヘナヘナと座りこむ。

「……ハハッ」

思わず乾いた笑みがもれる。こうなることは、ちゃんとわかってたんだ。それなのに……。

〝名前、美音って言うんや！〟

私の名前を呼ぶあの声が、

〝まぁ、仲良くして〟

私に向けられたあの笑い声が、

〝一緒に行こうよ。みんなで〟

私を迎えいれてくれるあの声が、私の頭に響きわたたって。涙があふれて止まらなかった。

どうして私は今泣いているの？　なにが悲しいの？　こうなることは初めからわかっていたことなのに。こんなに泣いているくせに、あの時間をつなぎ止めるために、すがる勇気ももてない。わかってる。私はとても弱すぎる。だから私は、いつもひとりぼっち。

変わらないよ

目が覚めればいつの間にか朝だった。

泣き疲れた私はごはんも食べずにそのまま眠ってしまっていたんだ。学校に行きたくないな……。あぁ、ダメだ。気を抜くとまた涙がこぼれ落ちそうになる。

私はグッとこらえると、無理やり、身体を起こしてお風呂場へ向かった。昨日はお風呂も入らずに寝てしまっていた。

制服に着替えて、リビングへ行くとすでにお母さんとお父さんがいた。

「あら、美音。おはよー。昨日はごはんも食べずに寝ちゃったでしょ？　朝ごはんはしっかり食べなさいね」

「美音はただでさえ身体が小さいんだから。しっかり食べないと成長が止まるぞ」

朝食の準備をしながらニコッと笑うお母さんと、コーヒーを飲みながらそんな意地悪を言うお父さん。

「美音、学校は楽しいか？」

「え……、あ……」

その問いかけに一瞬口ごもってしまったけど、ふたりには心配をかけたくない。

「うん。楽しいよ」

私は作り笑顔でうなずいた。人って嘘をつく時に笑うんだね。難聴を患う前の私は、知らなかったよ。

朝食を食べ終え、いつものとおりに家を出る。でも、いつもみたいに笑いかけてくれるあの三人にはもう会えない。そう思うと足取りが重くなる。それでも力を振りしぼり、一歩一歩、ゆっくりと歩いていると、誰かが大きな声で私の名前を呼んだ。

「美音!」

染井くんだ……。私に気づくとすぐさまこっちに走ってきた。

あ……。どうしよう。なにを言われるんだろう。怖い。

「……っ」

私は染井くんの呼びかけを無視して通りすぎた。

「あ、美音! 待って!」

嫌だ。嫌だよ。どうせ冷たい言葉を聞かされるんでしょ。

「美音! どこ行くの? そっちは中庭だよ!」

「……っ」

染井くんの問いかけも無視して走った。

「美音って！」

中庭に来たところで染井くんに腕をつかまれた。

「どうして、ついて、くるのっ？　離して……」

早くここから逃げなくては。そう思うのに身体が動かないのはなぜ？

「だって、離したら、美音、絶対、逃げるじゃんっ。美音、足速いし……」

ふたりとも同じように呼吸が乱れ、言葉が途切れる。

「ごめんなさい……」

「えっ？」

「ずっと騙しててごめんなさい」

なにか言われる前に自分からさっさと謝って終わらせてしまおう。ほら、そうすれば辛くない。自分から終わらせることなんてもうとっくに慣れているから。

「なにを謝ってるの？」

染井くんは私の腕をつかんだまままそう言った。本当はわかってるくせに。

「なにをって……。もう全部知ってるでしょ。もうこんな私のことなんて、嫌だって染井くんは思ってて……」

自分で言っていてすごく胸が苦しい。訳がわからなくなって、泣きそう。

「どうして僕がそう思うと思ったの？」

まるで私の言っていることはすべて間違っているって、そんなふうに言うんだ。

「誰かにそう言われたの？　そうやっていつもひとりでいたの？　そうやってこれからもひとりぼっちでいるつもりなの？」

「そう、だよ……。それのなにが悪いのっ……？」

苦しくて苦しくてもうしゃべりたくないのに、開いた口が閉じてくれない。

「だって、しょうがないじゃん。みんな離れていっちゃうんだもんっ……。この耳のせいで私はずっとひとりだった」

誰かと笑いあう。誰かと並んで歩く。誰かがそばにいてくれる。たったそれだけのことなのに、耳が悪い私にとってはそれさえも簡単なことではなかった。

ひとりになりたくない。そう思ってがんばってみたけれど、結局はみんな離れていった。それならと、自分で境界線を引いて、誰も入ってこれないような大きな壁を作った。

「私の耳のことを知ればみんな態度が変わるの。ずっと一緒にいた子だって、本当のことを知ったとたんに私のことを指差して笑って、離れてく……」

さみしくなんかなかった。「仕方ない」って自分に言いきかせれば、すんなりとそれを受けいれることができた。

「染井くんだって、きっとそうでしょ？」

染井くんも向こう側の人間だって、わかってる。友情とか絆とか……、そんなものはきっと、幻影なんだ。

「私は、ずっと、ひとりぼっちでもいいんだよっ……。だって、私はどうせ……」

「じゃあ、もうそれはやめようよ」

え……？　染井くんに遮られる私の声。

「美音、今、僕の声が聞こえるよね？」

「うん、聞こえるっ……」

「じゃあ、そのまま聞いてて」

染井くんは私の腕をつかんだまま、続けてこう言った。

「ひとりぼっちでいるのはもうやめて、こっちにおいでよ」

優しい瞳が私を見つめている。

「心配しなくても大丈夫。僕は変わらないよ」

優しい言葉を私にささやいている。

「僕なら美音にそんな思いはさせない」

どうしてきみは変わらないの？　どうしてきみは優しいままなの？

「もう絶対ひとりになんてしない」

どうして、そんな約束を、簡単にできるの？

「嘘……。そんなの嘘だ」

「嘘じゃない。少しだけ信じてみてよ」

信じられるわけないよ。そうやって優しい言葉をかけて最後は裏切るんでしょう?

傷つけられることが怖いから、信じようとする気持ちさえも失くしてしまった。

「だって私は、人よりも耳が悪いんだよ……」

「うん」

「聞こえづらくて、うまくしゃべれなくて、染井くんに嫌な思いをたくさんさせるかもしれないよ……」

「うん」

「みんなね、そんな私のことが面倒になって嫌いになるんだよ」

私はみんなと同じではない。いつもそうやってたくさんのことをあきらめてきた。

「でも僕は嫌いって言ってない。そんな理由で美音をひとりのままにしたくないよ」

だけど、今ここでそれはちっぽけな理由にすぎないよって。そう言ってくれる人がいる。

「美音はいいの? またひとりぼっちになるの? 寂しくないの?」

「……っ」

「僕とならって、そう思うことはできない? 難しいかな? でもね、それってきっとすごく簡単なことだと思うんだ。違うのかな？」

　まっすぐな瞳が私に問いかける。

「こっちへおいで」と私を手招きしている。

「美音はちょっと勇気を出すだけでいいんだよ。そうすればあとは、僕が美音の手を引いてあげるから」

　なにかがグッと込みあげる。涙がこぼれそうになって胸が苦しくなる。

……もう、ダメだ。これ以上は強がることなどできないと思った。

「ほら、美音。こっちを向いて。美音の心の中に抱えている本当の気持ちを僕に教えてよ。聞いてあげるから」

　そんな優しい声をかけられたら。

「大丈夫。誰にも言わない。秘密にするよ」

　そんなことを言われてしまったら、もう……。

「本当は、すごく悲しいの」

　もう、きみにはこれ以上、嘘をつけない。

「離れてほしくなかった。受けいれてほしかった……」

　あの子やあの子にも。でも、誰にも言えなかった。言わなかった。喉（のど）まで出かかった声はいつだって言葉にならなかった。

「友だちのままで、いてほしかった。引き止めたかった。こんな私でもいいんだよ、そう言ってほしくて……」

気がついたら今までは声にならなかった言葉を染井くんへとぶつけていた。なぜか、きみには私の本当の気持ちを聞いてほしいから。

「ひとりぼっちは……、すごくさみしいよっ……」

仕方ないなんて、そんなの嘘だった。本当の私は、弱虫で、ひとりぼっちでいるのはあまりにもさみしくて、笑うことさえもできなくて。

『難聴を患う以前の私に戻れますように』なんて、そんな叶わぬ願いよりももう少しだけ現実的に、誰かひとりでもいいから、そばにいてほしいとずっと願っていた。

「みんなと……、染井くんと一緒にいるのが、楽しかった。本当はみんなのこと、大好きなんだっ」

泣きじゃくりながらも、これまで自分で押し殺していた本当の気持ちを必死で伝えた。初めて自分の声にすることができた。

「うん。じゃあ、そうしようよ」

そんな私を染井くんは、これまでと同じように優しい声でぎゅっと包みこんでくれた。きみはなんて優しく笑う人なんだろう。

「ひとりぼっちじゃできなかったこと、これから僕としよう。僕と一緒にいよう」

そんなこと言われたら、〝もっときみの声を聞いていたい〟って思っちゃうよ。

「ね？　もうそうするよね？　それでいいよね？」

「うんっ……！」

私はきっと、その優しい声をずっと待っていたんだ。

「ほら、もう泣かないで。目が赤くなっちゃうよ」

染井くんは少し困ったように笑いながら「泣き虫だなぁ」と言って、私の背中をさすってくれた。


突然、渡り廊下のほうから私たちのほうに向かって走ってくる人が見えた。

「吉野！　奏人！」

「お前らここにおったんかよ！　いつまでたっても教室来やんし……。ずっと探しとったんやで！」

やってきたのは志馬野くん。

「ちょっと、あんた！　なんで私を置いてくん！」

それから宇佐美さん。

このふたりにも聞いてほしい話がある。だけど、あと一歩踏みだせない私に、

「このふたりなら大丈夫だよ。だって僕の友だちだから」

染井くんは私の耳元でささやき、ポンっと私の背中を押してくれた。私はうなずくと、ふたりに一歩近づく。

「あ、あの……。ふ、ふたりに、聞いてほしい話があるの……」

弱々しいながらも声を振りしぼった。ふたりが言いあいをやめてこちらに振りむく。

「あ、あのね……」

勇気を出さなきゃ。もう、逃げないって決めたのだから。

「実は私、難聴を患ってて……。なかなかみんなと同じようには聞こえないんだ……。隠しててごめんね」

ふたりはなにも言わずに聞いていてくれる。染井くんは隣で見守ってくれている。もう、ひとりの世界に逃げこむことはやめた。

「それでも私は、ふたりと一緒にいたい。変わらないでいてほしい。だって……、私は……」

今の私になら自分の本当の気持ちすべてを、絶対に、言えるはず――。

「私は、ふたりとずっと友だちでいたいから！」

「美音……。あ、当たり前やん！　今さらなに言うとんの！　耳が悪かったらなんなん？　そんなん友だちになるのにまったく関係ないやろ！」

宇佐美さんが、力強く私を抱きしめる。怖かったけど、へたくそだったけど、ふたりに自分の気持ちを伝えるこができた。

「今までずっと辛かったやろ？　もう大丈夫やで。これからは私が美音の人生で初めての最高の女友だちになったるに！」

「……宇佐美、さんっ」

「アホ！　宇佐美さん、やなくて璃子やろ？」

「うん……！」

あまりにもうれしい言葉に私もまた泣きながら、璃子ちゃんにぎゅっと抱きついた。

「……吉野。気づいてやれへんくてごめんな。吉野の口から教えてくれてありがとう。これからはなんでも言っていいから。俺らがどうにかしてやるに」

志馬野くんはどこか申し訳なさそうに眉を下げながら笑うと、彼もまた優しい言葉を私にくれた。

「だいたいあの女たちはあかんわ！　奏人に相手にされやんからって美音に八つ当たりしとんの！　奏人も奏人やで！　あんた誰にでも優しいし、思わせぶりな態度するから！」

璃子ちゃんが私から身体を離し、ビシっと染井くんを指差した。

「ほんまにな。これだからモテ男は」

「え？　ぼ、僕のせいなの？」

ふたりの指摘に染井くんは困ったような顔をすると、私に「ごめんね？」と言って苦笑した。

染井くんの言うとおり、ふたりも変わらなかった。よけいな心配などしなくとも、変わらないものがすぐそばにあった。それはやっぱり、とてもあたたかかった。

「あの、染井くん。今日はありが……」

「まだ染井くん？　僕のこともいいかげん名前で呼んでよ」

「……な、名前で呼んでもいいの……？」

「あの時そう言ったじゃん」

クスッと笑うきみ。あの時……。

『美音って呼んでもいい？　僕のことは、奏人でいいよ――』

きみは、そう言ってくれたね。あぁ、本当にきみはずっとあたたかいな。

「うん！　奏人くん！」

私の名前を呼ぶきみの声と、きみの名前を呼ぶ私の声。

〝聞こうとすること〟

それは私が難聴を患ってから必死にやってきたことだったのに、すっかり忘れていた。人の声を聞くということが、こんなにも特別なことだったんだってこと。私のすぐそばには、優しい声や勇気をくれる声をもつ人がたくさんいたんだ。冷たい声だけにとらわれて、耳を塞いでうずくまっていては、優しい声すら聞きのがしてしまうから。誰かの声で傷つけられても誰かの声で前を向けるように、これから聞こえる声ひとつひとつを大切にしなくちゃ。

そう思えたら、見上げた空がいつもより青く見えた。

Episode 2

初めてのポニーテール

五月中旬。

奏人くんたちに本当の気持ちを打ちあけたあの日から数週間が経った。カラッとしたさわやかな天気が続き、若葉だった緑の葉はだいぶ色濃くなっていた。

この数週間で私の毎日が変わった。左耳のほうが聞こえづらいと知った三人は、なるべく私の右側に立って声をかけてくれたり、時折ジェスチャーを交えてくれたり、口の動きが見えるよう私の顔を見て話してくれている。それでも私が聞きとれなかったら、わかるまで何回でも言いなおしてくれる。

今でも難聴という不便さは変わらないけれど、三人はありのままの私を受けいれてくれるから、心の底から三人といる時間が楽しいと思えるようになった。

それに、あの日以降、あの女の子たちも私になにかを言ってくることはなくなった。璃子ちゃんが言うには、あの後、奏人くんが『もう美音には関わらないで』と言ってくれたらしい。

本当にみんなには助けてもらってばかりだね。私もみんなになにかをしてあげたいと思う。

「や、やっぱり恥ずかしいよ。璃子ちゃん……」

「大丈夫やって！　美音、すごいかわいいに！」

ただ今、朝のホームルーム開始十分前。私は女子トイレの前から動けずにいた。

璃子ちゃんはグイグイ私の腕を引っぱるが、私はそれに対抗するようにトイレのドアにつかまりその場からかたくなに動かない。

なぜこんなことになっているかというと、それはつい昨日のこと……。

『そういえば美音、まだシュシュつけてきてないね？』

『え……？』

授業中、不意に奏人くんが思い出したかのように私にそう言ってきた。

私は奏人くんに買ってもらった璃子ちゃんとおそろいのシュシュをまだ一度もつけたことがなかった。

『ポニーテールは？』

『えっと……』と、私は思わず視線をそらした。

実は私は、髪をめったに結んだりしない。あの時はつい『たまになら結ぶ』なんて言っちゃったけど、本当は髪を結んでいたのは小学生の時くらいまで。

補聴器が目立つからという理由でやめて、もうずっと結んでいない。久しぶりにいざ結ぶとなるとなんだか恥ずかしい。

あんな嘘をつくんじゃなかった……。なんて今さら後悔したってもう遅い。

それにせっかく買ってもらったのに、使わないなんて失礼だ。そう思った私は、

『あ……。じゃ、じゃあ明日つけてくる……』と、つい言ってしまった。

『本当に？　楽しみにしてる』

奏人くんはうれしそうに笑っていて、その笑い声はやっぱり私にもよく聞こえた。

「ほらー。行くよ。チャイム鳴っちゃうにー」

「や、やだ……！　やっぱりおろす！」

奏人くんと約束したとおり、シュシュでポニーテールをすることにした私は、朝一で璃子ちゃんに頼んで結ってもらった。璃子ちゃんはとても器用で、きれいなポニーテールにしてくれたけれど、やっぱり恥ずかしい。

「奏人に見せるって約束したんやろ？　それなのに見せやんと解いてどうするんさ」

「そう、だけどぉ……」

今日はおそろいのシュシュでおそろいの髪型にした璃子ちゃんがあきれたような顔をして私を見る。璃子ちゃんは美人さんだからポニーテールもバッチリ似合ってうら

やましい。

「あーもう！　ほらっ！　行くで！」

「あ、ちょっと……！」

グイッとひと際強い力で腕を引っぱられながら教室の前に着いた。ドアを開けてそっと中をのぞくと、奏人くんは志馬野くんと窓ぎわで笑いながら話していた。

「奏人！　斗真！　おはよー！」

璃子ちゃんが元気よく挨拶をすると、奏人くんと志馬野くんの視線が私たちに向けられる。私はあわてて、璃子ちゃんのうしろに隠れた。

「あれ、璃子。どこに行ってたの？」

「ん？　トイレ！」

「はぁ？　お前この時間ずっとトイレにおったん？　まさか朝から学校のトイレで……」

「ちゃうわボケ！」

志馬野くんが言いおえる前に、璃子ちゃんが思いっきり志馬野くんの脛を蹴った。

「痛っーー！」と大きな声をあげた志馬野くんは、脛を押さえてしゃがみ込む。

「お、お前……。よくも……」

顔を上げ、引きつった笑いをしながら璃子ちゃんをにらむ志馬野くんは若干涙目。い、痛そう……。でも、このふたりはまさにケンカするほど仲がいいっていうやつかな。なんだか微笑ましくて好きなんだ。

「なぁ。奏人、救急車呼んでくれ……。俺、骨折れたで。間違いなく……」

「ねえ、美音はどうして隠れてるの？」

……へ⁉　わ、私⁉　不意に奏人くんに名前を呼ばれ、身体がビクって動いた。

「……って、聞けや！」

スルーする奏人くんに志馬野くんは鋭いツッコミをひとつ。が、それも無視。

「あー。なんかね？　恥ずかしいみたい」

「恥ずかしい？」

「うん。ほら見て。私、今日ポニーテールしとるやろ？　美音にもしてあげたんやけどさーなんか恥ずかしがって。かわいいのになぁ？」

「え？　ポニーテール……？」

璃子ちゃんの言葉に奏人くんは一瞬黙ると、すぐに「あ！」と思い出した。

「美音、昨日約束したやつだよね。思い出したよ。してきてくれたんだね」

「うん。あ、でも……すごく似合わなくてね……」

「えー。見せてよ。見たい」

「で、でも……」

うぅ……。もうこれ以上抵抗できないとわかった私は観念して、恐る恐る璃子ちゃんのうしろから姿を現した。恥ずかしくてうつむいたままだけど、奏人くんの視線はバッチリ感じる。

な、なんでそんな無言で見てるの……。せめて、なにか言ってほしいよ……。あぁ、やっぱり似合わな……。

「……いい」

奏人くんがなにかポツリとつぶやいた。

「美音、かわいい……。すごく、すごく、かわいい」

あ。今、かわいいって……。すごくかわいいって言ってくれた。

「かわいすぎて……。なんか、びっくりした。恥ずかしい」

「え？　な、なにが？　誰が？」

「僕が」

……な、なぜ⁉　右手で口を押さえて、どこか視線をそらす奏人くんは少しだけ顔が赤い。

「いや、なんでお前が恥ずかしがるん？」

ほ、本当だよ。奏人くんにそんな反応されたら、私まで恥ずかしくなっちゃうよ。

「とても似合っててうれしい。シュシュをプレゼントできてよかった」

「……ほ、本当に？」

「うん。本当に」

「そ、そっか。へへっ。ありがとう」

「うん。かわいい……」

「あ、でもね……そんなにたくさん『かわいい』って言われたら、恥ずかしいからもういいよ……」

私と奏人くんはなぜかお互い照れ笑い。

「おいおいおい。こいつら髪型ひとつで驚くほどピュアやで？　なんでこいつら、お互いダメージ受けて一緒になって照れとんの？　とくに奏人、お前はいったいなにに照れとるん？」

冷めた目をして私と奏人くんを見る志馬野くん。その横で目をうるうるさせる璃子ちゃん。

〝すごく、すごく、かわいい〟

まさかこんなふうにほめてもらえるなんて思わなかった。恥ずかしいけど、それ以上にうれしくて。

ポニーテール……、明日もしようかな。

「あ、美音。今日は髪をおろしてる」

「……あ、うん」

「美音はおろしてても、結んでてもどっちもかわいいよ」

あ、またかわいいって言った。

「そうだ、奏人くん。私まだ購買で奏人くんになにもお返ししてない」

シュシュのお礼するっていう約束をすっかり忘れていた。思い出してよかった。

「え？　あー。別にいいよ」

「ダメ。約束だったよ」

「ハハッ。律儀だね。じゃあ、わかった」

奏人くんは「購買に行こ」と言いながら手でジェスチャーをした。一緒に教室を出て購買へ向かう。奏人くんは必ず私の右側を歩いて、私の顔を見ながら話してくれる。

そうしてもらうと、奏人くんの声がちゃんと聞こえる。

「あ、そうだ。美音、今日、僕と一緒に帰ろう」

「うん。璃子ちゃんたちも一緒だよね？」

「いや、今日は……、ふたりで帰ろう」

「え……？」

予想外のお誘いについぽかーんとしてしまう。だって今まで下校するときは四人一緒だったから。

「嫌かな？」

「あ、ううん！　嫌じゃ……嫌じゃないよ！」

私はあわてて首を横に振った。ちょっとびっくりしただけで、嫌だなんて思うわけない。本当はうれしいよ。

「そっか。よかった。じゃあ、約束ね」

奏人くんもうれしそうな顔をすると、「あ」と視線を変えてペットボトルのジャスミンティーを手に取り、またこっちを見る。

「これ飲みたい」

「ジャスミンティー好きなの？」

「うん。僕、お茶しか飲まないから。ジャスミンティーがいちばん好き」

奏人くんはジュースを飲まないんだ。甘い飲み物が苦手なのかな？　覚えておこう。

「これにしていい？」

「うん！　もちろん！　今、お金を……あ、あれ？」

　笑顔のままカーディガンのポケットに手を入れたけど、そのまま固まる。なぜなら、そこにはなにもないから。今度はスカートのポケットを叩いてみたけど、なにも入ってない。購買へ行くのに財布を忘れるなんて間抜けすぎるよ……。

「どうしたの？」

「お、お財布忘れちゃった……」

「えー。なにしてるの？　買えないじゃん」

……わ、笑われてしまった。

「美音って抜けてるところあるんだね」

「うぅ……。ごめんなさい」

「じゃあ、これは自分で買うよ。確かさっきシマに返してもらった五百円が……」

と言いながら、奏人くんはズボンのポケットに手を入れる。

「ほら、あった。美音にもなにか買ってあげる。なにがいい？」

「え？　わ、私はいいよ！」

「あ、いちごオレとかあるよ。いちごオレ好きだよね？」

「うん。好き」

……って言われるがままだ！　これじゃあ、シュシュのお返しになっていないよ。

「あ、好きだけど、飲みたいとかじゃ……！」

「じゃあ、これ買おう」

結局、いちごオレを買ってもらった私は『今度こそ私が……』とまた同じ約束をした。


授業が終わって、私と奏人くんは約束どおりふたりで下校した。

田んぼ道を並んで歩く。今さらだけど男の子とふたりきりで下校するのはなんだか緊張する。ふと右側を歩く奏人くんを見ると、いつもとなんら変わりない様子。いつ見てもきれいな横顔。

「相変わらずこの町はなんにもないよね」

「……へ⁉　あ、う、うん。そうだね……」

不意にこっちを見られ、横顔に見惚れていた私は我に返る。

「駅のほうは栄えてるけど。でも、まずその駅が遠いし。東京と比べたらちょっと不便じゃない？」

「東京と比べちゃったらダメだよ」

たしかにこの町には、東京のように寄り道して遊べるようなお店はないし、電車やバスの本数はとても少ない。でも私は、こっちのほうが過ごしやすいよ。

「あ」

ちょっと坂になっている細道の先に続く階段の前でふと立ち止まる。こんな階段があったんだ。いつも足早に通りすぎちゃうから知らなかった。

「この階段を上がったらなにかある？」

「とくになにもないけど……。高台からは町全体が見渡せるよ」

町全体が見渡せる……。うわぁ……。見たいかも。

「奏人くん、私、登ってみたい！」

「え？」

ついお願いをすると、奏人くんの顔から笑顔がスッと消えた。

「いや……。え？　け、結構大変だよ？」

「うん。いいよ。だめかな？」

若干顔を引きつらせる奏人くんに『それがどうしたの？』と言わんばかりに聞き返す。

「じゃ、じゃあ……登る？」

「うん！」

少し曲がりくねった階段を登っていく。高台までは結構段数があって距離も遠いけど、傾斜がゆるやかな階段なのであまり疲れは感じない。なんかちょっと冒険みたいでワクワクする。

「わぁ……」

階段を登りきった高台は屋根付きベンチがひとつあるだけのちょっとした広場になっていて、奏人くんの言うとおり町全体が見渡せた。

すごい……、広い……。

「ねぇ、奏人くん。家がたくさん見えるよ！　山も見える！　緑がいっぱいできれいだね。あ、見て！　飛行機雲だ」

手すりにつかまり、身を乗りだしながら、右側に並んだ奏人くんに声をかける。

「そんなに身を乗りだしたら危ないよ。お願いだから落ちないでね」

あれ？　なんか奏人くんの声に元気がないような。

「奏人くん……？」

気になって奏人くんのほうを見ると、奏人くんは手すりにぎゅっとつかまりながら、視線は高台から見える景色ではなくその手元にある。

「奏人くん、どうしたの？」

「……別に、なんでもないよ」

いつもと様子が違うけど。あ、もしかして……。

「高いところが苦手なの？」

「いや、そうじゃないけど……」

奏人くんは一瞬否定したけれど、私がじーっと見つめていると、

「……うん。本当は苦手」

素直に小さくうなずいた。やっぱり。だからさっき少しだけ様子がおかしかったんだ。

「でも、橋の上で会った時は高いところが好きって言ってたよね」

「いや、だってそれは……。あんな雰囲気の中『僕は高いところが苦手』だなんて絶対言えないじゃん」

私から視線をそらして奏人くんが少し気まずそうに答える。じゃあ、あの時……橋の上で私と話しながら必死に我慢してたってこと？　ソメイヨシノの豆知識を話しながら？　そう思うと、なんだかおかしくて。

「プッ。あははは！　なにそれ！」

気づいたら私は声を出して笑っていた。

「それなら言ってよ。奏人くん、おかしいよっ！　あははっ」

知らずにここへ連れてきてしまったことを申し訳なく思うと同時に、変なところで強がる奏人くんが面白くて笑うのを我慢できないよ。

「奏人くんが高いところ苦手なら登らなかったのに。……奏人くん？」

思わず声をあげて笑っていると、奏人くんが目を大きくして私を見ていることに気づいた。

「なに……?」

「美音ってさ、そんなふうに笑えるんだね」

さっきまで顔色が悪かった奏人くんが、急に優しい眼差しを向ける。

「知らなかったよ。そんなふうに笑う子だったなんて。美音がたくさん話してくれるようになって、たくさん笑ってくれるようになって、僕はすごくうれしいんだよ」

転校してきてから一カ月以上が経ち、最初は無口で暗かった私が、奏人くんたちと友だちになってからは、毎日笑顔でいられるようになって口数が増えた。それを奏人くんが喜んでくれている。

「そういう美音をずっと見てみたいと思ってたんだ」

奏人くんの言葉から私を想ってくれていることが伝わってきて、あたたかい気持ちになる。

「だから……」

不意に奏人くんが一歩私に近づき、そっと私の頬に手を添えた。奏人くんの黒い髪が風でふわりと揺れる。

「もっと笑ってよ。その顔、すごくかわいいから」

……私の胸がドキッと鳴った。ドキドキドキドキ。急になんだろ、これ。奏人くんに触れられている頬が熱い。

「とくにね、さっき見せてくれた笑顔がいちばんかわいかった……かなぁ。あれ、お気に入り」

だからなんで、そんなこと言うのっ？

またもや『かわいい』と言われて、ドキドキがさらに激しくなる。

「も、もうっ！　奏人くんはこの間から『かわいい』って言いすぎだよ！　どうして、そんなにたくさん言うようになっちゃったのっ？」

最初はあんなに照れてたくせに、今じゃ息をするように言うんだもん。奏人くんは慣れちゃったかもしれないけど、私は慣れないんだよ。きっと、この胸のドキドキはそのせいだ。奏人くんが『かわいい』って言うからだ。

「もう言わないで！」

「どうして？」

「だって、恥ずかしい……」

「ほら、かわいいじゃん」

……も、もう！　また！

あ……！　まさか、私の反応を面白がってるの？　そうだ。きっと、からかってるんだ。奏人くんは優しいだけじゃない。とても意地悪なんだ。

「つ、次また言ったら怒るからね……！　もう禁止だよ！」

私はそう言ってプイっと顔をそむけ、逃げるように階段をおりた。

「あ、怒っちゃった」

そんな私を見て、奏人くんはおかしそうに笑っていた。

かっこいい

「ねぇ、見て美音。男子がサッカーしとる」

「あ……。本当だ」

五月も残すところ一週間を切った。

四限目の保健体育の授業中、璃子ちゃんがツンツンと私の右肩をつつきグラウンドをさししゃべりかけてきた。男子はグラウンドで体育の授業で、女子は多目的室で保健の授業。女子だけで自由席だから、璃子ちゃんは私の隣の席に座っている。

一階の多目的室からはグラウンドがよく見えた。ひと際目立っているのは志馬野くんだ。足がすごく速くて、ひとりでシュートをたくさん決めてる。

「志馬野くんって、サッカー上手なんだね。やってたのかな」

「……というより、斗真はスポーツならなんでもできるで。しかも、あー見えて意外と勉強もできるし。無駄にギャップ兼ね備えてなんかムカつかへん？」

へぇ。そうなんだ。かっこよくてスポーツが得意で勉強もできるなんて、志馬野くんはまさに完全無欠だ。すごいなぁ。

あ……。奏人くんはどこかな。気づいたら、奏人くんの姿を探していた。ひとりひとり確認すると、コートの中に奏人くんはいない。というよりグラウンドにいない？

「ねぇ、璃子ちゃん。奏人くんがいない」

「え？　奏人？」

璃子ちゃんも授業中にもかかわらずちょっと身を乗りだし、グラウンドをキョロキョロ見渡す。

「おるけど？」

「え、どこ？」

「ほら、あそこ。木陰のところで座っとるの。あれ奏人とちゃうの？」

璃子ちゃんがグラウンドのすみっこのほうを指差すと、そこにはたしかに奏人くんがいた。

木にもたれかかり、座ってぼんやりと試合を眺めていた。

「まーた奏人は体育サボっとるに」

「また？」

「奏人さー。運動がめちゃくちゃ嫌い言うて、中学の時からよくあーやってサボっとんの。単位どうしとんのか謎やわ」

「へぇ……」

奏人くんは、甘い飲み物が嫌いで、高いところが嫌いで、運動が嫌い。またひとつ奏人くんのことを知ることができた。……って、これじゃあ、奏人くんの嫌いなものばかりだ。

あ、じゃあ……来週の球技大会はどうするんだろう？　つい昨日、私たちのクラスは男女共にバスケをやることになったんだけど、奏人くんは出ないのかな？

そんなことを考えていると、不意に奏人くんと目が合い意味もなくドキッとした。

奏人くんが私に小さく手を振ってきたから、私も手を振り返すと、先生に見つかって「コラ！」と怒られてしまった。しゅんとしながら視線だけチラッと奏人くんに目をやると、私が怒られていたところを見ていたのかクスクスと笑っている。

……もう。奏人くんのせいだよって、私もつられて笑う。

「吉野さん！　さっきからなんですか！　授業中ですよ！」

……また先生に怒られてしまった。言葉を交わさなくとも笑いあえるなんて、奏人くんと友だちになる前は知らなかったな。

授業を終えてお昼休みになると、私たち四人は屋上に来た。

「そういや奏人、また体育サボっとったやろ〜？」

「だって……、今日暑いじゃん」

「なんやその理由！」

璃子ちゃんがお弁当のおかずを食べながらあきれたように笑うと、奏人くんはお茶を飲む手を止めていいかげんな言い訳を述べた。

「そもそもお前はぜんぜん体力ないしなー。たまーに体育やったかと思うとすぐへバっとるし」

「……笑うな」

ちょっとムッとした顔をする奏人くん。それがかわいくて私もクスクスっと笑った。

「じゃあお前、来週の球技大会はどうするん？」

「適当に見てるよ。僕が出ても絶対足を引っぱるだろうし」

「そんなこと言うて、ほんまは出たくないだけやろ。たまには出ろや」

志馬野くんの鋭いツッコミにも奏人くんは「……無理」と首を縦に振らず。

「あんなぁー。男はスポーツしとる姿がいちばんかっこいいんやで？　ねぇー？　美音」

「……へ？　あ、わ、私……？」

卵焼きを口に入れようとしたら突然話をふられ、私は箸を止めた。

うーん。たしかにスポーツをしてる男の子ってみんなキラキラしているかもしれない。そう思った私は「うん」と璃子ちゃんの意見に同意した。

「え？　美音はスポーツできる人が好きなの？」

奏人くんが、少し身を乗りだして聞いてくる。

「え？　す、好き……？」

「たとえばさ、美音が男の人をかっこいいって思うのってどんな時？」

「あ、えっと……」

「やっぱりスポーツしてる時？」

奏人くんが次々と質問してくるから、私の答える隙がないよ……。

「スポーツしてる男の子はみんなかっこいいよ」

「……ふーん」

隙をついて私がそう答えると、奏人くんはなんだかつまらなさそうな顔。

あ、あれれ……？　私、今まずいこと言ったのかな？

「あの……。奏人くん？　どうし……」

「やっぱり球技大会出る」

「え？」

ついさっきまでは出ないって言ってなかったっけ？

「は、はぁぁ？　奏人が!?」

「なんなん!?　その急な気持ちの変化は！」

奏人くんの予想外な言葉に、かなり驚いた顔をして声をあげるふたり。あまりの驚きように、当の本人である奏人くんもつられて驚いている。

「シマが出ろって言ったんだろ」

「いや、それでも出やんのがお前やろ！」

「ほんまやに。なんでそんな急に……」

ふたりはそこまで言うと一瞬黙って、なにやら考えこむ。

そして、

「あ」「あ」

声をハモらせ、なぜか私のほうを見た。え？　な、なに？

「ははーん。なーるほどねー」

「……な、なに。なに笑ってんの……」

「なんやお前。そういうことかよ。ならそう言えや」

「だからなにが！」

ニヤニヤ笑うふたりに挟まれる奏人くん。

「お前どうせあれやろ？　吉野がスポーツしてる男がかっこ……」

「あ——！　もう！　うるさい！」

志馬野くんが言いおえるよりも先に、奏人くんがあわてて立ちあがり、志馬野くんの口を手でふさいだ。

「美音、気にしなくてもいいからね！　違うよっ、違うから！」

私が首をかしげていると、奏人くんはこっちを振り返ってかなりの勢いで否定してくる。

ち、違うってなにが？　志馬野くん、今なんて言ったのだろう？　よくわからないけど。

「奏人くん、がんばってね」

私はニコッと奏人くんに笑いかけた。

すると奏人くんは、「うっ」と言葉を詰まらせると、恥ずかしそうにそっぽを向いたまま、コクリとうなずいた。

奏人くんがバスケをする姿……なんだか少し楽しみだな。


六月。ちょうど梅雨入りと重なった今日は球技大会当日。

「むし暑いなぁ……」

登校中、嫌な暑さに思わず顔がゆがんだ。梅雨独特のジメジメしたまとわりつくような暑さは苦手だな。

昨日から制服を夏服に替えた。私の通う高校は冬も夏も白色のセーラー服だけど、袖があるかないかで着心地もだいぶ変わる。早くこのジメジメした梅雨が明けないかなぁ。なんて、考えながら歩いていると、視線の先に、横断歩道の手前で信号待ちしている奏人くんを見つけた。うしろ姿だけでも奏人くんだってすぐにわかった。

「奏人くん」

うしろから背中をぽんぽんとして声をかける。

「あ、美音。おはよう」

今日の奏人くんもいつもとなんら変わりはない。白い長袖のシャツの袖を少しまくり、そのシャツの裾は出すことなくしっかりとズボンの中へ。奏人くんは制服を着崩してるわけでないのに、かっこいい。

えっ？　か、かっこいい？　どうして今、急にかっこいいって思ったの⁉

「おーい。美音。どうしたの？」

青信号になっても動かない私の顔の前で奏人くんが手をひらひらさせた。その距離が少し近くてドキッと鼓動が高鳴った。

「あ、待って！」

「早くしないと置いてくよー」

私はハッと我に返り、あわてて奏人くんのあとを追った。

「なにか考えごとでもしていたの？」

奏人くんは歩きながらクスっと笑った。

「な、なんにも考えてないよ！　あ、そ、それより……今日球技大会だね！」

『かっこいいって思ってました』なんて言えるはずもなく、咄嗟に話題を変える。

「そうだねー。僕、球技大会に出るの初めてかも。中学の時も出なかったし。大丈夫かな」

「じゃあ、どうして今年は出ようと思ったの？」

「それは……」

「それは？」

その先が聞きたくて私は「うんうん」とうなずくが……。

「……内緒！」

気になるよ！　璃子ちゃんたちはわかったみたいだけど、私はわからなかったから。

それに、今の『内緒！』って言い方、なんかちょっとかわいかった。

学校に着いてすぐに更衣室で体操服に着替えると、璃子ちゃんがおそろいでお団子ヘアにしてくれた。もちろん奏人くんが買ってくれたあのシュシュで。

更衣室を出て、体育館へ向かう途中に奏人くんと志馬野くんとバッタリ出くわした。

ジャージ姿の奏人くんもかっこいい……。って、なんかおかしい……。なんでかっこいいなんて思っちゃうの？

「朝と髪型が違うね。お団子が載ってる。かわいい。これどうやったの？」

お団子をツンツンと突っつかれる。く、くすぐったい。しかも奏人くんの「かわいい」が、自然すぎて、もう挨拶みたいになってるよ。

「まーた、こいつらおそろいの髪型しとるにー。ほんまガキやなー」

「なぁー。あんたもさー、奏人みたいにかわいいのひと言くらい言えやんの？」

「あんな？〝かわいい〟っていう言葉はかわいい子に言うんやで？」

ハッと鼻で笑う志馬野くん。

「しかもお前の場合髪の毛明るい茶色やし？　もうそれお団子やなくてう……」

「……なっ！　こいつっ！」

璃子ちゃんはカッと目を開くとちょっと背伸びをして、志馬野くんの髪をグシャグシャーっとした。

「ちょっ……！　やめろや！　嘘嘘！　かわいいに！」

「そんな取ってつけたような『かわいい』いらんわ！」

このふたりは今日も平常運転。

男子バスケは第一体育館、女子バスケは第二体育館集合のため、いったん奏人くんたちとはお別れ。

この学校の球技大会は、第一体育館、第二体育館、グラウンドの三箇所で行われ、場所によって競技も違う。自分たちが出ない時間は好きなところを見ててもいいらしい。

　確か奏人くんたちはいちばん最初だよね……？　見たいなぁ。奏人くんがバスケをする姿。

「ねぇ。璃子ちゃん。私、バスケ観たいんだけどいいかな？」

「ほー。もしや奏人目当て？」

「な……。いや……ち、違うよ！」

　ニヤリと笑われブンブンと首を横に振る。いや、そうなんだけど……。

「ええよ！　ええよ！　奏人目当てでも！　もちろん連れてくつもりやったし。奏人も喜ぶにー」

「え？　よ、喜ぶ？」

「はよ行こや！」と言って、璃子ちゃんはグイッと私の手を握ると立ちあがった。

　第一体育館までやってくると……、ギャラリーまで女の子でいっぱいだった。

「なんでこんなに女の子が多いんだろう……」

「そりゃあ、奏人と斗真が出るからやろ？」

「え？　じゃあ、みんなふたりが目当てなの？」

「いや、さすがにみんなはちゃうやろ。でもほとんどそうやに」

　たしかによく聞いてると……、

「今年は染井くんが出るんやってー！　去年は出やんかったから楽しみー！」

「志馬野くんのバスケする姿めっちゃかっこいいんやでー！」

本当だ。周りの子が口にするのはみんな奏人くんや志馬野くんの名前ばかり。このふたりが女の子に人気があることは知っていたけど、まさかここまでとは……。

私と璃子ちゃんは場所を確保すると、床に腰を下ろした。しばらくすると、体育館内はいっそう騒がしくなった。奏人くんと志馬野くんがコートに入ってきたからだ。

「きゃー！　あのふたりむっちゃかっこええー！」

「やばい！　染井先輩がバスケする姿見るの初めてー！」

まだ試合が始まってもないのにきゃーきゃー騒がしい。これじゃあ、隣の璃子ちゃんに声をかけられても気づけない。不意に奏人くんと目が合った。なにやら大きな声で私に向かって叫んでいる。でも、周りが騒がしいのと距離が遠いので奏人くんの声はこれっぽっちも聞こえない。

《あ……ん……と……いえぇ》

口の動きを読んだけど、距離があって少し見えにくいのでわからない。私は自分の耳元で手を上下にひらひらさせた。これは手話で《聞こえないよ》と伝えているんだけど……。

あっ！　手話なんて使っても奏人くんにはわからないよね。私ったら、つい……。

でも、奏人くんはちょっとハッとしたような顔をすると、私のほうに駆けよってきた。ますます私の周りが騒がしくなる。そして、奏人くんが私の目の前にしゃがんで、私の右耳に顔を近づけた。

「ちゃんと見てて」

……あ、聞こえた。周りはこんなにも騒がしいのに、奏人くんの言葉だけが聞こえた。

きっと奏人くんは、手話でもあれくらいなら理解できたんだろう。私が聞こえるように耳元でしゃべってくれたのかもしれない。とても優しい奏人くんの気づかいに心があたたかくなる。

でもそれ以上に〝ちゃんと見てて〟、その言葉に思わずドキッとした。

「……っ」

黙りこむ私に、「聞こえた?」とでも言うように奏人くんが首をかしげる。私がコクリとうなずくと、奏人くんは少し笑って立ちあがりコートへと戻ってゆく。

そのうしろ姿を見ながら、ぎゅっと右耳を押さえた。いつもより近くで聞いたその声が、耳に残っているような気がした。

奏人くんがコートに戻ると、さっそく試合が始まった。

ジャンプボールのジャンパーを務めるのは志馬野くんだ。ホイッスルの音を合図にボールが上げられると、相手よりも背が高く腕も長い志馬野くんが先にボールに触れた。

体育館に響く大きなドリブル音。床がキュッキュッと鳴る。

志馬野くんにボールが回ってくると、ジャンプシュートを決めた。軽々とした余裕の動き。

「きゃー!」と黄色い歓声が上がる。

次にシュートを決めたのは相手チーム。パスを阻止されてしまい、ボールを奪われると、そのままシュートを決められてしまった。力は互角といったところ。

まだボールに触れただけなのに、それだけで歓声が上がる。奏人くんが走りだし、私はドキドキしながらその姿を目で追う。

志馬野くんがバスケットゴールを指差しなにやら叫んだ。『そのまま行け!』と言ったのかもしれない。ドリブルをつきながら走っていた奏人くんはその指示にコクリとうなずく。そして、相手のディフェンスをかわして、バスケットゴール下へとたどり着き、――シュート。

「あ……。入った!」

あっという間にシュートを決めちゃった。歓声はさらに強まった。

奏人くんはシュートだけでなくパスも的確で、奏人くんのアシストパスのおかげでまた点が入る。奏人くんから目を離せない。走る姿が、なびく黒髪が、真剣な横顔が、時折見せるすごく楽しそうな顔が。そのすべてがかっこよくて……。

奏人くんと志馬野くんの活躍で、前半は私たちのクラスが優位に立った。でも、後半戦が始まってしばらくすると奏人くんの様子が変わってきた。だいぶ疲れてきてるみたい。大丈夫かな……。奏人くんのシュートやパスのミスが増え、なかなか点につながらない。得点はあっという間に追いつかれて越されてしまった。

試合時間残り一分。三十二対三十一の一点差で負けている。

ここで点を入れなければ負けてしまう。せめて同点に持ちこせれば……。あちこちから送られる応援の声。

あ……。私も奏人くんに応援を届けたい。

「……ばれ！」

あぁ、周りの声にかき消されて自分の声がぜんぜん聞こえないや。もしかしたら、自分が思うよりも声が小さいかもしれない。こんな声じゃ届かないかも。

「……がんばれ！」

もっとお腹の底から声を出してみる。周りの声援にかき消されて、自分の声は聞こえないけれど。

「がんばれ‼　奏人くん‼」

奏人くんには聞こえていてほしいな、私の声。

そう思った瞬間、奏人くんと目が合ったような気がした。奏人くんは最後の力を振りしぼるように走りだすと、相手からボールを奪った。

残り時間は十秒。

あの距離からではゴール下まで行くには間に合わないだろう。すると、奏人くんはバスケットゴールからずいぶんと離れた場所でピタリと立ち止まった。

……どうしたの?

そう思った時には残り三秒。奏人くんは腕を高く高く上げながらジャンプをすると、そのままボールを放った。

ピッピー!! 試合終了のホイッスルが鳴りひびく。

体育館が静まりかえった、次の瞬間。

「きゃ――――!」

地響きのような歓声が湧きおこった。

「嘘……」

私も思わず両手で口をふさいだ。三十二対三十四。奏人くんが最後に決めたのは、スリーポイントシュートだったんだ。

「璃子ちゃん見た⁉ 奏人くんすごい! すごいよ!」

私が興奮気味に璃子ちゃんの肩をグラグラ揺らすと、璃子ちゃんも感動した様子でうなずいた。奏人くんは一か八かの勝負にかけ、スリーポイントシュートを狙ったんだ。

それがみごと、逆転勝利につながるなんて。同じチームのメンバーに囲まれている奏人くんを見つめる。子どもみたいに無邪気な笑顔なのに、タオルで汗をぬぐう仕草はやたらと色っぽくて……。

「……っ」

……あぁ、だめだ。やっぱり奏人くんはかっこよすぎるよ。

試合が終わると奏人くんと志馬野くんは体育館を出ていったので、私と璃子ちゃんもすぐそのあとを追った。

「奏人くん」

体育館裏の階段に座る奏人くんに声をかけると、下を向いたままぐったりとしていた奏人くんが振り返った。その顔は疲れ切っていて、どこかちょっと苦しそう。

「見てた？」

奏人くんはすぐに表情を変えると小さく笑った。試合で乱れた髪やその笑顔にすごくドキドキとしてしまう。

「うん。見てたよ。奏人くんすごかった……」

もっといろいろな感想があるのに、こんなありきたりな言葉しか出てこないや。

「にしてもさー。お前、実はバスケできるとかそんなのなしやろ。ふつうあそこでスリーポイント決めるかよ？　なんなん？　ギャップ狙いか？」

「私完全に見くびっとったで」

志馬野くんの言葉に璃子ちゃんもうんうんとうなずく。

「まぁ、あいかわらず体力はないけどな。ふだん運動しやんからやで」

「……うるさい」

志馬野くんに笑われ、奏人くんは反論するもすぐに力なく膝に顔をうずめた。

「いや、マジで大丈夫なん？　お前ずっと苦しそうやで」

「大丈、夫……。ちょっと、疲れただけ……」

呼吸がずっと荒く言葉も途切れ途切れ。さすがの志馬野くんも心配になったのか、顔をのぞきこみ背中をさすってあげている。

「奏人くん、大丈夫……？」

私も心配になって奏人くんの前にしゃがむと、奏人くんは顔を上げて疲れを隠すように「大丈夫だよ」とニコッと笑った。

「声がさ、」

「ん？　なに？」

奏人くんが少し辛そうに口を開いた。その声が私には聞きとりづらかったから、奏人くんにもっと近づいてよく耳を澄ます。

「聞こえなくてごめんね」って言いながら奏人くんの目を見たら、奏人くんも少しだけ私の耳元に顔を近づけた。ちゃんと私に聞こえるように。

「声が聞こえたんだ」

「声？」

「うん。美音の声が。がんばってって。聞こえたよ、ちゃんと」

あぁ、そっか。聞こえてたんだ。私の声は奏人くんに届いてた。

「美音の声で、がんばってって言われるとね、がんばれるんだよ。やらなきゃって、思う。……できるかもって」

疲れ切って笑う力もないくせに、奏人くんはまた笑う。

「そうやってがんばった結果が……この様、なんだけどね」

あ、伝えたい……。今なら、言えそう。

「……かっこよかったよ」

「え？」

「奏人くんがいちばんかっこよかった……」

言っちゃった。今日、朝からずっと思っていたことを初めて声にすると、心の中で思っていたよりもドキドキした。でも、一度言葉にしたら、もっと言いたくなって。

「あのね。朝から思ってたんだ。奏人くんのことかっこいいって……」

「……え？　そうなの？」

「制服姿もジャージ姿もかっこいいって、思ってね……」

「……へぇ」

「それから試合中もずっとかっこいいなぁ……って思って見てたんだけど……」

「……うん」

「試合が終わってからも、ずっとそうで」

「……美音」

「それから笑った顔も……」

「美音って」

もっと言いたいのにちょっと大きな声で遮られ、私の言葉が止まる。

「も、もうわかった。わかったから。ありがとう」

奏人くんは片手で顔を覆い、耳まで赤くしてうつむいていた。

「そんな何回も言わないでいいよ。どうしたの急に……」

照れてる。

「奏人くんずーっとかっこよかったんだよ。本当だよ」

「……あ、なに。まだ言うの」

「うん」

「もうやめよ?」

「へへっ。今までの仕返しだよ」

「……ばか」

……あ。顔そらしちゃった。この時初めて、「かわいい」ってたくさん言ってくる奏人くんの気持ちがわかった気がした。一度そう思ったら、相手に伝えたくなっちゃうもん。自分はきみのことこう思ってるよって、聞いてほしくなる。

それがきっと、〝声〟という音のある世界で生きているということなんだ。私はこんな素敵なことを、奏人くんに教えられたんだね。

「なんや。こいつら。またやっとるに。この間の逆バージョンかよ」

「よかったなぁー、奏人。かっこいい姿見せられてー。そのために出たもんなぁ?」

「……もう本当、勘弁して」

奏人くんは恥ずかしさを通りこして、ちょっと困っていた。

奏人くんの家

「なぁ、あいつまた休みなん？」

「うん。そうみたいやなぁ」

球技大会の日から一週間が経った。ここ二、三日雨が続いていて、今日も朝からしとしとと雨が降っている。天気予報では夕方からやむらしいけれど……。

「奏人くん……どうして学校に来ないんだろう」

奏人くんは球技大会の翌日からずっと学校を休んでいた。

メールや電話をしても誰もつながらない状態。一週間も連絡がとれないとさすがに不安になる。私たち三人は不安な気持ちで奏人くんの席を見つめる。私の隣の席がぽっかりと空いているとさみしい。

「もしかしたらなんかあったんちゃうか？　また、おばあちゃんが倒れたとか……」

「あ、たしかに……。そういえば、ばあちゃんって身体が丈夫ちゃうかったな」

「奏人くん、おばあちゃんと暮らしてるの？」

「え？　あぁ、そうやで。聞いてないん？　小学生の時におばあちゃんの家があるこの町に引っ越してきたらしい。私たちも奏人のおばあちゃんにはよくしてもらっとるよ」

私がクイクイっと璃子ちゃんの制服を引っぱると、璃子ちゃんは私のほうを向いて話してくれた。

「今までもこういうことちょくちょくあってな。おばあちゃんの具合が悪い時は、奏人は絶対学校休むんよ。ふたり暮らしやでおばあちゃんの面倒見れるの奏人しかおらんし。中学の時なんか、おばあちゃんの入退院の繰り返しで一カ月近く休んだことあったし……」

「でも、最近はあんまりなかったんやけどな」

そうなんだ。おばあちゃん……そんなに体調が優れないのかな。

……って、え？　今、なんて？　奏人くんってもしかして……。

「奏人くんって元々違うところに住んでたの⁉」

私がグイッと身を乗り出すと、璃子ちゃんはビクッと身体を揺らした。

「奏人は確か小学三、四年生の時に引っ越してきたって言っとったで。私と斗真は奏人と小学校ちゃうに、奏人と出会ったのは中学の時やけど。まさかそれも知らなかったん？」

「う、うん。奏人くんはずっとこの町で生まれ育ったとばかり……。びっくりした」

「ふつう気づかへん？　奏人だけ標準語やろ～？」

　璃子ちゃんがおかしそうに笑う。

　た、たしかに。奏人くんは標準語で話してた。今までちっとも違和感がなかった。ふつうはいちばん最初に不思議に思うところだけど、まったく意識してなかった。

　奏人くんが方言を話すイメージがなかったからなのかもしれない。

「……にしても心配やな。今日、様子見にいってみるか？」

「そやな……って、私今日は無理や！　生活指導で呼びだし食らっとったわ！　私、この間逃げたに、今日は行かなやばい」

「へ？　あぁ……そういや俺もあったわ。うわー、ダルいな」

　生活指導とは遅刻や欠席の生活態度とか、身だしなみとか、特別に先生から指導を受けるというもの。ふたりはたぶん……その髪色だと思う。璃子ちゃんも新学期の日に担任の先生に怒られてたし。

「行きたくない」とげんなりするふたり。それならなぜ黒染めしないのか私は不思議なんだけど。

「あ。それならさ、美音に任せへん？」

「え？　私？」

「うん。奏人の家に行って様子見てくれやん？」

ひとりでか……。ちょっと緊張するけど、私も奏人くんがすごく心配だ。一週間もひとりでおばあちゃんの看病なんて、もしかしたらなにか困ってることがあるかもしれない。

「ううん。行けるよ。行ってくる」

「ほんま？ じゃあ簡単に行き方でも書くに。斗真、紙とペン貸してや」

璃子ちゃんはルーズリーフに奏人くんの家までの道順を書きはじめた。ふと、梅雨空を見上げる。早く……奏人くんの顔を見たいな。

残りの授業も空いた隣の席を寂しく思いながら過ごし、やっと放課後になった。

ローファーに履きかえて校舎を出ると、まだ雨は強く、しばらくはやみそうにない。

学校から少し歩いたところにある横断歩道を通りすぎ、十字路になっている田んぼ道に来たところでピタリと止まる。ここまでは、私の通学路と一緒だからメモを見なくともわかる。

私の家はここを左に曲がるが、奏人くんの家は右に曲がる。

「えーっと、ここからは……」

ポケットから璃子ちゃんが書いてくれたメモを取りだし歩くこと約十分。

【染井】という表札の一軒家を発見。

奏人くんの住む家は和風な二階建ての一軒家だった。私は軒下で傘を畳むと、インターホンを押した。

しばらくすると中から「はーい」という女の人の声が聞こえてドアが開いた。

「どちら様？」

出てきたのは、奏人くんのおばあちゃんだった。白髪でちょっと腰が曲がっていて、優しそうな目のかわいらしい人。見たところおばあちゃんは元気そうで安心。

「もしかして、奏人の彼女さんか？」

「な⁉ あ、か、彼女……、ち、違います！　私は奏人くんの友だちです！」

「あら、そうなの。ふふっ。あたしったらごめんなさいねぇ。あんまりにもかわいい子が来たもんやからなぁ。てっきり」

私があわてて首を横に振ると、フフッと笑うおばあちゃん。

「それで……奏人くんは……」

「おばあちゃん、さっきから玄関でなにしてるの？」

気を取りなおして奏人くんの様子を聞きだそうとすると、私の声が遮られた。久しぶりに聞いたその声は……奏人くんだ。

「えっ？　み、美音⁉」

部屋から顔を出す奏人くんは、私を見るなりずいぶんと驚いた顔をして、こちらへ駆けよってきた。

「急にどうしたの？　こんな雨の中……」

奏人くんは手でパッパッと私の濡れた肩を払う。そんなことしたら、奏人くんの手が濡れちゃうのに。

「とりあえず上がって。制服が濡れてるからタオル持ってくるね」

「あ、そんなに気をつかわなくても……」

「おばあちゃん、美音に温かいお茶を淹れてあげて。ほら、美音。おいで。風邪引くよ」

奏人くんは私の手を引くと家へあげてくれた。ずいぶんと長い間、聞いてなかったような気がするその声をやっと聞けて、奏人くんのうしろを歩きながら胸がキュっとなった。

「適当に座って待ってて」

「あ、うん」

案内されたのは二階にある奏人くんの部屋だった。ぐるりと部屋を見わたす。きちんと整理整頓されている部屋はなんとも奏人くんらしい。

ここがふだん、奏人くんが生活してる部屋なんだ……。

「はい。タオル」

「ありがとう」

床に座ってしばらく待っていると、奏人くんがタオルとお盆に載せられたお茶を持って戻ってきた。貸してもらったタオルで濡れた髪をふいていたら、奏人くんの制服と同じ柔軟剤のいい香りがした。

「急に来たからびっくりしたよ」

奏人くんはお盆をテーブルの上に置くと、私の隣に腰を下ろす。ラフな部屋着姿もかっこいいなんて思っちゃって。

「いきなりごめんね。奏人くんが一週間も学校に来ないから不安で……」

「それで様子を見にきてくれたの？」

私はコクリとうなずく。

「璃子ちゃんも志馬野くんもすごく心配してるよ」

「……そっか。心配かけてごめんね。ちょっと忙しくて連絡できなかったんだ。スマホもぜんぜん見てなくて。ついさっきみんなからの連絡に気づいた」

「おばあちゃんの具合がそんなに悪かったの？」

「え？」

「あ、璃子ちゃんたちがそう言っててね。中学の時からそうだからって。もしかしたらなにか困ってることがあるんじゃないかって。大丈夫？」

奏人くんは、一瞬、私の顔を見つめたあと、すぐに目をそらし、

「あぁ……うん。まぁそんな感じ。でも大丈夫だよ。明日からは登校できるから」

おばあちゃんについてはなにも言わず、大丈夫だと繰りかえし、またいつもの笑顔に戻った。

あまりおばあちゃんの身体のことについては触れられたくないのかな？　そう思ったから私も深くは聞かないことにした。

「そっか。でも、奏人くんもおばあちゃんも元気そうでよかった」

「うん。ありがとう」

「……うん」

「……」

奏人くんが黙ってしまうと会話がなくなり、ふたりの間に沈黙が流れる。奏人くんはなんだかそわそわしてて少し落ちつかない様子。私もなにか会話をしたいと思っても気の利いた言葉が出てこない。静かな部屋に雨の音だけが響く。

「雨……やまないね」

しばらくの沈黙のあと、窓の外を見ながら奏人くんがポツリとつぶやいた。

「夕方にはやむって言ってたのに、ますます強くなってるね」

「それなら雨がやむまでここにいたらいいよ。別に帰らなくてもいいし」

「……へ？　帰らなくてもいい？」

「あ、いや、今のはそういう変な意味じゃなくて！　だから、えっと……ほら！　あれだよ、あれ！」

私がきょとんとしていると、奏人くんはハッとした様子であわてて否定した。あれとは……？

「はぁ。ごめん。美音が部屋にいると思うと、落ちつかない。居間に通せばよかったかも……」

片手で顔を覆い奏人くんはため息を吐く。

「部屋に誰か入れたことないの？」

「あるよ。シマとか璃子とか。でも……」

「でも？」

「美音だから、緊張するんだよ」

私、だから？　奏人くんは、志馬野くんや璃子ちゃんなら平気なのに、私だと緊張しちゃうの？　そんなこと言われたら私も奏人くんと……男の子と部屋でふたりきりという状況に今さら緊張してきてしまった。

うぅ……。気を紛らわすようにお茶をグビグビ飲んで自分を落ちつかせる。

と、その瞬間、突然ものすごい雷の音が鳴りひびき、部屋の中がピカッと一瞬明るくなった。

「……きゃっ！」

私は思わずぎゅっと目をつむると、そばにあるなにかに抱きついた。小さい頃から雷が大の苦手なんだ。きっとみんなには私よりも大きな音で聞こえているんだろうけれど、人一倍怖がってしまう。

「み、美音？　大丈夫……？」

頭上からちょっと戸惑った奏人くんの声がする。……って、え？　え？　頭上？　あ、あれ？　私は今……いったいなににしがみついてるの？　なんだかいい香りがする。この香りは奏人くんの使ってる柔軟剤。そっと目を開け、顔を上げる。

「雷、怖いの？」

「……えっ！」

奏人くん！　わ、私としたことが……。いくら雷にビックリしたとはいえ、男の子に抱きついてしまうなんて。

「あ、あ……す、すみません……！」

まさかの事態に私は思わず敬語になり、あわてて離れようとした。……が、しかし身体が動かない。こ、腰が抜けちゃった。

「あの、美音……。ずっとこの体勢でいるの？　これはちょっと……僕が、いろいろと、なんか……」

「びっくりして、腰が抜けちゃって……」

また雷が鳴って、より強く奏人くんにしがみつく。だめだ……。怖いし、腰が抜けてるしで、やっぱり離れられない。ピタリと身体が密着する。恥ずかしさで奏人くんの顔を見ていられずに、咄嗟に伏せた。奏人くんの胸に私の右耳が当たる。奏人くんの鼓動が聞こえた。

あ……、すごくドキドキしてる。私の耳に伝わってきて、私の鼓動も早くなる。奏人くんがそっと私の背中に腕を回してきたから、思わず身体がピクッとなった。

こ、こんな……抱きあってるみたいな……。こういうことは付き合ってる人としかしちゃいけないのに。カーッと赤くなる顔。もう恥ずかしさでどうにかなりそう。

でも……。

「こうしてれば、怖くないの？」

「……うん」

奏人くんの腕の中は、不思議なほどにあたたかい。こうしているとすごく安心するのはなんでかな。

抱きしめられたまま、しばらく沈黙が続いた。

「ずっとさみしかったよ」

先にその沈黙を破ったのは、今度は私。この一週間ずっとずっと奏人くんのことばかり考えてた。早く隣に来てほしかった。声が聞きたかった。

「うん。僕も。この一週間ずっとそう思ってた。美音は今頃なにしてるのかなぁとか、声が聞きたいなぁとか考えてたし、早く会いたかった。会いにきてくれてありがとう」

奏人くんも……？　奏人くんも私と会いたかった？

「へへっ。やっと会えてうれしい……。もう少しここにいたい」

「あ、そう。それ。僕もさっきそれを言いたかったんだよ」

「さっき……？」

そっと顔を上げると、目が合った。奏人くんの茶色の瞳に私が映ってる。

「雨がやむまでいてもいいだなんて。あんなの嘘だよ。本当はね、僕が美音にもう少しここにいてほしいって思ったんだ」

少しだけ奏人くんの顔が赤い。でも、きっと……私の顔はもっと赤い。

「美音の声を聞いているとすごく安心する」

「……私も」

声には人を安心させたりドキドキさせたりする不思議な力があるんだ。

「あ、そういえば奏人くん。もともとは違うところに住んでたって本当？」

私はハッと思い出すと奏人くんに身体をあずけたまま尋ねた。

「え？　あ、うん。そうだよ」

「どこに住んでたの？」

「東京。小学校三年生までだけど」

「えっ？　東京⁉　私と一緒だよ！」

「うん、知ってるよ？　なんでそんなに驚くの？」

「だって私、初めて知ったもん！」

「あれ？　僕、言わなかったっけ？」

「言ってないよ〜！」

私たちは顔を見合わせて笑った。どうしようもなく恥ずかしくて、どうしようもなくドキドキしてて。でも、奏人くんといるとやっぱり楽しくて自然と笑顔になれて。

「まだ腰抜けてるの？」

「……うん」

本当はもうとっくに大丈夫なのに。この時間がもっと続けばいいなって、まだ動けないふりをした。

午後七時ごろ、やっと雨がやんだ。奏人くんが家まで送ってくれるという。

私は「別にいいよ」と断ったけど「危ないからひとりはダメ」って。本当に優しいな。

「おばあちゃん。美音を送ってくるから。インターホンとか鳴っても出ちゃダメだよ」

「あら、もう帰るん？　それならこれ持っていきなさい」

おばあちゃんは袋いっぱいのさくらんぼを持ってきてくれた。

「こんなにさくらんぼばっかりいらないよ。美音も困るだろ」

「さくらんぼは梅雨時期がいちばん旬なんやで？　ほら、もうひと袋あるに。お家の人と食べてな」

「はい。ありがとうございます」

わぁー。たくさんさくらんぼもらっちゃった。うれしいなぁ。

「あ、そうや。そうや。確か、りんごもたくさんあったに。甘くておいしいやつ」

「え、り、りんごも？」

「だから、そんなにいらないって！　誰がそんなに果物ばかり食べるんだよ！」

奏人くんの言葉も聞かずに今度はりんごを取りにいくおばあちゃん。

「……はぁ。美音、ごめんね？　おばあちゃん、おすそわけ大好きなんだよね。もう癖みたいなもので」

奏人くんもお手上げ状態だ。

「奏人くんって、すごくおばあちゃん思いなんだね。具合が悪い時は学校を休んで面倒を見たり、インターホン出ちゃダメだよって言ってあげたり」

「おばあちゃん思いっていうか……心配なんだよ。この間なんか僕が同じ部屋にいたのに、孫を名乗る詐欺の電話に騙されそうになったんだよ？　ボケてきてる」

「そうなんだ。それは、危なかったね」

果物を袋に詰めるおばあちゃんのうしろ姿を見ながら「気をつけなきゃね」と言って、うなずく私たち。おばあちゃんにお礼と挨拶をして家を出ると、奏人くんが果物がいっぱい詰まった袋を持ってくれた。

たわいない話をして歩くまっ暗な夜道。雨上がりの空は星がいちだんと輝いて見える。

「きれいだね」

右側を歩く奏人くんが夜空を見上げてつぶやいた。奏人くんは、今、なにを考えてるんだろう……。

「ここまででいいよ」

「家まで送るよ」

「ううん。ここから三分もかからないから大丈夫。送ってくれてありがとう」

「じゃあ、これ。重いけど本当に大丈夫？」

十字路の田んぼ道に来たところで、奏人くんとはお別れ。明日は学校で会えるのに、少しさみしい。

「バイバイ。奏人くん」

「うん。また明日」

奏人くんから袋を受けとると、背を向ける。すると、

「待って、美音」

すぐに奏人くんに呼び止められた。

「あのさ、美音。僕……」

そこまで言うと奏人くんの言葉が止まり、視線がそっと落とされた。その表情は暗くてよく見えなくて、私にはしゃべっているのかさえもわからない。

「奏人くん……？ ごめんね。聞こえなくて。今なにかしゃべっ……」

「ううん。やっぱりなんでもない。またね」

私が言いおえるよりも先に、奏人くんは顔を上げると首を横に振った。

「えー。なにそれー」

「ハハッ。ごめん。たいしたことじゃなかった」

私がクスクス笑うと、奏人くんも笑った。

だからその時は本当に、たいしたことない話だったんだってそう思った。

奏人くんと別れ、今度はひとりきりの夜道。ふと、雷が鳴る中で奏人くんと一緒にいた時間を思い出す。私……、奏人くんに抱きしめられちゃった……。

友だち同士なのにあんなことしちゃってもよかったのかな？　しかも動けないふりなんかして。なんで。

でも、もしも恋人同士だったら、ああいうことをいつでもできるのかな？　恋人同士なら……。

ん⁉　あれれ⁉　私はいったいなに考えてるんだろう⁉

奏人くんは友だちでしょ⁉　それなのにどうして……。

もしも奏人くんと恋人同士だったら……なんて、そんなこと。

「……っ！」

唐突にそんな想像をしてしまった自分に、私はひとりカァァァと赤面した。

「私、なんか今日は変だ……」

奏人くんと出会って早くも二カ月が過ぎようとしていた。

魔法みたいな声

「今回の検査の結果、とくに悪化は見られませんでした」

「そうですか」

夏休みに入ってから数日後。

私は検査のため病院に来ていた。難聴の進行が落ちついてる今も、こうして定期的な検査が必要なんだ。みんなと当たり前のように会話ができる今、私は以前みたいに自分が難聴者だと悲観的になることなく過ごせている。

でも……。

「あの、先生。私の難聴が悪化する可能性……聞こえなくなる可能性は、どのくらいありますか？」

ふだんは考えないようにしていたことも、こうして検査に来るとどうしても考えてしまう。

今よりも難聴が悪化して、みんなの声がほとんど聞こえなくなってしまったら……。

不便とかそんな次元じゃない、音のない残酷な世界に閉じこめられてしまうのが怖い。

「わかりません。ただ、吉野さんと同じように、長い間進行が見られなかったにもかかわらず突然悪化してしまった人はたくさんいます。とくに吉野さんの場合、進行性です。進行速度は遅くとも、難聴が急激に悪化する可能性はかなり高いです」

先生は私自身のためにも「このまま悪化しない可能性もある」なんてそんな無責任なことは言わない。もしもその日が来た時、しっかり現実を受けとめることができるように。

奏人くんたちと出会って私は変わることができた。それだけは確かなこと。私は今いったいどこまで強くなれたんだろう？　それはきっと……現実に直面しないとわからない。

「先生、私ね……。ずっと聞いていたいと思える声に出合えました。優しくてあたたかくて」

今、私の手は震えてる。

「それが私の世界からなくなっちゃう日が来るかもしれないって思うと……。やっぱりすごくさみしいですね」

声も震えてる。これが今の私の心の強さの限界を表しているのだとしたら……。

でもさ、本当に不思議なんだよ。だってこんな時でも、奏人くんの声を聞きたいと思うんだから。夏休みになって、学校に行かなくなって、奏人くんとは会わなくなって、そうすれば、いろいろと落ちつくかなと思ってたのに。それどころか、ますますひどくなってる。

毎日毎日、奏人くんの声を聞きたいって思ってるし、会えない日のほうが奏人くんのことを考えてる気がする。それなのに……。

「今日も連絡が来ない」

私は冷房の効いた部屋でベッドにうつ伏せになりながらスマホとにらめっこ。夏休みになったら連絡するね、絶対に遊ぼうねって約束したのに、八月に入っても奏人くんからの連絡はいっこうにない。もしかして、忘れちゃってるのかな？

こんな日が続いてさみしさが募って。おまけに病院へ行ったあの日から、気持ちもなんとなく落ちこんでいて。そのくせ自分から連絡する勇気はなくて。

「夏休み、ぜんぜん楽しくない」

志馬野くんや璃子ちゃんとはたくさん遊んでいるけど……。私は奏人くんと遊べる日をすごく楽しみにしてたんだ。このまま夏休みが終わっちゃうなんて嫌だなぁ。

お風呂から上がって、「今日も連絡なかったなぁ……」と深いため息をつきながら部屋に戻った時だった。テーブルの上に置いてあるスマホが軽快な音を立てて鳴っていた。頭からポタポタと水が垂れているのもおかまいなしに、あわててスマホを手に取って画面を確認すると、そこにあるのは奏人くんの名前だった。

待ち焦がれていた連絡にいっきに暗い気分が晴れて顔が明るくなってゆく。でもいざ連絡が来たとなると。うぅ、緊張しちゃう……。会話なんて久しぶりだし、電話は初めてだし。

私はふぅーと息を吐きスマホを右耳に押しあてた。なるべく平常心で……。

「も、もしもしもし⁉　奏人くんですか⁉　私です！」

あぁぁ。平常心を装うどころか声は思いっきり裏返り、意味不明なことを言ってしまった。

「フハッ。今なんか〝もし〟が一個多くなかった？」

……わ、笑われてしまった。ご丁寧に突っ込みまで。

「こ、こんばんは……。久しぶりだね」

「うん。久しぶり。元気してた？」

「元気だったよ。奏人くんは？」

「僕もふつうに元気だよ」

久しぶりの奏人くんとの会話に自然と頬がゆるむ。声が聞けた。たったそれだけのことがうれしくてうれしくて。検査の日から離れなかった憂鬱な気分なんてどこかへいっちゃう。

奏人くんの声には魔法の力があるんじゃないのかなぁ。

「あ、ちゃんと聞こえてる？　この大きさで大丈夫かな？　電話だと、どのくらいの大きさで話せばいいのかわからなくて」

「ちゃんと聞こえるよ。そのくらいでいいよ」

私にとって、昔から電話はあまり好きではないものだった。直接話すよりもやっぱり聞こえづらいし、聞きとれないことのほうが多い。でも不思議なことに奏人くんの声だけは、電話越しでもしっかりと聞こえる。

「奏人くん……ずっとなにしてた？」

「え？」

「だって、連絡するって言ったのに、ぜんぜんなかったから……。私と遊ぶ約束したの忘れちゃったかと思ってた」

最後のほうはだんだんと小さくなってゆく声。これじゃあ、奏人くんに私の声が聞こえないよ。

「怒ってる？」

「ちょっとだけ……」

怒ってるというよりは……すねてます。夏休み一緒に遊ぶ約束に、私だけが浮かれてたみたいだもん。

「ごめん。忘れてたわけじゃないよ。でもいろいろと忙しくて……。本当ダメだね」

あ、奏人くん……自分を責めてる。そんなつもりで言ったんじゃなかったのに。私の……ばか。

「そんなに声を聞きたがってたなんて知らなかった」

「……うん。聞きたかった」

「え、ずいぶんと素直だね」

だって奏人くんが思うよりもずっとそう思ってたんだもん。

「待たせてごめんね。まだすねてる？」

「……ううん」

「やっぱり、すねてるね」

電話越しに困ったように笑う奏人くん。

声を聞けただけでうれしいのに、「なんで連絡なかったの？」なんて、彼女じゃあるまいし。

奏人くんは忙しかったって言ってるんだから、その言葉を信じなきゃ。

「でも、これからは大丈夫だよ。いつでも会えるから……って夏休みもう一週間しかないね。残りの一週間たくさん会おう」

「たくさん？」

「うん。たくさん。どこか行こっか。どこへでも連れてってあげるよ」

「……たとえば、どこに連れてってくれるの？」

「たとえば？　あ。じゃあ明後日は？　夏祭りがあるんだよ。花火も上がる」

「夏祭り？」

「そう。一緒に行く？」

「みんなで？」

「ううん。僕と美音のふたりだけで」

夏祭り、花火、奏人くんとふたりで……。

「行く！　絶対行くよ、約束だよ！　破ったらダメだよ！」

「うん、破らない。約束」

さっきまでの不機嫌はどこへやら。私はさっそくカレンダーにグルグルと丸をつけた。

「よかった。やっと機嫌直った」

奏人くんはそんな私にほっと安心した様子。

「困らせちゃった……？」

「ううん。かわいかったよ。なんかね、子どもと接してるみたいだった。小さな妹がいたらこんな感じかな」

「すぐ、かわいいって言う……。だから、それは言わなくてもいいってばぁ」

　奏人くんは私がなにしても「かわいい」って言うんだから……。

「明後日、晴れるといいね」

「うん。てるてる坊主作る」

「えー？」

　てるてる坊主なんて幼稚な発言に奏人くんはクスクスと笑っていた。そのやわらかな笑い声を電話越しに聞いてるだけで、私にも笑顔が移っちゃうから。

　やっぱり奏人くんの声は魔法みたいだと思った。

夏祭り

「やった！　晴れだ！」

夏祭り当日。昨日は楽しみすぎて朝方までなかなか寝つけなかった。そのせいで起床したのはお昼過ぎ。起きて早々、雲ひとつない快晴に小さくガッツポーズ。

私は足早に一階のリビングへおりた。

「お母さん。私、今日の夜ごはんはいらないよ」

「あら。どこか出かけるの？」

「うん。夏祭り。友だちと行くんだ」

私が照れくさそうに笑ってそう言うと、お母さんは「そう」と微笑んだ。

「こっちに引っ越してきてから、美音に笑顔が増えてお母さんもお父さんもうれしいわ。きっと素敵なお友だちに出会えたのね」

お母さん……うれしそう。小さい頃から、難聴のせいでたくさん心配をかけてきたから。

「あ、そうだ。どうせなら浴衣を着ていったらどう？　夏祭りでしょ？」

「え？　ゆ、浴衣⁉　そんなのいいよ〜」

「せっかくの夏祭りなんだから浴衣くらいいいじゃない。ほら、おいで。着付けてあげるから」

　お母さんは私を無理やり寝室に連れていくと、タンスから大きな箱に入ってる浴衣を取りだした。大きな青紫色のアサガオが描かれた薄いピンク色の浴衣。

「この浴衣はね、大学時代にお父さんと初めて夏祭りデートした時に着たのよ。懐かしいわねぇ。取っておいてよかったわ」

　お母さんは私に浴衣を着せながら懐かしそうに話す。

「デート……」

　デートなんて言葉に思わずドキッ。

「なぁに？　その反応。もしかして美音もデートなの？」

「え⁉　ち、違うよ！　私は、別にデートじゃないから！」

「そっかぁ。デートかぁ。美音も、もうそんな年なのね。お父さんが知ったらきっと泣いちゃうわね」

　人の話を聞かずにクスクス笑うお母さん。もう、違うって言ってるのに……。

　それからもあれよこれよとお母さんにしてもらい、すべてが終わった頃にはもう夕方五時少し前だった。

「はい、完成」

「わぁ……」

全身鏡の前に立った私は思わず感動。浴衣は薄いピンクだから、黄色の帯がアクセントになっている。生まれつき薄茶色の私の髪を、コテでふわっと巻いたサイドアップにして、浴衣に合わせてアサガオの髪飾りをつけてくれた。仕上げに薄くメイクまでしてくれて、鏡に映る姿はなんだか自分じゃないみたいだった。

こんな格好初めて……。本当に私がこんな姿で大丈夫なのか少々不安だけど、待ち合わせ時間まであと十五分もない。お母さんにお礼を言うと、あわてて赤のカゴ巾着に財布とスマホを入れ、用意してくれた下駄を履いて家を出た。

待ち合わせはあの十字路の田んぼ道なのだけど……。あ、歩きにくい……。たった三分の距離で何回もつまずきそうになってしまった。

やっとの思いで待ち合わせ場所に到着。まだ奏人くんは来ておらず、誰かが通る度に「来たかな?」とドキドキしてしまう。

みんな夏祭りへ行くのかな。浴衣姿の人がたくさん。奏人くんに笑われちゃったらどうしよう……。

「美音?」

き、来た……。顔を上げると、奏人くんがちょうど到着したところだった。

久々に会う奏人くんに少しドキッとした。とくにこれといった変化があるわけじゃないんだよ。

黒髪はいつもどおり無造作に流され、肌も日に焼けてなくて白い。私服だって長袖の薄水色のオックスフォードシャツの袖を少しだけ捲って、細身な黒色のチノパンと、とてもシンプル。

いつもと変わらないけど、なんか痩せたかな？　でも、会って早々にやっぱり思っちゃう。

かっこいい……！って。

「やっぱり美音だ。最初誰かと思ったよ。浴衣着てきたんだね」

それにほら。笑った顔も、かっこいい。

「お母さんに無理やり着せられて……」

「へぇ」

……あ、あんまり見られると恥ずかしい。この感じ、初めてポニーテール姿を見せた時と似てる。自分から「どうかな？」なんてそんなことは聞けないし……。

「なんかもう、めちゃくちゃかわいいね」

早くなにか言ってほしくてもじもじしてると、奏人くんはいつもの言葉を私にくれた。

「まさか浴衣を着てくるなんて思わなかったから、びっくりした。いつもとぜんぜん雰囲気違うね。とても似合ってるよ」

あ、どうしよう……。顔が赤くなっちゃう、なんて、本当は期待してた。奏人くんの「かわいい」って言葉。

「で、でも奏人くんはいつもなんでもかわいいって言うから……」

「いつも言うのは、いつもそう思ってるからだよ」

こんなことさらっと言ってしまうの……なんか、ずるい。

「行こっか」

奏人くんが自然と私の右側に並んだ。いつの間にか奏人くんの左側は私の定位置になっている。見上げないと顔が見られない程の身長差も、時々香る柔軟剤の香りも、きれいな横顔も。

そのすべてがずいぶんと久々で、隣を歩いているだけで緊張してしまう。下駄で歩きにくい私に合わせて、ゆっくりになる奏人くんの歩調。

「大丈夫?」って何回も聞いてくれる。

しばらく歩いていると、ずらりと並ぶ屋台が見えてきた。まさかこんなに人がいるなんて、夏祭りに来るのは初めてだから知らなかった。

「……はい」

不意に手が差しだされた。

「え……？」

「迷子になるから」

そっぽを向いて少し照れくさそうな奏人くん。

あ。手を……手をつなぐんだ。そっと奏人くんの手に触れてみると、奏人くんは私の手をぎゅっと握って、私の顔を見ずにそのまま歩きだした。

初めて手をつないじゃった。奏人くんの手、大きい。

私、今すごくドキドキしてる。

屋台が並んでいるところは混雑していて、とてもじゃないけどスムーズには歩けなかった。

でも……こうして手をつないでいれば奏人くんとはぐれない。

急にツンツンと肩を突かれた。

「ん？」と奏人くんを見ると、奏人くんは屋台のほうを指差して「食べる？」と聞いてきた。周りがガヤガヤしていて奏人くんの声が聞こえなかったから、ジェスチャーと口の動きで理解したんだけど。

奏人くんが指差したのは綿菓子の屋台。大好きな綿菓子に私は目を輝かせコクリとうなずいて、「食べたい」と声で伝えた。

きっと奏人くんには私の声が聞こえてるから。奏人くんはニコッて笑って、綿菓子をひとつ買って私に渡してくれた。パクッと食べると、甘い味が口いっぱいに広がって、思わず笑顔になっちゃう。

奏人くんが「おいしい？」って聞いてきたのが口の動きでわかって、私は「おいしい！」と子どもみたいに笑った。

綿菓子を食べおえると、ヨーヨーすくいに挑戦してみることにした。なかなか取れずに苦戦してたら、立って見ていた奏人くんは「へただなぁ」って笑ってきた。

私は頬を膨らませ「じゃあやってみてよ」と、こよりを渡す。奏人くんはそれを受けとると私の隣にしゃがんだから、同じ目線になってドキッとした。失敗したらお返しに笑ってやろうと思ったのに……。

なんと奏人くんはみごと一発で取れちゃった。

「うまいだろ？」

ちょっと自慢気に笑う奏人くんがかわいくて、私はまたドキッとしながらそうだねってうなずいた。

「あげる」

ピンクのヨーヨーが手渡される。悔しいけど、うれしい……。

人混みにまぎれ、私には奏人くんの声は聞こえてない。口の動きや表情を見て、こんなこと言ってるんだろうなって理解してるだけ。奏人くんはいつもよりもジェスチャーを使って、私が理解できるようなるべく短い言葉を選んでくれている。

気をつかわせてないかな？　つまらなくないかな？

周りの人たちは楽しそうにおしゃべりしながら歩いてるのになぁ……。

少し申し訳なく感じてしゅんとしてたら、奏人くんが今度はりんご飴を買ってくれた。

その甘くて美味しいりんご飴に私も自然と笑顔になった。

奏人くんはきっと私の思いを察して、楽しませてあげようと、笑顔にしようとしてくれてる。

「はぁー。暑いね」

「そうだね」

「浴衣なんてもっと暑いでしょ？」

屋台が並ぶ通りを抜けると、人の流れも少なくなり静かになった。

これでやっと奏人くんの声が聞こえる。どうやらこの先に花火がよく見える特別な場所があるらしい。奏人くんが連れてきてくれたのは神社だった。ここからのほうがきれいに、そして静かに見えるらしい。奏人くん曰くここは花火がよく見える穴場スポット。

ちょっと登ったところの石段で奏人くんに「座って」と言われ腰を下ろす。

奏人くんがここで手を離そうとしたから、思わずぎゅっと力を入れたら、奏人くんは手を離すのをやめてそのまま隣に座った。自分から〝離したくない〞と合図したくせに、その仕草にまた胸がキュンってした。

「奏人くん……」

「ん？」

「私ね、最近ちょっと落ち込むことがあったんだ。ずっと憂鬱で……悲しくて」

〝難聴が急激に悪化する可能性はかなり高いです〞

辛い未来を想像するだけで涙が出そうになっちゃうから、いつも考えないようにしてた。

「でもね、奏人くんの声を聞いてたら、そんなのぜーんぶどこか行っちゃった！」

奏人くんがいれば元気になれるし、笑顔になれちゃうんだよ。

どうしてかな？　なんでかな？　自分でもわかんないんだ。不思議だよね。

「今日、すごくすごく楽しかった。来年の夏もまた奏人くんとこの場所に来たい」

楽しい時間はすぐに終わってしまう。それなら来年も。できれば奏人くんと、同じ夏を過ごしたいな。

「うん。来年も絶対……」

奏人くんがそこまで言いかけて、少しだけ視線を落とした。長い睫毛に隠れて、瞳がよく見えない。

――ドンッ。

奏人くんがふたたび口を開いたのと同時に花火が上がって、その声がかきけされる。突然上がった花火に私と奏人くんはちょっと驚きながら同時に空に視線をやった。次々と打ちあがる花火が、夜の空を色とりどりに光で彩る。

感動しながらふと隣を見ると、花火を見つめる奏人くんのきれいな横顔。奏人くんの瞳に花火が映ってキラキラしている。

花火が上がると暗いこの場所が明るくなって、そのたびに、はっきりと見える表情から目が離せなかった。すごくきれいで……そしてどこか切なげな。なんだか私まで胸をギューって締めつけられる。

「美音」

奏人くんが花火を見上げたまま私の名前を呼ぶ。

「もしもさ、美音がこの先どうしようもなく悲しいことに出合って、泣きやむことができなくなって。どこか道に迷った時は……」

夏の生ぬるい風が、周りの人の声や花火の音を置きざりにして、奏人くんの声だけを届けてくれる。だから、よりいっそう〝声〟という音を強く感じる。

「ここにいるんだって叫んで教えて。名前を呼ぶから聞こえたら返事をしてよ」

いちばん近い距離で同じ景色を見ながら、その優しくあたたかい声を聞いているのは……。

「僕が必ず迎えにいくから」

今、この世界でただひとり。私だけなのだと。

「約束するよ」

奏人くんが私を見て微笑んだ。

「さっき……それを言おうとしたの？」

「そうだよ」

少し間を置いて奏人くんがうなずいた。

「へへっ。奏人くん、スーパーヒーローみたいだね」

「そうでしょ？」

私たちは小さく笑いあうと、また夜空に視線を戻して、手をつないだまま静かに花火を見つづけた。

Episode 3

キュンッてした？

今年の夏休みはたくさん思い出ができた。志馬野くんや璃子ちゃんたちと遊びに出かけたし、奏人くんとは夏祭りに行った。夏休みの最後には四人でバーベキューをしたし、奏人くんと朝方まで電話をする日もあった。そんな思い出が詰まった夏休みが終わっちゃったのはさみしいけれど、学校が始まればまたみんなと毎日一緒に過ごせる。だから私は学校が好き。

そんなことを考えながら、新学期の校舎に入ろうとすると、

「私……奏人先輩のことが好きです」

微かに聞こえたその聞きおぼえのある名前にピタリと足を止めた。

奏人先輩って……奏人くんのことだよね？　もしかして告白されてる？　いや、もしかしたら同じ名前の人ってだけかもしれない……。

気になった私はいても立ってもいられずに声のするほうへ近づき、彼らのうしろにある柱に隠れてそっとのぞいた。

「入学した時からずっと好きだったんです。奏人先輩のこと」

「……そっか。ありがとう」

そこにいたのは、顔をまっ赤にさせながら告白するかわいらしい女の子と奏人くん。

やっぱり、告白されてたのは奏人くんだったんだ。そう……だよね。告白されるよね。優しいし、かっこいいし、人気者だし、それに志馬野くんも奏人くんのこと「モテ男」って言ってた。私が知らないだけで、きっと今までもこんなふうに女の子からたくさん「好き」って言われてきたんだろうな。

奏人くんは誰かと付き合ったことあるのかな？　好きな人いるのかな？

思えば奏人くんはたくさん「かわいい」って言うし、紳士的だし。そういうのって女の子慣れっていうんじゃ……？

私は中学時代や去年の奏人くんを知らない。今は優しくて好青年だけど、実は昔はチャラ男だった可能性も……。頭の中でグルグル考えているうちに、なんだか悲しくなってきた。

「美音？」

「……ひゃっ⁉」

「うわっ。びっくりした」

突然、頭上から声がして顔を上げるといつの間にか奏人くんがいたから、びっくりして思わず変な声をあげてしまった。その声の大きさに奏人くんも驚いてる。

「おはよう。久しぶりだね。あ、別に久しぶりじゃないか」

さっきまで告白されていた奏人くんは、何事もなかったかのように軽く笑う。やっぱり慣れているんだ。

「ここでなにしてたの？　一緒に教室行く？」

「あ、うん」

私は小さくうなずくと、奏人くんと一緒に下駄箱の前で上履きに履きかえる。

「今日も暑いね。いつから涼しくなるんだろう」

「そうだね……」

廊下を歩き教室へ向かう最中、私の笑い方がぎこちなくなり、足どりが重くなる。

……気になる。いろんなことが気になって気になって、仕方ない。胸が騒がしくなって焦って、それから——。

「か、奏人くん！」

「ん？」

奏人くんがこっちを振りむく。

「どうしたの？」

「……っ」

奏人くんは知らない。私が、その「ん？」って、「どうしたの？」ってそんなとても短いひと言にさえも、いちいち胸がときめいていることなんて。絶対、知らない。

「奏人くん……さっきの告白……なんて返事したの……?」

「告白?」

奏人くんは私の質問に一瞬首をかしげるも、すぐになんのことかわかった様子で
「のぞき見してたの?」と笑った。

「ご、ごめんなさい。そんなつもりじゃ……」

「返事、してないよ」

……え? 返事をしてない? それは、告白を受けても断ってもないってこと?

「なんかね、週末にゆっくり考えて月曜の朝、返事を聞かせてほしいって言われて逃げられちゃった」

じゃあ、まだ返事は保留状態なんだ。とりあえずは安心、だなんて、奏人くんがもしもあの子と付き合ったら私にいったいなにがあるっていうの? 友だちの恋くらい。

友だち……か。

「どうして聞いたの?」

「え……?」

「気になった?」

「あぁ、いや……」

ちょっぴり意地悪に笑うその顔に私はあわてて目をそらしてしまった。

「最近の美音は、よくそうやって視線をそらすよね。どうして？」

き、気づかれてたんだ……。そんなこと言われたら、ますます奏人くんの顔を見ることができないよ。

その時、まるで私に救いの手を差しのべるかのようにチャイムが鳴った。

「あ、やばい。遅刻だ。早く行こ」

「あ……！」

奏人くんは私の手をぎゅっと握ると、そのまま教室まで歩いた。また、手をつないだ……。

奏人くんは私に初めて「かわいい」って言った時もそうだけど、初めて手をつないで歩いた時も照れくさそうだった。でも、二回目以降は、ぜんぜんそんな素振りを見せないで当たり前のようにしちゃうから、やっぱり奏人くんは女の子慣れしてるのかなぁって思ったら、また少し胸がズキッとした。

「……というわけで、染井と志馬野と宇佐美。それから吉野にはこれからプール掃除という大きなプレゼントをあげようと思います。おめでとう」

「はぁぁぁ!?」

始業式が終わり帰ろうとしたタイミングで先生に呼びだされた私たちは、プール掃除を言いつけられていた。今日、私と奏人くんは少し遅刻をしちゃったんだけど、志馬野くんと璃子ちゃんも同様に遅刻をしてきた。その罰らしい。

「なんでや！　俺ら始業式には間に合ったやろ！」

「そうやー！　たった三分遅刻しただけでプール掃除なんてありえやんやん！」

「たった三分でも遅刻は遅刻や。しかも、お前らはまた始業式に遅刻しよって。俺は今度遅刻したらプール掃除言うたに？　吉野はオマケでやらせたる。いいか？　吉野。こいつらに染まったらあかんで？　こいつらは悪いお手本なんやから」

ふんと鼻を鳴らす先生に私は「ごめんなさい……」と謝った。

「いや、マジであかんて。だってこんな暑いんやで？　俺らが熱中症になって倒れたらどうするん？」

「大丈夫大丈夫。水撒いてるうちに涼しくなるわ。死にやせん。ほら、さっさと行ってこい」

志馬野くんの説得も虚しく、私たちはプールの鍵を持たされると教室を追いだされてしまった。

「マジでありえやん。お前のせいやで。お前が寝坊するから。ほんま毎朝毎朝、寝坊しやがって……。俺ひとりなら絶対間に合ったのに」

「はぁ？　あんただって今日寝坊しとったやん！」

「アホなのか？　お前は。家出る時間に間に合ったらな、それは寝坊言わへんわ。俺は寝坊ちゃう。俺を何分待たせたと思っとんの」

　廊下を歩きながら大声でケンカするふたり。ふたりは家が近いらしく、毎日一緒に登下校をしてる。志馬野くんは、こんな文句を言いながらもちゃんと璃子ちゃんを待ってあげてるし。

　もしかして……、このふたり両想いなんじゃ？　ふたりのうしろを歩きながらそんな推測をしていると、

「もう、このふたり付き合っちゃえばいいのにね？」

　隣を歩く奏人くんがコソッと私に耳打ちをした。どうやら奏人くんも同じことを考えていたらしい。

　鍵を開けプールサイドに入ると、プールは水が抜かれていて、代わりにかなり汚れていた。私たちはスクールバッグをベンチに起き、上履きと靴下を脱いで、プールにおりた。男の子たちは濡れないようにズボンの裾をまくってる。

「うちの学校、水泳の授業も水泳部もないのになんでプールなんてあるんやろ……」

　深いため息をつきながらホースを手に水を撒く璃子ちゃんは、強い日差しに顔をゆがめる。

ふたりはデッキブラシで磨き掃除。時折、汗をぬぐいながら掃除をしている奏人くんを見つめる。奏人くんかなり暑そう。大丈夫かなぁ。

「おい！　璃子！　ボサッとしやんとはよこっちに水撒けや！」

「あー。はいはい」

「ちょっ……！　お前どこ向けとんのや！」

璃子ちゃんが志馬野くんに向かってホースを向けると、志馬野くんの全身が一瞬でビショビショになった。おまけに璃子ちゃんは「貸して」と私からホースを奪いとると、奏人くんにも水をかけた。

「うわっ。冷たっ」

「あははっ。気持ちええやろ〜？」

璃子ちゃんのせいで全身ずぶ濡れの奏人くん。制服が濡れて肌が透ける。水がしたたる前髪をかき上げる姿がとても色っぽくて……またドキッ。

「てめぇーよくも……。上等や。貸せや！　こら！」

志馬野くんが顔を引きつらせながらホースを奪いとって璃子ちゃんに向けると、今度は璃子ちゃんが全身ビショビショになってしまう。

「ふ、ふつう顔にかける⁉　ほんま最低！　メイク崩れたやん！」

「ふん。ざまあみろ」

ホースの奪いあいをして、ますますビショビショになってゆくふたり。そんなふたりをクスクス笑っていると、

「なーに笑ってんの」

「きゃっ……！」

なんと奏人くんが私にもホースで水をかけてきた。

「か、奏人くん！」

「だって、ひとりだけ無害だったから。ずるいじゃん」

子どもみたいに笑う無邪気な奏人くんがかわいくて、私は「もー」と怒りながらも笑った。

結局四人みんなびしょ濡れ状態になって、そのうち水の掛けあいが始まってしまった。水がキラキラ光ってきれいで、私たちの笑い声はプールサイドに響きわたっていた。

「はぁー。制服びちゃびちゃ……。気持ち悪ーい」

「あははっ。璃子ちゃんが最初に始めたんじゃん」

気づいたらもう午後二時を過ぎていた。すっかり疲れてしまった私と璃子ちゃんは、なにやら言いあいをしながらもしっかり掃除をしている奏人くんと志馬野くんをよそに、飛び込み台に座って休憩中。

「ねぇ、璃子ちゃん……」

「んー？」

「奏人くんってさ、中学時代どうゆう人だった？　仲のいい女の子とかいた、のかな？」

怒らせたのか、また志馬野くんに水をかけられている奏人くんをぼんやりと見つめながら口を開く。

「んー。奏人はあのまんまやで。とくに誰にでも優しいところとかさ。まったく変わっとらん。特別仲のいい女の子もおらんかったと思うで？　相手がその気でも、奏人自身は分けへだてなく接しとったし。というより、奏人はうといところあるから、好意に気づいてなかっただけやけど」

「へぇ……。そっか。奏人くんは中学時代からモテモテだったんだね」

「まぁね。なんで？　どうしたん？　急に？」

璃子ちゃんが「ん？」と首をかしげた。笑われないかな？　いろいろ不安はあるけれど、璃子ちゃんに聞いてほしくて、私はスカートをぎゅっとしながら口を開いた。

「私ね……、奏人くんのことが気になるんだ。今まで誰かと付き合ったことあるのかなとか、好きな子いるのかなとか……」

「……」

「今朝も、奏人くん告白されてて、その時すごく嫌な気持ちになったの……。付き合ったら嫌だって思った」

私はぽつぽつと言葉をつなげた。

「やっぱり……変、だよね？」

不安げに問いかける。すると璃子ちゃんはいきなり私の肩をガシッとつかんだ。

「り、璃子ちゃん？」

「変ちゃう！　美音！　それは恋やで！　恋！」

こ、恋……？

「恋しとるんやで！」

「誰が誰に……？」

「美音が奏人に！　美音は奏人のことが好きってこと！」

恋……。そう、なんだ。恋、なんだ。この気持ちが、……恋。

しだいに恥ずかしくなって、自分でも頬がまっ赤に染まってゆくのがわかった。

「私。奏人くんに恋しちゃったの……？」

「うんうん」

「ど、どうしよぉ」

「ぐはっ。かわいい！　ピュア！」

だってだって。奏人くんはずっと友だちだと思ってたから。

「どうしようもなにも告白するんやで！　奏人も絶対喜ぶに！」

「でも奏人くんは友だちだから、好きになるのは……おかしいよ……？」

「あんなぁー。友だちだとかそんなん関係ないに！　好きなもんは好き。それ以外になにがあるん？」

うぅ……。本当かな？　本当に私のこれは恋なのかな？

「だって美音は奏人にドキドキしたやろ？」

「……ドキドキ、した」

何回も何回も奏人くんにドキドキしてた。今もしてる。止まらない。それから……。

「キュンってした？」

抱きしめられた時、手をつないだ時、電話をした時、一緒に花火を見た時。目が合う時、名前を呼ばれる時、隣にいる時。その全部に私は……。

「い、いっぱいキュンってしたぁ……」

まっ赤な顔を隠すように両手で押さえた。

「彼女になりたいと思う？」

「うん。思った。思ってる……」

「それならもうそれは好きってことやな」

「うん。好き。すごく好きだぁ……」

本当の本当に私は……、奏人くんに恋しちゃった。好きに、なっちゃった。認めた瞬間、胸が熱くなった。

「好き、だから。もし、奏人くんに好きな人がいたら、泣いちゃうかも。奏人くん女の子慣れしてるし……」

「あははっ！　奏人が女の子慣れって、あれのどこが⁉　めちゃくちゃピュアやろ！　美音と並ぶくらいピュアピュアやろ！」

私は結構真剣に言ったんだけど、璃子ちゃんは相当ツボに入ったらしく噴きだした。

「はぁー、笑った。奏人が女の子慣れとか……」

「そ、そんなに面白かった……？」

やっと笑いがおさまり人差し指で目尻をぬぐう璃子ちゃんは「あのさ」と今度は真剣な目。

「奏人の好きな人とか、気になるなら全部自分で聞かなあかんで」

「……自分で」

「そう。好きな人のことを知りたいって思うのは当然の気持ちやもん。それはちゃんと自分で知るもんやで」

そう、だよね。

知りたいことがあっても聞かなければ、知らないままになっちゃう。

「でも、これだけは教えてあげるわ」

「え？」

「たしかに奏人は誰にでも優しいいい奴やで。けどね？」

首を横にする私に、璃子ちゃんは私の耳に顔を近づけ言った。

「奏人は、美音にだけは特別優しい」

私に、だけ。本当に？　私だけ特別？　わからないけど、もしもそうだったら……。

「う、うれしぃぃ……っ」

「うんうん。うれしいなぁ。奏人の好きな子は誰やろな～？　はよ聞かんとな～。特別優しくしてあげたい子かな～？」

ニヤニヤ笑う璃子ちゃんは、まるでその人を知っているかのような目をして私を見る。

「さっきからなんで俺らだけしか掃除しとらんのや！　お前らも手伝えや！」

突然、志馬野くんが叫んだからハッと我に返った。

「うるさいなぁー。今、美音と大切な話しとるんやから邪魔しやんとって！」

「あぁ!?　なめとんのか！」

パチッと奏人くんと目が合う。ただ、それだけで――。想いがたくさんあふれてきて、身体が熱くなって、倒れちゃうかと思った。人って恋をしちゃうと、こんなふうになっちゃうんだ……。初めての恋だから、知らなかった。
でもこれだけはわかるよ。
一度〝好き〟って思ったらもう最後。
その気持ちは一気に加速して止まる気配は……ない。

緑葉の下で

「ほいじゃあ、美音、奏人！　また来週！　私は用事があるで、斗真とふたりで帰るね」

プール掃除を終えて四人一緒に門を出たところで、璃子ちゃんがクルッてこっちを振り返って手を振った。

「がんばってね」

コソッと耳打ちをされる。璃子ちゃん……私と奏人くんをふたりきりにさせようとしてるんだ。気になることは今日聞きなさいってことかな？　でも、まだ心の準備ができていない……。

「はぁ？　なんで？　四人で帰るんとちゃうんか？　用事なんて……」

「いいから！　いいから！　ほら！　はよ行くで！　アホバカ斗真！」

「待て！　お前、今、俺になんて言った⁉」

騒がしいふたりがいなくなる。奏人くんとふたりきりになった。今、隣にいるこの人が私の好きな人。

「帰ろっか」

「……う、うん」

時刻は午後五時を過ぎたけれど、夏は日が落ちるのが遅く外はまだ明るい。

奏人くんと私の影が並んでできる。ふたりで帰るのは初めてじゃないのにドキドキする。

なにを話したらいいのかな、今までどんなふうに奏人くんと接してたかな。〝友だち〟から〝好きな人〟に変わっただけで、そんなことすらわからなくなってしまう。

「制服だいぶ乾いたけど、なんか気持ち悪いね」

「そ、そうだね」

「夕方は少し風があるね」

「……うん」

「美音？」

奏人くんがピタリと足を止めて、私の顔をのぞき込んできた。

「さっきからどうしたの？　元気ないね。疲れた？」

奏人くんの顔が近い。そ、そんなに見ないで……。

「だ、大丈夫だよ……」

「そう？」

嘘。ぜんぜん大丈夫じゃない。好きな人にそんなことされたら、もうおかしくなっちゃいそう。

「美音、今から暇？」

「どうして？」

「久しぶりにさ、河原に行かない？　まだ外は明るいし。あ、でも早く帰って着替えたいかな」

「い、行く。行きたい……」

「うん。じゃあ行こう」

ニコって笑ってまた奏人くんは歩きだす。奏人くんの空いた左手を握りたい。でも、自分からそれをする勇気はない。

バス停までたわいない話をしながらゆっくり歩いて、バスに揺られること数十分。私たちはふたりが初めて出会った場所に来た。

懐かしいなぁ……、この場所。ここで奏人くんとソメイヨシノを見た日がつい昨日のことのよう。あの時、まさかこの人を好きになる日がくるなんて、いったい誰が想像しただろう。

「あ、待って」

「え？」

下におりようとしたら呼び止められる。

「昨日の大雨で滑りやすくなってるかも。危ないから一緒におりよう」

奏人くんが私の右手をぎゅっと握った。……ほら、ね？　奏人くんは、私ができないことをこんなふうに簡単にしちゃうでしょ？　だから、ドキドキしちゃう。もっと好きになっちゃう。

相変わらず流れが穏やかな川と、大きな大きなソメイヨシノ。

春に来た時はピンク色だったのに、今では夏の陽ざしをいっぱい浴びて色濃く染まった緑葉が青々としている。

春に見るソメイヨシノが儚げなら、夏に見るソメイヨシノは強くて凛々しい。

春の姿を知らなかったら、これが桜の木だって言われても信じられないかもしれない。

「すっかり緑だね」

「うん。まるでソメイヨシノじゃないみたい」

私と奏人くんは木を背にして座り、木陰を作ってくれるソメイヨシノを見上げた。

夏の風が私たちの頭の上で緑の葉を小さく揺らす。でも、たくさん桜の花びらをふらせてた春のようには緑の葉は降ってこない。

「一緒に桜を見たこと覚えてる？」

「覚えてるよ」

今でも鮮明に思い出せる。ここで奏人くんと出会えたからこそ得られたものがたくさんある。笑顔とか、喜びとか、友だちとか。それから……。

「僕も覚えてる」

……好きって感情とか。

私はいったいいつから奏人くんのことが好きだったんだろう？

初めて奏人くんの家に行った帰り道に「もしも奏人くんと恋人同士だったら……」そう思った時？　ううん。たぶんもっと前からこの想いは抱いていた。そんな気がする。

じゃあ、奏人くんのどこが好き？

「毎年、季節ごとにひとりでこの場所に来るんだよ。姿が変わるソメイヨシノを見たくて」

ソメイヨシノを見上げるその横顔が好き。

「今年の春が初めてだよ。誰かと一緒にソメイヨシノを見たの」

きれいで優しいその声が好き。

「次は紅葉か。見たいなぁ」

ちょっぴり儚げなその笑みが好き。

「ふたりで見にこれたらいいね」

今、私と同じことを考えてる。そんなところも好き。

奏人くんには魅力が多すぎる。好きって気持ちがどんどん募る……。

「やっぱり暑いね。帰ろっか。家まで送るよ」

どうしようもなく、この人のことが好きなのに。それなのに、もしもきみがほかの誰かと付き合うことになってしまったら……。

「……ダ、ダメッ！」

立ちあがり帰ろうとする奏人くんの左手を咄嗟に握り、引き止めた。さっきは握れなかったきみの手を、今なら握れる。

「美音？　どうしたの？　なにがダメなの？」

「ダメ……。あの子と付き合わないで。付き合ってほしくない。嫌だ」

どこにも行っちゃわないように奏人くんの手を握る手にぎゅっと力を込めた。

〝あの子のものにならないで〟と、自分の声で引き止めた。

「どうして僕にあの子と付き合ってほしくないの？」

「それは、私が……」

……好き、だから。大好きだから。

「わ、私が奏人くんにキュンってしたから！」

「へ……？」

あと一歩の勇気が足りなくていちばん大切なことは言えず、代わりに訳のわからないことを言ってしまった。

「奏人くんは……、チャラ男だった……？」

「チャ、チャラ男？　え？　誰が？　僕が？」

「今、好きな人いる？　付き合いたい人はいる？」

奏人くんが答える間も作らずにたくさんの質問を投げかける。

「も、もしも、私が付き合いたいって言ったら……奏人くんは、嫌だ？」

こんな回りくどい告白じゃ、奏人くんには伝わらないのに。顔をまっ赤にしてじっと奏人くんの瞳を見つめた。

「……フハッ。チャラ男って……」

奏人くんはとてもおかしそうに声をあげて笑った。

「全部答えようか？」

「……うん」

「あの子とは付き合わないよ。断るつもりでいる。好きじゃないから。好きじゃない人の告白はいつも断るよ」

「……そ、そっか」

よかった。うれしい……。

「それと。チャラ男、だっけ？　どうしてそんなこと思ったのかはわからないけど……」

クスリと笑う奏人くん。

「そもそも自分から告白したことなんてないよ。たぶん、これからもないと思う」

「どうして……？」

「自分に自信がないから」

ふっと笑みを浮かべるその顔は少しだけさみしそう。自信がないだなんて。奏人くんはこんなにもかっこよくて人気者なのに。

「好きな人は……」

私がいちばん聞きたい答えに思わず息をのむ。奏人くんは少しだけ間を置くと、

「いないよ」

そうひと言つぶやいた。……今、好きな人はいない。それが奏人くんの答え。その答えに安心する反面、ちょっぴりがっかり。

「じゃあ、奏人くんは好きでもない人と手をつないだり、抱きしめたり、かわいいって言ったりしちゃうの……？　や、やっぱりチャラ男だ……」

別に期待していたわけじゃないけれど、奏人くんがそういうことを私以外の女の子

にするのは嫌だなぁ……って。

「ううん。しないよ。美音にしかしない」

うれしいような悲しいような複雑な気持ちになっていると、奏人くんが首を横に振った。

「美音に付き合いたいって言われても嫌だって思わないよ。付き合ってあげたいって思う。彼女にしてあげたい」

あぁ、やっぱり奏人くんはずるい。好きでもない子にそんなこと言っちゃうんだもん。

「こんなことも美音にしか思わない」

私は〝特別〟だってそう言うんだもん。特別だけど、好きではない。男の子の考えは難しい。

璃子ちゃん曰く、うとい奏人くんは私の気持ちにはきっと気づいていない。今の話だって、「もしも私が付き合いたいって言ったら?」の答え。あくまでも〝もしも〟の話。

いつかその〝特別〟が〝好き〟になる日は来るの?

「聞きたいことは全部聞きおわったかな?」

「……終わった」

「やっぱりもう少しゆっくりしてこっか」

「うん」

私と奏人くんは、もう一度ソメイヨシノの下に腰を下ろした。

緑葉の下で、想いはますます膨らんで。あとほんの少しの勇気さえあればきっとできるのに、足りなくて。

奏人くんと一緒にオレンジ色の夕日を見ながら、たわいのない話をしたけれど、〝好き〟って言葉は、言えなかった。

帰りたくない

「ほう。それで？　好きって伝えることはできやんかったと？」

「……はい」

月曜日の朝。登校してきた璃子ちゃんから質問攻めをされて先週の金曜日のことを全部話した。

「まぁ、惜しかったけど……。焦らんとゆっくりでええんちゃう？　好きな人がいないってことはとりあえずは取られる心配はないやろ？」

璃子ちゃんはバナナオレを飲みながら、助言をくれる。たしかに……告白は焦ってすることではない。

「……にしても、美音がそこまで言って気づかへんとはどんだけうといんや……。ふつう気づくやろ。それに奏人に好きな人はおらんって。うーん。おかしいなぁ。私の読みが外れた？」

「……読み？」

「あ、ううん。なんもない」

独り言のようになにやらつぶやく璃子ちゃんは私が聞き返すと首を振る。

「璃子ちゃんはさ……しないの？」

「ん？　なにが？」

「璃子ちゃんは……志馬野くんに告白しないの？」

どうせならとおもいきって聞いてみた。

「ブッー！　ゲホッ……！　ゲホッ……！　は、はぁ⁉　な、なんで⁉　なんで私が斗真に告白することになっとんの⁉」

璃子ちゃんはバナナオレを吹きだし思いっきりむせてしまった。

「だって……好きでしょ？　志馬野くんのこと」

「な、なんでそれを美音が……あ、違う！　好きとちゃうよ！　絶対違う！」

あ、もうこれ絶対好きだ。

「あんな口が悪くて、生意気で、態度がでかくて、いいところなんてなにひとつない斗真のことなんて……」

「おい」

「……っ⁉」

突然、背後から聞こえた声に璃子ちゃんの肩がビクッと揺れた。

「……と、斗真……」

璃子ちゃんのうしろにいたのは、お手洗いから戻ってきた志馬野くんだった。

「あ、あんたいつからそこにおったん⁉　どこから聞いとった⁉」

「あんな口が悪くて……ってとこやけど？　お前……人がいないところでずいぶんとたくさん悪口言うんやな？」

「いや、だからそれは……」

「あぁ？　なに？　聞こえやん。俺の目を見てハッキリ言えや。その言葉をそっくりそのままお前に返してやるに」

あーあ。またケンカを始めちゃった……。

「言っとくけどな、こんなイケメンで優しくて頭のいい幼なじみを持てるなんて、犬ならうれションしとるぞ？」

うーん。志馬野くんも絶対に璃子ちゃんのこと好きだと思うんだけどなぁ……。素直になればいいのに。……なんて、私が言えることじゃないけれど。

「また喧嘩してるの？」

ふたりを眺めていると、突然奏人くんの声がしてドキッとした。

「お、おはよ」

「うん。おはよう」

教室に入ってきた奏人くんは、ふたりを横目に自分の席に着く。

奏人くんと会うのは三日ぶり。今日も好きです。三日前よりも好きです。

伝えたい。けど、できない。うまく伝えられる気がしない。つまり勇気がない。

「告白……断ってきた？」

「うん。さっきね」

「そっか」

奏人くんは私の問いにうなずくと、少しだるそうに机に顔を伏せた。

「ふたり共……うるさい」

すぐそばでケンカをしているふたりの声にため息を吐く奏人くん。いつもは笑って見ているのに……。

「奏人くん……どうしたの？」

「……ん？ なんでもないよ」

奏人くんは机に顔を伏せたまま腕の隙間から顔をのぞかせ笑った。

「そう？ なにかあったら私に言ってね？」

「ありがとう。優しいね」

好きだからだよ。心配するのは好きだから。それが言えたらどれだけいいか。

その日は一日中、奏人くんはずっとこんな調子で元気がなかった。声もどこか小さくていつもより聞こえづらい。……本当にどうしたんだろう？

「奏人くん……一緒に帰ろう?」

帰りのホームルーム後、ひとりにするのはなんだかすごく心配だったから自分から誘ってみた。

「うん。帰ろ」

奏人くんはニコッと笑ったけど、無理して笑ってることくらいすぐにわかった。

帰り道は会話がない。奏人くんがしゃべらないから。だから私もなんだか声をかけられなかった。

「美音」

「ん?」

しばらく無言状態が続いて、奏人くんが私の名前を呼んだ。

「手……つないでいい?」

差しだされる左手。急にそんなこと言うから私の鼓動が早くなる。

「聞こえた?」

「き、聞こえた。いいよ……。私もつなぎたい……」

私はコクリとうなずいて奏人くんの手をぎゅっと握った。

「つないでいい?」なんて。今日の奏人くん……やっぱり少しおかしい。好きな人からそんなこと言われて私はすごくうれしいけれど、やっぱり少し不安だよ。

手をつなぎながら歩き、十字路の田んぼ道にたどり着いた。でも、奏人くんは私の手を握ったまま動かない。

「奏人くん……？」

「……たくない」

「え？」

小さい声が私には聞こえない。

「……帰りたくない」

「どうして帰りたくないの？」

「……わかんない。でも家にいたくないから」

奏人くんが目を伏せる。

奏人くんがこんなに元気がないなんてことはめったにない。

「……家に来る？」

それなら、私のそばにいていいよ。

「え……？」

「帰りたくないなら私の家に来て」

こんなこと、好きな人にしか言わない。って、私少し大胆すぎたかな……。

「あ、いや……、別に無理には！」

急に恥ずかしくなってきて、すぐに前言撤回しようとしたけれど、奏人くんは「本当？」と私の目を見た。その目がまた少し辛そうだったから。

「うん。いいよ。来て」

やっぱり私のそばにいてほしいと思った。

奏人くんが私の家にいるなんて、自分から誘っておきながら、緊張で心臓が飛びでそう。なんとか平静を装ってリビングへ向かう。キッチンには夕飯の支度をしているお母さんと、リビングには仕事がお休みのお父さんがいた。

「おじゃまします」

奏人くんが挨拶をすると……。

「「え……？」」

ふたりはこっちを見るなりピタリと動きを止めた。

「えっと……彼氏さん？」

「な、なに!?　彼氏だと!?」

「ち、違う！　彼氏じゃないよ！　なに言ってるの！　友だちだよ！　今日の夜、ごはん、奏人くんも一緒に食べるから！」

「……いいの？」

奏人くんの前で変なこと言わないで……。

「初めまして。染井奏人です。いつも美音と仲良くさせてもらっています。突然おじゃましてすみません……。ご迷惑じゃなかったですか？　僕がワガママを言ったので……」

違うよ。私が「来て」って言ったんだよ。

「迷惑だなんてそんなことないわ。もう、美音！　こんなかっこいい彼氏……じゃなくてお友だちが来るならもっと早く言ってちょうだい！」

いい歳して、奏人くんにうっとりしちゃうお母さん。

「なにか手伝います」

「あら、ありがとう。うれしいわ」

奏人くんはお母さんの隣に立つと夕飯の準備を手伝った。

「礼儀正しくてすごく優しそうなお友だちね」

お母さんがそう言って微笑むも、お父さんはなんだか不機嫌そうだった。

午後六時半。夕飯の準備を終えて私たち四人は食卓についた。

いつもは三人だけの食卓に奏人くんがいる。不思議な気分。

今日の夕飯は、具材がたくさん入った季節はずれの寄せ鍋。湯気が立って座っているだけで暑くなってくる。

「こんなに暑いのにお鍋なんてごめんね。お父さんが食べたいって言うから」

「いえ」

お母さんが謝ると奏人くんは首を横に振った。お父さんはというと……不機嫌でだんまり状態。きっと私が男の子を連れてきたことが気に食わないんだと思う。お父さんは過保護だから。

もう……。もうちょっと愛想よくしてよ。奏人くんに気をつかわせちゃうじゃん。

「あの……。やっぱり僕、帰ります」

……ほらぁ。今日は奏人くんに元気がなかったから呼んだのに、これじゃあ逆効果だよ。

「奏人くん、お父さんのことは気にしなくていいよ」

「そうよ。ほらたくさん食べて」

私とお母さんはお父さんをキッとにらみながら奏人くんの小皿に具をよそってあげる。

「……む、娘とはどういう関係なんだ？」

「ちょ、ちょっと！　お父さん！」

やっと口を開いたかと思いきや……。さっき友だちだって言ったばかりなのに。もしかして酔っ払ってるの？

「美音はひとり娘だからな。嫁に出す気はないぞ」

よ、嫁……!? どうしてそこまで話が飛ぶの!?

「もう、お父さんいいから! しゃべらないで!」

奏人くんの前でこんなの恥ずかしすぎる。

「娘は……」

「わかってます」

「え?」

お父さんの声を遮り、奏人くんがそっと笑った。

「すごく大切なんですよね。美音のこと」

「……わ、わかるのか?」

言いおえるよりも先に言いあてられ、お父さんが目をパチクリさせる。

「じゅうぶん伝わりますよ。僕も美音が大切です。大切な友だちです。だからわかります」

……そう。友だち。奏人くんからしたら私は大切な友だち止まり。わかってはいても奏人くんからそれを言われるとちょっとさみしい。私は違うのに。奏人くんの口から言わせるなんて。もう、お父さんなんか大嫌いだ……。

「そ、そうか……。やっぱりわかるよな」

「はい」

「実は最近美音が少し反抗期でな。私の気持ちをわかってくれる子がいてうれしいな」

「ハハッ。そうなんですか」

グビッとビールを飲みほして照れくさそうに笑うお父さんは、さっきとは打って変わりどこか満足気。

お父さんも奏人くんを気に入ったみたいで、進路や勉強のこと、おまけに私の学校での様子までいろんな会話をしはじめた。食事中、奏人くんは楽しそうに笑っていた。

すっかり溶けこんでまるで本当の家族みたい。よかった……。元気を取りもどしたみたいで。

やっぱり奏人くんには笑った顔がいちばん似合う。

夕飯を食べおえ、奏人くんを私の部屋に案内した。

「美音の部屋はピンクが多いね。好きなの？」

「う、うん」

……ど、どうしよう。つい自分の部屋なんかに連れてきちゃったよ。

奏人くんの部屋でふたりきりになった時とはまた違うドキドキが……。

「美音、今日はありがとう。おいしかった。それと……すごくあたたかかった」

奏人くんが床に座り、窓の外を眺めながらつぶやいた。

「あたたかかった？」

「うん。いつも夕飯はおばあちゃんとふたりか、ひとりだから。すごいあたたかいなって思った」

あ……。まただ。

「美音は親にすごく大切にされてるね」

また、奏人くんの目が悲しそうな色になっちゃった。なにがそんな顔にさせるの？

「奏人くん、お父さんとお母さんは？　兄弟とか……」

「いないよ。どっちもいない。兄弟も……いないよ」

ぽつりとつぶやき目を伏せる奏人くん。

「お母さんは僕が小学生の時にお父さんと離婚したから、今どこにいてなにしてるのか知らない。それからこっちに引っ越して、お父さんとおばあちゃんとあの家で三人で暮らしてたんだけど……お父さんは中学の時に事故で亡くなっちゃったし。それからずっとおばあちゃんとふたりだよ」

「……そう、なんだ」

知らなかった。まさかご両親がいなかったなんて。

「おばあちゃんはさ、もうずいぶんと年なのに、たったひとりで僕の面倒を見てくれてるんだよ。なのに、時々それが嫌になる。もう放っておいてほしいって。鬱陶(うっとう)しいって」

「……」

「僕って、性格悪いでしょ？」

自嘲(じちょう)気味に笑う奏人くんにぎゅーって胸が締めつけられた。

「そんなことないよ。私も時々お母さんたちにそう思っちゃうことがあるもん。感謝してててもひどい言葉言っちゃったり。それに奏人くんはすごくおばあちゃん思いの優しい人だよ。私はそれを知ってるもん。きっと今、おばあちゃんも奏人くんのことすごく心配してるよ」

今日元気がなかったのは、きっとおばあちゃんと後悔するくらい大きなケンカをしちゃったからなんだ。だから帰りづらかったんだね。奏人くんには家族はたったひとりしかいない。

甘えたくても甘えられないとか、そんなさみしい思いをたくさんしてきたに違いない。

嫌だなぁ。奏人くんがそんな悲しい思いをして過ごしてる日があっただなんて。

もっと早く知りたかった。ねぇ、だからさ……。

「い、いつか私とあたたかい家庭を作ろうよ！」

私はちょっと声を大きくしてそう伝えた。

「え？」

「え？」

奏人くんは目をパチクリさせる。

つられて私も目をパチパチ。

ん？

あれれ？　私、今なんて言ったの……？

〝いつか私とあたたかい家庭を作ろうよ！〟

「あ……」

……ねぇ？　どうして？

どうして私は時々こんな突拍子もないことを言ってしまうんだろう？　もう告白通りすぎちゃったよ！

「ハハッ。どういうこと？」

笑われた。恥ずかしい。穴があったら入りたいよ……。

「今のなんかプロポーズみたいだったね」

……そうだよ。プロポーズだよ。もう、それでいいよ。それでいいから私を好きになって、奏人くん。

私がそうであるように元気がなくて落ちこんででも「好きな人といると笑顔になれちゃうなぁ」ってそんな素敵な気持ちを得て。そして、奏人くんにとってそれは私であって。

あぁ、早く好きって言いたい。昨日よりも好きだから、昨日よりも伝えたい。

でもこんなどさくさにまぎれて伝えても、きっと冗談だって流されちゃう。

今日はそんな理由でまた好きって言葉は言えずじまい。プロポーズはできるのに、告白はできないなんて。そんなことがありますか？

「なんか元気出た。美音って面白いね。どうもありがとう」

そんなに笑ってないで。私は……本気だもん。

ひとしきり笑った奏人くんは、お手洗いに行くと言って部屋を出た。部屋で待っているとなんだかどっと眠気に襲われて、机に顔を伏せた。

奏人くん……好き。大好き。なんか、明日なら言えそうな気がする。……って明日も同じこと思ってそうだなぁ、私。

「美音、寝てる？」

あ、奏人くんが戻ってきた……。うとうとしながらぼんやりとその声を聞いている。

ねぇ、奏人くん、また家に来てね。大好き。

「……優しくしてくれてありがとう」

耳元で声がする。聞こえてるよ。奏人くんの声。優しいのは奏人くんのほうだよ。

ポンと頭に大きな手が優しく置かれ、そっと髪をなでられる。あ、気持ちいい……。

ずっとこうしていてほしいな。

「おやすみ。また明日」

奏人くんのその言葉を最後に、私は意識を手放し深い眠りについた。

好きって言おう

あれから数日経ったけれど、私と奏人くんの関係は友だちのまま。まだ、好きって伝えることができないでいた。

「美音って、誕生日いつ？」

お昼休み、中庭で奏人くんとふたりきりでお昼ごはんを食べていた。

奏人くんは今日もかっこいい。長袖のシャツの上に黒色のベストを着ている姿がかっこよすぎる。あれ？

そういえば奏人くんの半袖姿って一度も見たことないかも……。半袖が嫌いなのかな？

「美音？」

「へ？　あ、二月十三日だよ」

つい見惚れてよけいなことを考えてしまっていた私はあわてて答える。

「冬、かぁ……。遠いね」

雲ひとつない空を眺めながらつぶやく奏人くん。

「お祝いしてくれるの？」

「え？　お祝いしてあげたいと思う」

「うん。してあげたいと思う」

「えへへっ……。うれしいな」

二月なんてまだ先だけど、誕生日が待ち遠しくなる。

「美音は誕生日になにをもらったらうれしいの？」

「私ね、花が好きなの。だから花がいい」

「花？　そんなのでいいの？　めずらしいね」

花は枯れちゃうけど、その枯れてゆくまで精いっぱい咲きほこる姿が好き。小学生の頃、泣いてばかりだった私は、花のそんな姿に憧れていた。だから私はソメイヨシノが好き。

あとね、奏人くんも好き。ソメイヨシノよりも好き。どさくさにまぎれて言いたい。

「奏人くんは？　誕生日いつ？」

「僕は三月三十日だよ」

奏人くんは早生まれなんだ。でも奏人くんは春生まれって感じがするなぁ。冬が残した冷たさを陽だまりで和らげてくれて、やわらかくてあたたかくて。奏人くんにぴったりだ。

「私も奏人くんの誕生日お祝いする」

「うーん。春だよ。冬よりすごく遠い」

「遠くないよ。私と一カ月くらいしか変わらない」

「変わるよ。三月は遠すぎる」

あれ？　奏人くん、あんまりうれしそうじゃない。私にお祝いされてもうれしくないのかな？　ちょっと悲しくなった。

「お祝いしちゃダメ？」

「ううん。ダメじゃないよ。してね」

奏人くんはまた優しく笑った。来年の約束がふたつもできた。それだけで、来年が楽しみになった。


「……って、来年のこと考えてニヤニヤしとる場合か！　今のこと考えなさい！　告白はどうなったん⁉」

璃子ちゃんとふたり、学校からの帰り道。

「だ、だってぇ……。璃子ちゃん、焦らなくてもいいって言ったじゃん……」

「いや、たしかに言うたで？　でも、もうこっちが焦らされとる気してムズムズするわ！　あと一歩やろ！」

「璃子ちゃんだって志馬野くんに告白……」

「だーかーらー！　私は違う！」

絶対そうなくせに。私だけ、ずるい。

「いい⁉　次に〝今すぐ彼女になりたい〟と思ったら告白すること！　わかった⁉」

「そんな、急な……。それをいつも思いながらできないのに……」

「返事は⁉」

「は、はい……」

璃子ちゃんの勢いに押されて、思わず返事をしてしまった。

私だって、したいけれど。ふられたらどうするの？


翌日の朝。

目覚めがなんだか最悪だった。目眩がしてクラクラする。少しすれば治るかなと思ったけど……。治ることなくこんな状態が数日続いた。

今日は立ちあがることもできず、学校を休んでしまった。誰かからメールが来た気がするけど、文字を見てるとよけい具合が悪くなるからスマホを見ることさえもできなかった。考えてみたら、転校してから学校を休んだのは初めてだ。みんな、今頃、なにしてるのかな？

しーんと静まり返った部屋で、ひとりベッドの中。さみしいなぁ。学校に行きたい。

私はいつの間にかこんなにも学校を好きになっちゃってたんだ。そんなことを考えているうちに眠気に襲われて、私はそのまま目をつむった。

「美音、具合どう？」

「……ん」

耳元で声がして、目が覚めた。うっすらと目を開けると、すぐそばにはお母さんの姿。

「今、何時……？」

「四時半よ」

私、そんなに寝てたんだ。

「寝たらだいぶよくなったよ」

「それならよかったわ。今ね、奏人くんがお見舞いに来てくれたんだけど、会えそう？」

「うん。会える」

……って、ん？　今、奏人くんって言った？　まだ、ぼんやりとした意識の中、目を凝らして見る。

「美音、大丈夫？」

お母さんのうしろには、なんと奏人くんの姿があった。

「え⁉ か、奏人くん⁉ なんでここに……⁉」

一瞬にして意識がハッキリして、思わず勢いよく身体を起こした。

「だって、何回もメールを送ったのに返信がないから。もしかしたらなにかあったのかなって心配で……」

聞かなくとも、その表情と言葉だけでわかる。奏人くんがどれだけ私を心配してくれていたか。

「ごめんね……奏人くん。風邪引いちゃって……。それで具合悪くて、スマホ見れなくて」

「ううん。そんなこと気にしなくてもいいから、早く元気になって」

どうしていつも私にこんな優しくしてくれるんだろう？ それも聞かなくてもわかる。

「フフッ。奏人くんは本当に素敵なお友だちね」

そう。奏人くんにとって、私は特別で大切な友だちだから。……でも、ただの大切な友だちじゃ嫌なんだ。

「美音のことこんなにも大切に思ってくれているなんて。お母さんもうれしいわ」

「すごく大切な友だちです。美音は」

言わないで。私に「大切な友だち」だなんて言わないで。なりたい。今すぐ。

「友だちじゃ……嫌だよ」

今すぐ、奏人くんの彼女になりたい。あ……。私、今……。

「ん？　美音？　なに？」

「……っ」

奏人くんは聞こえなかったのか私に近づいて、そばに腰を下ろした。

璃子ちゃん……思っちゃったよ。今すぐ奏人くんの彼女になりたいって。今がどの時よりもいちばん強く思った。もう伝えなくちゃだ……。あぁ、今なら言えそうな気がする。ぎゅっと布団を握りしめる。

「わ、私は奏人くんのことが……」

「美音ったら、いきなりどうしちゃったの？」

私の声とお母さんの声が重なった。お母さんがいたんだった……。

「まだ横になってなきゃダメでしょ」

私の気も知らないお母さんはフフッと笑うと私をふたたび寝かせた。

あぁ、もう……。今なら絶対言えたのに。

「じゃあ、僕はそろそろ帰ります」

あ、奏人くんが帰っちゃう。

「バイバイ。美音。また明日学校で。これたら来てね」

そうだ。それなら明日伝えよう。明日、必ず奏人くんに「好き」って言おう。私はそう心に決めて手を振った。

翌日、具合もだいぶよくなった私は、制服に着替えると、全身鏡の前に立ち意気込んだ。

大丈夫。今日、言える。だって昨日の決意は今日も揺らいでいない。スクールバッグを手に取ると、部屋を出てリビングへ向かう。

私は声で話せる。声が聞こえる。言葉で伝えあう大切さを知っている。奏人くんが教えてくれたから。

ねぇ、でもさ……。じゃあ、もしも奏人くんが教えてくれたそれが、

「あっ、美音」

突然できなくなっちゃったら、

私の世界から消えちゃったら、

「あれ……」

私は、どうするの？

ドアを開けた瞬間、思わず立ち止まった。

お母さんとお父さんが私に話しかけている。テレビがついている。でも、なんだろう。おかしいな。ふたりの声もテレビの音も、いつもより、昨日より……。

今、ふたりはなんて言ったの？　今、ニュースキャスターはなんて言ったの……？

いつもならこれくらい……。

心臓がばくばくする。カタカタと足が震える。息が止まりそうになった。

「お母さん……、お父さん……、どうしよう。私……」

〝あと一歩やろ！〟

そう、あと一歩。いつもあと一歩だったんだ。離れてゆく友だちを引きとめるのも。

奏人くんに想いを伝えるのも。いつだって……。

「耳が……おかしい……」

いつだって、あと一歩だけ遅かった。

ただそれだけで

「以前よりも左耳の聴力レベルが落ちているのがこれを見てわかりますか？」

いつもより耳の聞こえが悪い。それをお母さんとお父さんに訴えたら、ふたりは私をすぐに病院へ連れていった。検査を受けたその結果――。

折れ線グラフは、以前の検査の時より下がっている。それがなにを意味しているのかなんて、すぐにわかる。だって、小さい頃から何度も見てきたから。日に日に下がっていくこの折れ線グラフを、私は泣きながら絶望しながら、何度も何度も見てきたんだ。

「吉野さんの難聴はふたたび進行している状態です。目眩もそのせいでしょう」

「……」

「きっともう少し前から進行がはじまっていたと思います。難聴者の場合、もともと人より聴力が悪いので悪化に気づきにくいことがあります。ただ、それを突然自覚したということは……、左耳の聴力が自覚するところまで急激に落ちてしまったからだと。このままでは最悪の場合、失聴する可能性があります」

先生がゆっくりと話す。私はそれをただ黙って聞いていた。

「そん、なっ……」

「どうにかならないんですか……?」

お父さんとお母さんはとても悲しんでいるように見えた。それなのに私はなんだかぼんやりとしていて。まるで自分のことなのに、自分のことじゃないみたい。

「少しでも進行を抑えるため治療を開始しましょう」

ねぇ、先生。知ってる? 前の病院でもそう言われたの。でも、進行は抑えられなかったんだよ。

検査が終わり、診察室を出た。そのあと、どんなふうにして家に帰ってきたのかはあまりよく覚えていない。お父さんとお母さんは夜中までずっと起きて話しあいをしていた。

ベッドに横になりながら満月を見上げる。学校また休んじゃった……。あれ……。

私、今日は学校に行っていったいなにをしようとしてたんだっけ。それすらも忘れてしまうほど、今が現実なのか夢なのかさえもわからなかった。

それからまた一週間、学校を休んだ。

ずっとぼんやりとして脱力感に襲われ、学校へ行く気になれなかった。治療をはじめても難聴の進行は止められないとすぐにわかった。だって、一週間前の検査より左耳の聴力レベルがまた少し落ちた。たった一週間でこれだけ進むんだ。一カ月後はどうなる？　一年後は？　どうして私はこんな他人事のように過ごしているの？


「美音、今日も休んでいいのよ。お母さんと一緒にいましょ」

「ううん。私、学校に行くよ。行ってきます」

心配そうに私を見つめるお母さんに私は首を横に振ると、家を出た。さすがにこんなに休むと単位が危ないから。こんな状況の中でも、冷静に単位の心配ができるんだからおかしいって自分でも思う。

通学路を歩き、学校へ向かう。生徒たちが楽しそうにおしゃべりをして笑ってる。大好きな学校に着いても、やっぱりなんとも思わない。

ずっとそう。難聴がまた悪化していると聞かされた日から、私はなにも感じずぼんやりとしている。それなのに……。なんで。どうして。

「美音！」

きみの声が聞こえたその瞬間、私の目からは涙があふれたの。ずっと流れなかった涙が今初めて流れた。あぁ、そっか。やっとわかった。なにも感じなかったのは、認めたくなかったからなんだ。

いつか私の世界から音が消える。そんな未来が近づいてきた現実を受け止めることができなかったからなんだ。私はこの数日間ずっと、どうかほかの人の悪夢を見ているだけでありますようにと。ずっと他人のふりをして現実から逃避をしていた。

……でも、もうできないよ。大好きなきみの声が聞こえなくなる。それを考えたら、涙が止まらない。

「美音、体調不良が長引いたの？　すごく心配して……美音⁉」

私が泣いていることに気づいた奏人くんが、びっくりしたように目を大きくさせた。

「美音どうしたの？　なんで泣いてるの？」

「……っ……ぅ……ふ……」

聞こえづらいよ。いつもより奏人くんの声が聞こえづらいよ。辛い。怖い。悲しい。さみしい。苦しい。悔しい。いろんな感情がまざりあって一気に爆発する。

「悲しいことがあったの？　教えて。僕が聞いてあげる」

その優しい言葉だって、私はいつか聞こえなくなっちゃうの。奏人くんが私の声を聞いてくれたって、私が奏人くんの声が聞こえなくなったら意味がないのに。

「なんでもない、よ……っ」

言えなかった。奏人くんに。だって奏人くんは、まさか私が失聴者になるかもしれないなんて、そんなこと知らないから。奏人くんだけじゃない。璃子ちゃんも志馬野くんも。私が今置かれている現状をみんなは知らないの。
「それなら落ちつくまで僕と一緒にいよう」
奏人くんは私の手を引くと、中庭のベンチに私を座らせて、泣きやむまで隣にいて
くれた。
その日以降も私はみんなに本当のことを言えなかった。
言えないのに難聴は日に日に悪化してゆく。病院の先生にも進行が速いと言われた。
授業中は先生の声が聞こえなくなった。右側に立って話してもらっても、なかなか
聞きとれない。でも聞こえなくても、口の動きを頼りに聞こえているふりをした。悲
しかった。みんなに嘘をついているみたいで。
でも、なによりも悲しかったのは……大好きな三人が声をかけてくれても気づけな
い時だった。
朝起きるたびに、今日はどれだけ聞こえなくなったんだろうって怖くなって、学校
でその現実に直面して、でもみんなの前では笑って、家に帰ってひとりで泣く。お願
いだからこれ以上私からみんなの声を奪わないで。そんなことを願い、明日の朝は奇
跡が起きていますようにと、眠りにつく毎日。……でも、ダメだった。奇跡はそんな
簡単には起こらなかった。

九月、十月が過ぎ、十一月に入った。

「残念ながら、吉野さんの左耳は今すでに完全に聞こえていない状態です」

私は、左耳の聴力を失った。

「右耳の数値もほんの少し下がってます。右耳の進行を抑えることに専念しましょう」

……ほらね。ぜんぜんダメだったでしょ。私の願いなんて誰も叶えてくれなかった。

難聴の進行を告げられたのが九月。そして左耳の聴力を失ったのが十一月。たった二カ月。こんなにも速いスピードでここまで来ちゃったの。おまけに今日、右耳の難聴も進行していることが発覚した。私はもうただの難聴者じゃない。左耳失聴者。この左耳は力を失い、一生私に音を届けてくれない。

残されたのはもろい右耳だけ。でもその右耳だって聞こえなくなるかもしれない。

「左耳の聴力をカバーするため、右耳に補聴器をつけましょう」

そんな無駄な悪あがきにいったいなんの意味があるの……？　もうわからない。わかりたくもない。

「……音！　……美音！」

「……え？」

肩をつかまれハッと我に返ると、奏人くんが私を心配そうに見ていた。

「階段。危ないよ。ぼーっとしてどうしたの？」

奏人くんに言われて気づいた。自分が今階段を上がろうとしていたこと。あぁ、今、私は学校にいたんだった。左耳の聴力がなくなったところで、時間は止まってはくれない。また新しい一日がはじまったんだった。

奏人くんは今、何回私の名前を呼んだ？　私は何回、奏人くんの声を聞きのがした？　左側の音がない世界は、こんなにも静か。奏人くんは私の右側にいるのに。

「な、なんでもないよ……っ！」

私は自分の左耳をぎゅっと押さえて無理やり笑った。このままどうやって隠しとおそう？

そもそも隠しとおせる？　……無理だよ。だってほら――。

帰りのホームルームが終わって学校を出る。

今日は朝から大雨が降っていて、傘をさすと雨が傘を叩きつける音しか聞こえなくなってしまう。

この雨の音以外になにも聞こえない中、もしも誰かが音を出しても……私には、もう……。

――ドンッ！

「きゃ……！」

突然誰かに背中を思いっきり押された。その衝撃のあまり私は傘を持ったまま前に派手に転んだ。い、いったいなにが起きたの……？

なにがなんだかわからず顔を上げると、みんなが私を見ていた。いや、正確には私の左側。その視線につられ、私もゆっくり自分の左側を見た。

「え……？」

そこには横転する原付バイクと……、地面に横たわる奏人くんの姿があった。目の前に広がる光景が信じられなくて、どうしてそうなっているのかさえも。でも、すぐにことの状況を理解した。

交通事故……。嘘。なんで……。なんで奏人くんが！　私は傘を放りなげ立ちあがると、奏人くんの元へ駆けよった。

「奏人くんっ！　奏人くん……」

「……ん。大丈夫、だから」

泣きそうになりながら奏人くんの名前を呼ぶと、奏人くんは身体を起こし、笑いながらも痛そうに顔をゆがめた。

「美音は……？　大丈夫、だったかな」

「え……？」

「つき飛ばしちゃって、ごめんんね。痛かったよね？」

どういう、こと？　私をつき飛ばしたのは奏人くん、なの？

「いったいなんの騒ぎですか！」

「すみません……！　私の不注意でおたくの生徒さんを……！」

騒ぎを聞きつけ出てきた先生たちが奏人くんを見るなり、大きく目を見開いた。その隣には顔を青ざめさせた原付バイクの運転手。

「と、とりあえず病院へ！　それから保護者の方にも連絡を！」

あわただしい一角を野次馬たちが心配そうに見ながらなにかを言っている。雨のうるさい音が混じってうまく聞きとれなかったけれど……。

「あの子……すぐ左側からのブレーキ音もクラクションの音も聞こえなかったのかしら？　私たちでも聞こえるくらい大きかったのに」

「あの男の子も大きな声で名前を呼んでいたのにねぇ」

そんな会話が、微かに聞こえた。

それから奏人くんは学校のすぐそばの病院に運ばれた。命に別状はなく、幸いなことに軽い打撲と擦り傷で済んだので今日中に帰れると聞いた。

「交通事故なんて……。痛かったやろ……？」

しわくちゃな手でずっと奏人くんの頭をなでているおばあちゃん。自分の大切な孫が交通事故に遭ったと聞かされた時、どんな気持ちになっただろう。

「ごめん……。ぼーっとしてて。バイクに気がつかなかった」

違う、でしょう……？　私が左側から来る原付バイクの音に気づかなかったから。それを知らせる奏人くんの声が聞こえなかったから。だから奏人くんが、咄嗟に私をかばったんでしょう？　こんなこと本来なら起こるはずもなかったのに。私が、聞こえてさえいれば……。私のせいだ。

私は唇を噛みしめると、逃げるようにその場を去った。あぁ、そうだった。思い出した。

本当は私……、あの日奏人くんに告白するつもりだったんだ。よかった……。告白しなくてよかった。

私はいったいなにを勘違いしていたのかな。耳が聞こえない。ただそれだけで大好きな人をこんな目に遭わせてしまう私には……、人を好きになる資格なんて、そんなのは初めからなかったというのに。

ごめんね。奏人くん。痛い思いさせて。やっぱり迷惑かけちゃったね。もうやめるから。もう二度とこんなことが起こらないようにするから。

だから、今回だけ。今回だけでいいから、許して。

また、ひとりぼっち

友だちができて、恋をして。私は少し浮かれていたんだと思う。

ふつうじゃないくせに、ふつうの生活にまぎれこんで笑っていたから。だから、バチが当たったんだ。そっち側の世界は……私にはやっぱり少し遠すぎた——。

「みんな……今までありがとう」

放課後の四人以外、誰もいない教室。

この言葉は意外にもすんなりと出てきた。

昨日決めたこと、本当は朝のうちに言いたかったんだけど、私ったらなかなか言いだせなくて。

「私ね、また前みたいな関係に戻ろうと思うんだ。友だちになる前の関係に」

まさかこんなことを聞かされるなんて思わなかったよね。

感謝すべき人たちに、こんな仕打ち。最低でしょ？私。でも最低な人間でもいいよ。

それでもいいから……もう私なんか放っておいてね。

「じゃあね」

それだけを言いのこし教室を出ようとした。

「おい。待てや」

志馬野くんが私の肩をガシッとつかんだ。

「お前、なに言うとんの？」

「なにをって……今、話したとおりだよ……。帰るから離して……。志馬野くん」

「帰ってどうするん？　それで明日からは他人のふりするんか？」

怒っているわけでもない志馬野くんの低い声がやけに痛く、心に突き刺さる。

「なぁ、美音。いきなりどうしたん？　どうして友だちやめるん？　私たちなにかした？　したなら言うてや」

「ううん。してないよ」

「じゃあなんでそんなこと言うん？　そんなん嫌に決まっとるやろ……？」

笑顔のかわいい璃子ちゃんが見せる悲しそうな表情に胸が痛む。せっかく友だちになってあげた人に、いきなり「友だちをやめたい」って言われて、ふつうは引きとめないんだよ。もともとそこに私はいなかった。少し前に戻るだけだよ。

璃子ちゃんの言葉に、三人の視線に、私は顔をそらす。黙りつづけていれば、三人もそのうちあきらめると思ったから。私はやっぱりずるい人間だなぁ。

沈黙が流れる。

「僕たちに隠してることがあるからだろ?」

「え……」

奏人くんが予想外の言葉を口にした。私は思わず顔を上げた。あーあ。知られる前に離れちゃおうって思ってたのになぁ。少し遅かったみたい。

「美音……。左耳が聞こえてないよね」

奏人くんは……私の変化にとっくに気づいていた。

あぁ。なんだ、そっか。もう気づかれてたんだ。昨日気づかれちゃったのかな?

それなら……。

「そう、だよ……」

消えいりそうな声でつぶやく。自分でそれを認めた。

「もうね……。ダメなんだって。左耳の聴力がないんだって……」

声が震える。私は今、うまく話せているのかな?

「おまけに、右耳の難聴も少し進行しちゃって……。それで、いつか右耳も、左耳みたいになっちゃうかもしれないって病院の先生が……」

「……」

「やっぱり私は……、みんなと一緒にいるのは無理だったみたいっ。だから友だちをやめようと思うんだ」

終わりにするにはあまりにも自分勝手な言葉を並べて、「あははっ」と笑って見せた。知ってる？ 人って嘘をつく時笑うんだよ。

「今まで仲良くしてくれて本当にありがとう。でも、これからは……」

「どうして一緒にいられないの？」

それ以上は言わせまいと、奏人くんが口を開く。

「どうしてたったそれだけで、美音が僕らといられなくなるの？」

……ほら。奏人くんはまた、優しい言葉しか聞かせないでしょう？ だから、嫌になっちゃったんだよ。一緒にいるのは。

「いられるわけ、ないよっ……」

「どうして？」

「昨日私のせいでケガしたこと、もう忘れちゃったの？ 志馬野くんたちだって……自分の友だちを事故に遭わせた私が憎いでしょっ？」

「そんな理由？」

そんな理由、だなんて。奏人くんはなんにもわかってない。昨日はたまたま運がよかっただけだよ。もしも、打ち所が悪かったら？ もしも、原付バイクがブレーキをかけていなかったら？ もしも、あれが大きな車だったら？ ひとつでもずれていたら……奏人くんは、今頃ここにはいなかったかもしれないんだよ？

「美音、大丈夫だから。悲観的にならないで。今はただ前が見えなくなってるだけだから。僕が美音をいつでも助けてあげるから」

大丈夫、大丈夫って。じゃあ教えて。いったいなにが大丈夫だというの？

「だから、美音……」

「……ないで」

お願いだよ。お願いだから、もうこれ以上……。

「なにも知らないくせに大丈夫なんて、簡単に言わないで!!」

教室いっぱいに広がる声をあげた。

「私が嫌なんだよ！　私が！」

こんな声を出したのは生まれて初めてだった。

「なにが大丈夫なのっ？　私の世界から音が消えることは、奏人くんにとっては大丈夫ってそんな言葉で片付けられるくらい軽いこと？」

私はいったいなにを言っているんだろう。そんなこと奏人くんはひと言も言ってないじゃん。

「そんなくだらないことで悩んでって。本当はいつも見下してたの？」

本当に……、どうしてこんな言葉が言えるんだろう。

「助けてあげる……？　じゃあ。奏人くんにはいったいなにができるの？　私になにをしてくれるの？　治してくれる？　代わってくれる……？」

　今まで私に優しい言葉をたくさんくれたきみに、

「ほら！　答えられないでしょう⁉　できないじゃん！　結局、奏人くんにはなにもできないじゃん！　なにもできないならいいよ！　奏人くんなんかいらないから、もう放っておいてよ！」

　どうして、こんなひどい言葉を吐けるというのだろう。

「奏人くんに私の気持ちが、わかる？　私の怖さを半分でも理解できる……？　人に迷惑をかけちゃう不甲斐なさを、知ってる？　すごくすごく自分がみじめになるんだよ！　昨日だって助けてなんて頼んでないよ！」

「……うん。ごめんね。美音はなにも悪くないってわかってるから。だから落ちついて……」

「わかってない！　奏人くんはぜんぜんわかってないよ！」

　奏人くんがそっと伸ばした手を、私はパシッと思いっきり払いのけた。いつも私の手を優しく引いてくれるその左手に、こんなひどいことをするなんて。

「奏人くんは、私の気持ちをわかってるつもりでいるだけで、本当はぜんぜんわかってなんかいないんだよ！」

　止めて。誰か止めて。自分じゃ止められないの。言いたくないよ。こんなこと。私の声はこんなことを言うためにあるんじゃないのに。

「奏人くんはないでしょ？　死にたいって思ったことなんて……一度もないでしょう……？」

「……」

「私はあるよ。たくさんあるよ……。この耳のせいで、何回も何回も泣きながらそう思ったよ……」

幼い頃の自分が蘇る。自分だけみんなと違うのが悔しくて、日に日に聞こえなくなっていくのが怖くて、逃げたくて。毎日のように「死にたい」となげいていた。今すぐ死んでしまいたいと、この世界に生まれたことを呪いすらした。

「私なんて……生まれてこなければよかったっ！」

こんな思いだって、何十回、何百回も。

「私なんてっ……」

「美音」

奏人くんが私の言葉を遮った。

「それ、本気で言ってるなら怒るよ」

どうして……。さっきまでなにも言い返さなかったくせに。私に傷つけられても、私を傷つける言葉は言わないくせに。

「……今も……思うの？」

どうして、奏人くんの声が震えているの？　どうして今ここで、奏人くんのほうが私よりも悲しい顔をするの？

「死にたいって。生まれてこなければよかったたって……。今もそう思うの？」

……違う。そんなことないよ。奏人くんと出会ってから、私はそんなこと一度も思ったことない。でも、もしもこの先、身を震わせて泣き続けていたあの日々に戻るくらいなら。

「……思ってるよ」

それなら、もう……いっそのこと死んじゃったほうがいいんじゃないのかな。私の言葉を最後にその場が静まり返る。私が思いっきり払いのけたから……奏人くんの手が赤くなっちゃった。

昨日、私の命を救ってくれた人の手を、今日「もう消えて」と傷つける。こんなはずじゃなかったのに。こんなことになるくらいなら……。

「みんなと友だちになんか、ならなければよかったっ……」

私は最後にそう言いのこすと、今度こそ教室を飛びだした。

「おい！　吉野！　待てや！」

「美音！　待って……！」

すぐうしろで璃子ちゃんと志馬野くんが私の名前を呼んでいたけれど……。奏人くんは私を呼びとめなかった。

……ほらね。また私は、ひとりぼっち。

紅葉の下で

時間が止まればいいのに。

そんな私の気持ちを置きざりにして、次の日はやってくる。一睡もできないまま朝を迎えた。

家を出ると空は雲ひとつない快晴で、冷たい秋風が吹きぬける。少し前まではあんなにも暑かったのに、最近は一気に寒さを感じるようになってきた。

不意に学校へ向かう足がピタリと止まった。一度止まった足はその方向へは進まなくて、気づけば反対方向へと歩きだしていた。行くあてもなく歩く。どれだけ歩いたかはわからないけど、足がかなり疲れてきた。気づいた時には家からずいぶんと離れた場所まで来ていて。

「あれ……なんでだろ」

私はあの河原にいた。ここに来たいと思ったわけでも、来ようと思ったわけでもない。無意識にここに来ていた。引き返そうと思ったけれど、また自然と足が動いていて、そのまま下へおりる。

昨日の雨のせいか途中足を滑らせて転んでしまった。その拍子に足首を捻って痛くて。でも歩いて。たどり着いたのはあのソメイヨシノの木の下。太くて大きな木に手をついて立ったままソメイヨシノを見上げる。葉っぱが全部赤い……。

紅葉だ。この間、来た時はまだ緑葉だったのに。そっか。もう秋だもんね……。秋晴れの空の下で照り輝く桜の紅葉が秋風にそっと揺らされる。枝から離されてしまいそうだけれど、それでも必死にしがみつき美しく色づいている。その光景を私は今、たったひとりで、見ている。

〝ふたりで見にこれたらいいね〟

一緒に見にこようと約束した人がいるはずなのに。あれ……。おかしいな。紅葉がぼやけて見える。頬になにかが伝う。私、泣いてるの……？

「どうして泣くんだろう……。あははっ」

カーディガンの袖で涙をぬぐう。春の桜を見た時、きっともうこの人と会うことはないんだろうと思ってた。夏の緑葉を見た時、きっと秋の紅葉もこの人と見にくるんだろうと思ってた。

「奏人くんと……一緒に見たかったなぁ」

いつだって、きみとずっとずっと一緒にいたいと思ってた。そして、今この瞬間も。きみを失くしたくなんか、なかった。あれ、じゃあ、私は……。

〝奏人くんなんかいらないから、もう放っておいてよ！〟

どうして昨日あんなこと言ったんだろう。そうだ。私がへたしたら奏人くんの命を奪ってしまうような目に遭わせてしまったからだ。

私が聞こえないから。私の難聴は人に迷惑をかけちゃうと知ったから。そんなのは嫌だから。奏人くんやみんなのために私がこうするしかなかったんだ。

でも……本当に？　本当にそんな理由？　嘘つき……。

「違う。本当は、違う……」

本当は……全部自分のためでしょ？　みんなのそばにいると、私が辛いからだよ。聞こえなくなる未来を想像したら苦しくなって、私がそれに耐えられなくなったから。だからもうこれ以上自分が辛い思いをしなくてすむように離れたんだ。

「学校行こ……。痛っ」

少し足を動かしたとたん、さっき捻った足首に激痛が走って思わずしゃがみ込んだ。夏に来た時は、私がこうならないように奏人くんが手をつないでくれたんだっけ。一緒に歩いてくれた。こんな状態でどうやって学校に行こう。

「ハハッ……。もう嫌になっちゃうなぁ」

これからひとりぼっちで耐えなくちゃいけないなんて。いったいどこへ向かえばいいの？

「……怖い、よぉ」

歩けない。ひとりじゃ歩くことさえもできない。

「……やだよっ」

いられない。こんな静かでさみしい世界にひとり取りのこさないで。許して。

「……けて」

今ここで、

「助けてよぉ！　奏人くん……！」

きみの名前を呼ぶずるい私をどうか許して。

――もしもさ、美音がこの先どうしようもなく悲しいことに出合って、泣きやむことができなくなって。

「悲しいよぉっ！　もう嫌、だよぉ……！」

だって今悲しいよ。泣きやめないよ。ひとりじゃ無理だよ。

――どこか道に迷った時は、

「もう、わかんないからぁ」

わからないよ。自分がどこへ向かえばいいのか。暗くて怖い。出口が見えないよ。

――ここにいるんだって叫んで教えて。

「いる、からぁっ！　私は、ここにいるからぁ……！」

助けにきて。見捨てないで。ひとりぼっちにしないで。本当は離れたくないって。だから、お願い。

「ここに来てよっ！　奏人くん……！」

来てくれるはずもない救いを求め泣きさけんだ。いらないとつき放したあの優しい声が聞きたいと心から強く思った。

「美音‼」

そしてそれは、たしかに私の耳に届いた。

「奏人、くんっ？」

奏人くんの声が聞こえる。奏人くんが私の名前を呼んでいる。気のせい？　わかんない。

どこから聞こえているのかさえもわからない。それでも、返事しなきゃ。

――名前を呼ぶから聞こえたら返事をしてよ。

名前を呼ばれたから、返事をしなきゃ。

「奏人くん！　奏人くん！」

私はここにいるよって。私もきみの名前を呼ばなきゃ。そしたら、ほらきみは。

「……やっと見つけた」

――僕が必ず迎えにいくから。

私を必ず迎えにきてくれる。

「なん、で……っ」

昨日あんなにもひどい言葉を吐いたのに。あんなにも傷つけたのに。

「迎えにいくって約束したから」

私の目の前には、奏人くんがいる。髪と呼吸が乱れて少し苦しそう。

「ほら。手を握って。美音から握ってみて」

でもいつもみたいに優しく笑って、私に手を差しだすの。昨日、私が払いのけ傷つけてしまったその左手。いいのかな？　こんな私が握っても。ためらって自分の手を伸ばせない。

「遅いなぁ。早くしないと帰っちゃうよ？」

「やだ！　やだぁ……！　なんで帰るって、言うのぉ？　ダメッ……」

「じゃあ、ほら、早く」

クスッと笑う奏人くんにそっと手を伸ばす。奏人くんの左手に自分の右手を重ねて握った。すると奏人くんは、私の手を強く握り返すと、グイッと腕を引いて……。

「美音……っ」

私の身体をぎゅっと抱きしめた。

「奏人、くん？」

私の背中と後頭部に添えられる手が微かに震えているのを感じる。

「こんなところでなにしてたの？　心配したんだよ。本当に」

声だって震えてる。

「よかった。美音を見つけられて。本当によかった……」

きっと奏人くんはずっと私のことを探しまわってくれていた。何度も私の名前を呼びながらここへたどり着いてくれた。そんな奏人くんの姿を想像したら、また私の目が潤んで。

「ごめんなさいっ！　ひどいこと言って、傷つけてごめんなさい……。奏人くんは、いっぱい優しくしてくれたのに。こんな私で、ごめんなさい……！」

私は奏人くんの腕の中で、子どもみたいに声をあげて泣きだした。奏人くんの顔を見たら安心感でいっぱいになって、泣いても泣いても止まらなくて、何度も何度も奏人くんに謝った。

「本当は、あんなことが、言いたいんじゃなかったんだよ。助けてくれてありがとうって、言おうと思ったの……、本当にごめんなさいっ」

「うん。もういいから。ちゃんとわかってるから。あと何回謝るつもりなの？」

顔を上げた奏人くんが、泣きじゃくる私の顔を見ておかしそうに笑った。

「僕がここにいるから、もう泣かなくてもいいよ」

「ほら」と、優しい手つきでぬぐわれる涙。

「あれ。ぬぐうともっと出ちゃうね。涙腺壊れちゃったかな？」

「うぅ……っ……」

冗談っぽく笑って、いつもみたいに頭をなでてくれて、「泣かないで」って。そんな奏人くんの声が愛おしくてたまらない。

「私ね……怖いの。奏人くんの声が聞こえなくなっちゃうのが。奏人くんの声を忘れちゃうのが怖いよ……」

いつか奏人くんの声が聞こえなくなって、奏人くんがどんな声で笑っていたのか、どんな声で名前を呼んでくれていたのか、どんな声で優しい言葉をかけてくれていたのか、そのすべてを忘れてしまうことが怖い。悲しい。

「せっかく奏人くんが私を変えてくれたのに。また弱くなっちゃった……」

「うん。じゃあ今から強くなろう」

「でも、もっともっと弱くなっちゃうもん……」

「それなら美音が弱くなるたびに、僕が強くしてあげるよ。迷惑だっていっぱいかけていいよ」

「奏人くんの声が……、聞こえなかったら？」

「美音が聞こえるまで何回も言うよ」

　奏人くんは、こんな臆病で弱虫な私を見捨てないでいてくれるから。

「だって今僕の声が聞こえてるだろ？　僕にも聞こえたよ。美音が僕の名前を呼ぶ声が。だからここに来たんだ」

「またそんなこと言ってって言われちゃうかもしれないけれど……。やっぱりこの言葉しか思いうかばないから」

　今ここでお互いの声がしっかり聞こえていることを教えてくれて、またこの言葉を私にくれるから。

「大丈夫だよ」

「……っ」

〝大丈夫〟

　昨日言わないでって私が言った言葉。その言葉は確証がないからこそ使われる。

「美音は忘れないよ。誰の声も忘れない」

　でもね、本当は大好きなの。その言葉。奏人くんにそれを言われたら本当に大丈夫なような気がするから。

「どうして、大丈夫ってわかるの……？」

「美音なら大丈夫だって僕がそう思うから」

　だって、もしも私の世界から音が消えさっても私は一生奏人くんの声を忘れないはずだって。今ならそう思える。

「それにほら。会話の仕方はひとつだけじゃないだろ？」

「……え？」

奏人くんがスッと自分の胸の前に両手をやった。その瞬間私は目を大きくさせた。

「僕は美音を見捨てないよ」

奏人くんがその言葉と共にして見せたのは手話だった。私が幼い頃、泣きながら覚えたその手話は、誰にもわかってもらえず通じないからと、すっかりしまい込んでいたもの。

それを、奏人くんが私に。

「どうして？　手話……」

「知ってた？　僕、手話できるんだよ。なんでもわかる。美音よりできるかもよ」

驚く私に奏人くんはクックッと笑う。

「声が聞こえない時はこれを使おう。筆談だっていいよ。僕がそれを読むから、ね？

こんなにもいろんな方法がある」

あぁ、本当だ。私はどうして忘れてたんだろう。声が聞こえなくとも、笑いあえて会話ができることを、私は奏人くんから何回も何回も教えてもらってきたはずなのに。

「できないものの数を数えるよりも、できることを一緒に考えよう」

「一緒、に……？」

「うん。一緒に」

奏人くんは決して、私を孤独の世界にひとりぼっちの置きざりになんてしなかった。

どんなことをしても、私と同じ世界で生きようとしてくれた。

それは今までだってそう。ずっと、そうだったんだ。

「美音はさ、どうして桜が咲くか知ってる？」

奏人くんはまだ泣いてる私の右側に腰を下ろし、紅葉を見上げそんなことを聞いてきた。

「春、だから……？」

「フハッ。いや、まぁそれはそうなんだけど」

私のとんちんかんな答えにまたおかしそうに笑う奏人くん。

「この紅葉が終わったら冬が来るだろ？　寒くて冷たい冬が。葉っぱも散ってぜんぜんきれいじゃない」

奏人くんと同じように私も見上げる。もうすぐ散ってしまう紅葉を。

「桜が咲くのはそんな冬を乗りこえたからだよ」

ソメイヨシノが桜の姿になれるのは、冬のうちに強くなるから。乗りこえた先に美しい姿があると知っているから、だから冬の寒さだって耐えられるし、春にはあんなふうに堂々と咲きほこれる。

「美音だってきっと乗りこえられるよ」

今が辛くても悲しくても、その先にあるものを目指して乗りこえれば強くなれるはずだからって。奏人くんがまたこんな素敵なことを私に教えてくれたんだ。

「だからもう……死にたいだなんてそんな悲しいこと言わないで」

悲しげな奏人くんの横顔。こんな顔をもう二度とさせたくないから。

「約束だよ」

「うんっ、約束する……！」

私はその言葉に強く強くうなずいた。ちょっとずつ、強くなっていこう。そう思えるのもやっぱり、奏人くんが一緒にいるからだった。

「ふたりで一緒に見にこれたね。紅葉」

「うん」

「きれいだね」

「うん」

ふたり、ソメイヨシノの紅葉を見上げる。やっぱりこの場所でこれを見るのはいつだって、奏人くんとがいい。ふたりで見るとひとりの時よりも何倍も美しく見えてしまう。

「そろそろさ、学校行こっか」

「うん。……あっ！」

立ちあがろうとした瞬間、また足首に激痛が走って、立ちあがれなくなった。

「どうしたの？」

「さっき足……くじいて……。奏人くん先に学校行っ……」

「じゃあ、はい。とりあえずバス停まで」

「え……？」

奏人くんが私に背を向けてしゃがみ込んだ。えっと……それって、おんぶ……？

「そ、そんなのいいよ。私、重いから。奏人くん、細いから骨が折れちゃうよ……！」

「そんなに貧弱じゃないよ」

私がぶんぶんと首を横に振ると、奏人くんがこっちを見てちょっとムッとする。

「とにかくいいからっ」

「じゃあ、ずっとここにいるの？」

「う……。それは、やだ……」

「もう僕本当に行っちゃうよ？　バイバイ」

「やだ……。ダメ……」

「夜になったら虫が出るかも。ゴキブリとか。知らないけど」

「ゴ、ゴキブリ……⁉　や、やだよぉ！」

「やだやだって子どもみたいだなぁ。じゃあ乗って」

うぅ……。奏人くんは時々意地悪なことを言う。ためらいながらもそっと背中に乗っかった。奏人くんは立ちあがりバス停まで歩きだす。

「重くない……？」

「嘘？」

「嘘じゃないよ」

本当かな？　無理してないかな？　不安はあるけれど、奏人くんの細いのに大きい背中が心地いい。ぎゅっとしがみつくとドキドキした。私のドキドキが奏人くんの背中に伝わってしまいそう。おんぶをされたままふと振り返り、遠くなってゆくソメイヨシノを見る。冬に消されてしまうその最後の瞬間まで、自分がそこにいた証を残そうとする紅葉の姿をしっかり目に焼きつけた。

紅葉の下で、きみが私の心を強くしてくれた。この先、きみがそばにいてくれるなら大丈夫だと思えた。

今日のきみの声は、よく聞こえた。

やっぱり私の大好きな人

「美音、赤の絵の具取ってー」

「俺も。黄色くれ」

「あ、うん！」

十一月も中旬。風はひと際冷たさを増し、気温が下がると同時に日が短くなってゆく冬隣。

うちの学校ではもうすぐ文化祭が行われる。私たちのクラスはお化け屋敷で、私は小道具作り担当。最近は毎日のように居残りで文化祭準備をしていて、今日も璃子ちゃんと志馬野くんと学校に残っていた。

璃子ちゃんと志馬野くんは、あれからも変わらない関係を私と築いてくれている。

奏人くんと紅葉を見たあの日、「ごめんね」って謝る私をふたりは「今度またあんなこと言ったらぶん殴るで？」と笑って許してくれた。また私を迎えいれてくれたふたりは「私たちにも手話を教えて」って、私との会話の手段を増やそうとしてくれたから、最近は私と奏人くんが先生になって手話を教えている。こんなあたたかいふたりの声を私は忘れないはずだと思った。

それから最近は、補聴器に慣れる練習もしている。大嫌いだった。補聴器なんて。からかわれて、指差されて、バカにされて。だからずっと付けていなかった。でも今はぜんぜん怖くない。だってこの姿を受けいれてくれる人が私には三人もいるのだから。

いつかこの右耳は、補聴器を付けても聞こえなくなってしまう日が来るかもしれない。でもそんな日を待って怯えるよりも、今できることをしようと思う。それを教えてくれたのはほかの誰でもない。

「シマー。抹茶オレなんてなかったけど」

奏人くん、きみなんだよ。

じゃんけんで負けて、一階の自動販売機へ飲み物を買いにいっていた奏人くんが戻ってきた。当たり前のように私の右側に腰を下ろす奏人くん。奏人くんはずっと私の右側にいてくれる。

「はぁ？　絶対あるって。ちゃんと見たん？」

「見た。見た。けどなかったよ。だから代わりにこれ買ってきた」

「あ、青汁サイダー!?　なんなん!?　青汁サイダーって！　どうやったら代わりにこれが思いつくん!?　なぁ、お前、実はアホやろ!?」

抹茶オレの代わりに青汁サイダーという奇妙な飲み物を買ってきた奏人くんは、璃子ちゃんにはオレンジジュースを渡す。

「美音はこれでいいよね？」

奏人くんが私に渡してきたのはいちごオレ。私は「なんでもいい」って言ったんだけど、覚えててくれたんだ。私がいちごオレが好きってこと。そんな些細なことがうれしくて自然と笑みがこぼれた。

「うわっ……！　ま、まず！」

「どんな味？」

「お前も飲んでみ？」

「え、僕は絶対やだ」

「てめぇ。ふざけやがって。絶対飲ませてやる！　おら！　口開けろや！」

志馬野くんにキレられて無理やり青汁サイダーを飲ませられそうになっている奏人くんをクスクス笑って見つめる。

私は……奏人くんに告白をしていない。紅葉を見たあの日からも、まだ心のどこかにあるんだ。奏人くんを好きでいてもいいのかな？　そんな思いが。

やっぱり奏人くんの彼女になる人は耳が聞こえるふつうの人がいいんじゃないだろうか。私は友だちのままで満足していたほうがいいんじゃないだろうか。でも奏人くんをほかの人に取られたくはない。そんな思いに揺れる日々。

そうしているうちにあっという間にやってきた文化祭当日。

今日は土曜日で一般公開もされているというだけあって、校内は朝から近所の人や他校生でいっぱい。

こんなどこもかしこもにぎわって騒がしい中、まだ慣れていない補聴器を付けたら逆に聞こえづらくなるかも……。でも、補聴器がなかったら声なんて絶対聞こえないし……。

補聴器を見つめながら考えこんでいると、ポンと肩を叩かれた。振り返ると一緒に文化祭を回ると約束していた奏人くんが「どうしたの?」と首をかしげていた。廊下がざわざわしてて聞きとれなかったけれど、口の動きでわかった。

文化祭といっても夏祭りの時と比べたらぜんぜん静かなほうなのに、やっぱり右耳だけじゃ聞こえないなぁ。口の動きだけじゃ言葉を理解するのは今の私には限度があるし、長い会話ができない。今日は奏人くんとたくさんおしゃべりしたいのに。

「なくてもいいよ?」

奏人くんは私の気持ちを察したのか、《今日はこれで話そう》と私に手話をした。私に聞こえていないとわかっていても、ちゃんと声も添えてくれた。

「美音はしゃべって。僕が声と手話で話すよ」

「いいの?」

「もちろん」

手話をしながらニコッと笑う奏人くん。私はその優しさに胸をキュンとさせながらうなずくと、補聴器をポケットにしまった。

「どこ回りたい?」

「私、クレープ食べたい!」

「了解」

初めて奏人くんと回る文化祭。いつもと雰囲気の違う校内を奏人くんの隣を歩いてるだけでウキウキした。私が声で話して、私の声が聞こえる奏人くんが声と手話で話してくれる。

誰かが手話で話してくれることなんて一生ないと思っていた。奏人くんの手話は私よりもきれい。おまけに手話だけでなく指文字まで使えちゃうらしく、たとえば人の名前とか場所の名前とか、手話単語にない単語は指文字を使って一字ずつ表してくれる。奏人くんは、手話も指文字も小さい頃からずっと習っていたんだって。

奏人くんの手きれいだなぁ……。手話をするそのきれいな指先にもいちいち見惚れる。

「美音?」

ついぼーっとしていると、奏人くんが私の顔の前で手をひらひらさせてきた。私はハッと我に返る。

「どうしたの? 今の手話間違ってた? わからなかったかな?」

「あ、ち、違うよ! 間違ってないよ!」

「じゃあなんでぼーっとしてたの?」

「え? あ、それは……か、奏人くんの手がきれいだなぁって……見惚れてて」

あぁ、もう自分で言ってて恥ずかしいや。

「なんだそれ」

私がちょっと顔を赤くさせると、奏人くんはおかしそうに笑った。その笑った顔だって見惚れちゃうくらいかっこいいんだよ。

そんなやり取りをしながら、中庭にあるクレープ屋へ向かう途中。他校の人たちがこっちを見てなにやらヒソヒソと話しているのがわかった。なんて言っているのかはわからないけれど、その人たちの目は奏人くんの手元にある。

「奏人くん、さっきあの人たちになんて言われたの?」

「なにも言われてないよ」

他校の人たちの横を通りすぎ聞いてみると、奏人くんは首を横に振って笑った。でもあの人たちは絶対なにか言っていたに違いない。私のせいで奏人くんが変な目で見られてしまう。

もしかしたらあの人たちは手話を使ってる奏人くんのほうが「耳が悪い人」だと思ったかもしれない。聞こえないのは私のほうなのに。

「奏人くん、ごめんね。奏人くんが変な目で見られちゃうね。やっぱり手話はもういい……」

「美音」

申し訳ない気持ちになって、手話はもうしなくてもいいって伝えようとした。

でも奏人くんはすぐに私の声を止めてきた。

「どうして周りを気にしなきゃいけないの？」

「……」

「美音は美音だろ」

私は私……。その言葉が今の私の胸にやけに強く響いた。奏人くんの声はいつも私に勇気をくれるんだ。

「それにほら。これならさ、美音にだけ聞かせたいことを、周りの人たちに聞かれなくても伝えられるよ」

「え……？」

奏人くんが、シュシュでハーフアップにしている私の髪に触ると声はなしで手話だけで言う。

《今日もすごくかわいい》

あぁ、もうずるい。奏人くんはずるいよ！

いつもと少し違う「かわいい」の伝え方。

「ね？」

「……っ」

奏人くんは私をドキドキさせる天才だ。

「あ、見て。写真撮ってもらえるって。行こ」

「え？　写真」

ドキドキしてる私などおかまいなしに奏人くんは急に私の手を握ると、足早にカメラを持っている写真部の人の元へと向かう。

「文化祭の写真、あとで買えるんだよ。撮ってもらおう。美音とふたりで撮った写真がほしい」

なにそれ！　うれしくてどうにかなっちゃうよ……。

「わ、私もほしい！　奏人くんと撮りたい！」

「うん。撮ろう」

写真部の人が手でクイクイッとなにやら指示をすると、奏人くんがグイッと私の肩を抱きよせた。

「もっと近づいて」って言われたのかな？

近い。近すぎる……。どうしよう。変な顔になる。緊張しながらもいつ写真部の人がシャッターを切るのかわからないでいると、奏人くんが写真部の人になにかを言っている。すると写真部の人は指で三、二、一と合図をしてくれた。きっと奏人くんが、聞こえない私のために頼んでくれたんだろう。そんなさりげない気づかいに心があたたかくなる。

パシャッと切られるシャッター。初めて奏人くんと写真撮っちゃった！　えへへ。写真を買ったら部屋に飾るんだ。

「クレープ買いにいこっか」

「うん！」

写真部の人にお礼を言って模擬店へ向かう。いちごのクレープを買ってもらい、中庭のベンチに座りご機嫌な気分で食べていると、突然他校の男子生徒たちが私に話しかけてきた。

中庭ではライブが行われていて、かなり騒がしいせいで声はまったく聞こえない。スマホを私に差しだしているけど、なんて言ってるんだろう……。口の動きを読みとろうにも早口でしゃべってくるから、ぜんぜんわからないなぁ。奏人くんは今、お手洗いに行っていていないし……。

どうしようか困っていると、ちょうど奏人くんが戻ってきた。奏人くんは男子生徒たちに気づくなりこっちに駆けよってくると、なにやら話しだしたけど……。気のせいか奏人くんの顔が怒っているように見える。な、なんかもめてる？　ベンチに座りながらみんなのやり取りを見ていると、男子生徒たちはつまらなさそうな顔をしてどこか去っていった。

彼らがいなくなると奏人くんは「はぁ」と溜息をつき私の隣に座る。

「奏人くん、さっきあの人たちなんて言ってたの……？」

「別になにも言ってない」

クイっと奏人くんのカーディガンの裾を引っぱると、奏人くんはこっちを見て手を動かしながらそう答えた。ちょっと不機嫌そうな顔。

「でも私にスマホ見せてきたよ？」

「気のせいだよ」

気のせいって。奏人くん、怪しい……。なにか隠してる。

「本当はなんて言ってたの？」

問い詰めると奏人くんは黙ってしまうが、じっーと見つめていたら、観念したのか本当のことを私に教えてくれた。

「連絡先を教えてって……。美音をナンパしてたんだよ」

「……ナ、ナンパ？」

そうなんだ……。だからあの人たちはスマホを差しだしてきたんだ。

「連絡先交換したかった？　よけいなことしないでって思った？」

あ、またちょっと不機嫌そうな顔だ……。

「ううん。思わないよ。私のために追いはらってくれてありがとう」

仮にあれをナンパだと理解しても私は彼らと連絡先を交換なんてしなかったもん。ちょっと怖そうな人たちだったし……。そう思っていると。

「違うよ。僕がしてほしくなかったからだよ」

奏人くんはどこか真剣な目をしてそう言う。

「美音にほかの男と仲良くなってほしくないから」

「え……？」

「だからこの子は僕の彼女ですって言って追い返した」

〝僕の彼女〟

その手話に胸がドキッとした。奏人くんの口からそんな言葉が出ていたなんて、知らなかった。できることなら直接聞きたかった。なんて。

「か、奏人くんは……私が男の子と付き合ったら嫌なの……？」

「うん。嫌。すごく嫌」

「……そ、そっか」

「うん。だからダメだよ」

あのね、ちゃんとわかってるんだよ。奏人くんが「僕の彼女」って言ったのはあの人たちを追い返すための嘘だって。でもね。私は奏人くんのことが好きだから、私の彼氏になってほしいから、奏人くんには女の子と付き合ってほしくないって思うの。

奏人くんが私と同じことを私に思うのは……どうして？　ドキドキして胸がいっぱいになる。奏人くんの発言の意味が気になってたまらなくなる。

ちょうどライブの一曲目が終わりこの場が一瞬の静けさを取りもどした。

「美音には僕の彼女になってほしいのに……」

奏人くんの独り言のような言葉がこの耳に届いて、私の胸をさらにドキドキさせたんだ。

手話はなかったけど、聞こえた。この間、聞いた、〝彼女にしてあげたい〟あの言葉が、今ここで、〝彼女になってほしい〟そんな言葉に形を変えたことを。

……あぁ、ダメだ。やっぱり好きだ。どうもがいても、この人が私の大好きな人だ。

ついこの間まで告白なんてできないって思って揺れていたはずなのにね。でもそんなこと言われちゃったら、揺れてたものはすべて消えちゃったよ。奏人くんは本当にこんな私を彼女にしてくれるのかな？　好きって言ったら同じ言葉を返してくれるのかな？　それともうぬぼれだって笑うのかな？

でもね。今の奏人くんの言葉は、ぜーんぶ私が思ってることと同じなんだよ。もう我慢なんてできないと思った。

今すぐ奏人くんに告白したいと思った。

伝えたい気持ちができました

「私、今日、奏人くんに告白する……」

「マジ？」

文化祭も終盤。志馬野くんと璃子ちゃんと合流したあと、静かな場所に来るとこっそり璃子ちゃんに耳打ちした。

「なんで突然？　この間までできやん言っとったやろ？」

「わ、私が今日も奏人くんのことが大好きだって、そう思ったから……」

私がそう言うと、璃子ちゃんはちょっと驚いていたけどすぐに「そっか」と優しく笑って、

《美音ならきっとできる！　がんばって！》

覚えたての手話でエールを送ってくれた。ちょっと間違ってるけど、ちゃんと伝わった。私はコクリとうなずいて、志馬野くんと話しながら前を歩く奏人くんの背中を見つめる。

告白するなら帰りがいいかな。どうせならふたりきりの時にしたい。

告白なんてしたことないからなにもわからなくて、ずっと同じことを考えていた。

この高校で初めて参加した文化祭が終わり、片付けなどをしているうちに時刻はあっという間に五時を迎えていた。

「美音。終わった？　帰ろ」

「あ、うん！」

奏人くんに声をかけられ、私は急いでスクールバッグを肩にかけて廊下に出る。

「璃子たちは一緒に帰れないんだって。なんでだろうね」

あのね、それは璃子ちゃんと志馬野くんが気をきかせてふたりきりにしてくれたからだよ。

なぜか志馬野くんにも私の奏人くんへの想いがバレてて驚いたけれど……。ふたりも私の恋を応援してくれている。奏人くんだけがそんなこと知りもしない。

「日が落ちるの早くなったね。早く学校から出ないと幽霊出るかもよ」

「な、なんでそんなこと言うのぉ……」

さっきまであんなに騒がしかったのが嘘みたいに薄暗い廊下で、わざとらしく「幽霊」という単語だけ手話で強調しながら意地悪に笑う奏人くん。

「怖い？」

「……怖い」

「ハハッ。かわいい」

意地悪なところも好き。私に「かわいい」ってたくさん言ってくれるところも好き。こんなにも好きがあふれているのに、それを伝えるタイミングがなかなかつかめない。

いつもの通学路をたわいない話をしながら歩いて、早くしないとと思っているうちにあっという間に十字路の田んぼ道に来てしまった。

「じゃあね。美音。今日は楽しかったよ。写真楽しみだね」

「うん。私も楽しかったよ。写真絶対買おうね。バイバイ」

お互い手を振って、奏人くんはもう一度「じゃあね」と言うと私に背を向け帰っていく。……って、なにふつうに手を振ってるの。ダメじゃん。決めたんだから。今、伝えなきゃ！

「ま、待って！　奏人くん！」

「わっ」

奏人くんをあわてて追いかけて、スクールバッグをつかんで引き止めた。あまりの勢いに奏人くんはうしろに倒れそうになってかなりびっくりしながらこっちを見る。

「あ、ごめんね……。あのね、奏人くんに話があるんだ……」

「話？」

「うん……。聞いてくれる……？」

もう、すでに顔が熱い。まだなにも話せていないのに。

「うん。聞くよ。なに?」

奏人くんと目が合う。逃げだしそうになっちゃったけど、ちゃんと伝えたい。

「私ね……とっても弱虫だったの。どうして自分だけがこんな悲しい思いをしなくちゃいけないんだろうって。これからもこうやって生きていくんだと思ってた」

街灯すらない暗い夜道にふたり立ち止まり、私は思いつくままに言葉をつなげる。

奏人くんは静かに聞きつづけてくれている。

「そんな時にね、奏人くんと出会ったの」

今でも思い出せる。

〝仲良くなろうよ〟

そう声をかけてくれた時のことを。声にならない叫びに、奏人くんだけが気づいてくれた。手と声で私を優しく引っぱってひとりぼっちの世界から連れだしてくれた。

「初めて人を信じてみたくなった。この人にならついていけると思った」

「……」

「それなのに私は奏人くんを傷つけちゃった。ひどい言葉をたくさん吐いて奏人くんの優しさをつきはなした。せっかく奏人くんが教えてくれた伝えあう大切さを私はあんな形で踏みにじっちゃった」

迫ってくる現実に怯えてまた心が弱くなった時、今度こそひとりぼっちになっちゃったと思った。自ら手ばなした居場所を取りもどす方法さえわからなかった。

「でも、奏人くんが私を迎えにきてくれて、一緒に強くなろうって言ってくれた。だから私はちょっとずつ強くなりたいって思えるようになった」

私の世界には私が思うよりもずっとたくさんの言葉の伝え方があった。忘れかけていたそんな小さな喜びを奏人くんがふたたび私に教えてくれた。奏人くんがそばにいるなら強くなれると、怖くないと思った。

そんな私には今……。

「……私ね、好きな人がいるんだ」

「好きな人？」

「うん」

弱々しく震える声。それでも振りしぼった。

「……本当にこんな私が好きになってもいいのかなぁ。恋をしてもいいのかなぁって。ずーっとわからなかった。でも、奏人くんが私は私だよって言ってくれたから」

グッと手に力を込める。まっすぐに奏人くんの瞳を見つめる。

「あのね……」

優しい光を得て、あたたかな居場所を見つけて、かけがえのない存在に包まれて。

そうしているうちに伝えたい気持ちができたの。

「……好き」

あの時に伝えられなかったこの気持ちをやっと伝えられる今。このあふれて止まらない感情がどうか余すことなくすべて伝わりますように。

「奏人くんが好きです」

私はここで、自分の想いすべてをこの声に詰めこんだ。

「私、奏人くんの……、彼女になりたい……」

かっこ悪くてもこれが今の私の精いっぱいの告白。とうとう言いきった私は、咄嗟に視線を落とした。本当に伝えちゃったんだ……。

もうあと戻りはできない。私の言葉を最後にしーんと静まり返るこの場所。ドキドキと胸がとても速く大きく鳴っている。

「……美音」

しばらくの沈黙のあと、奏人くんが私の名前を呼んだ。いつだって私を包みこむ大好きなその声に、私はそっと顔を上げた。

「好きになってくれてありがとう」

その言葉には似つかわしくないほどに、奏人くんはとても悲しい目をしていた。

「美音が好きになってくれてうれしい。こんな僕のことを。でも、」

その目を見てすぐにわかった。あぁ、そっか。そうなんだ。

「……ごめんね」

……ダメ、だったんだ。

「美音とは付き合えない」

声はいつものように……、いや、いつもよりも優しいのに、私に突き刺さるのはさみしくて苦しい言葉。聞いてくれてありがとうって。伝えられただけでうれしいよって。そう言わなくちゃ。早く。早く言わないと……。

「……泣かないで」

「……っ」

ほら、間に合わないよ。気づけば私の目からはポロポロと涙がこぼれていた。

「あははっ。ごめんね……。泣いてないよ。気にしないで。大丈夫だから。伝えてみたかっただけ、なんだっ……」

あわてて涙をぬぐった。奏人くんの顔が苦しそうにゆがんじゃったから、無理にでも笑ってみせた。

「えっと……、これからも今までどおり友だちでいてくれるかな……？」

私のその言葉に奏人くんが静かにうなずく。……友だち。やっぱり私たちは友だちだったんだ。

「美音、本当にごめんね。本当に……」

「どうして奏人くんが謝るの？　奏人くんは謝らないでいいよ。私ならぜんぜん大丈夫！」

「美音……」

「あ、私そろそろ帰らなきゃ！　また明日ね！」

　私はニコっと笑って手を振ると、なにか言いたげな奏人くんに背を向けて、逃げるように走りさった。もううしろは振り返らなかった。だって奏人くんは絶対また「ごめんね」って言うから。それを言われると、私はまた悲しくなっちゃうから。

　家に着くと、お母さんに「ただいま」も言わずに自分の部屋に行きベッドにうつ伏せに倒れこんだ。告白を断られた。それはつまり……。

〝好きじゃない人の告白はいつも断るよ〟

　そういうこと、だから……。

「……私、ふられちゃったんだ」

　ぎゅっと枕に顔をうずめて、涙で濡らす。いいんだ。結果はこれでも。だって、初めから付き合えるなんて思っていたわけじゃない。そう、『伝えたいなぁ』ってただそれだけ。そもそも私は奏人くんのそばにいられたらそれでいいって思ってて……。

だから……、本当に……。

「彼女になりたかったぁ……っ」

本当はね、少しだけ期待してたんだ。奏人くんもそうなんじゃないかなぁって。

〝彼女になってほしい〟

そういう言葉は……好きな人にしか言わないんじゃないのかなぁって。両想いになれた気がしてた。でも全部私の勘違いだったみたい。知らなかった。失恋ってこんなに悲しいんだ。悲しすぎて、いっそのこと伝えなければよかったって思っちゃった。

「でも、好き……」

どこかの誰かが言っていた。初恋はきっと実らない。

本当に、そのとおりだった。

冬枯れの下で

「大丈夫……。大丈夫……」

文化祭による振り替え休日もあって今週は火曜日からのスタート。

私は学校に着くとそのままトイレへ行き、鏡の前に立って何度も「大丈夫」とつぶやいた。

目の腫(は)れは引いたし、気持ちも落ちついている。今日からまた奏人くんとはいつもどおり友だちとして過ごすんだ。いつもどおりに。

「……よし」

私は自分の両頬を軽くパンと叩くと、トイレを出て教室へ向かった。

「みお――ん！」

私が教室に入るなり、璃子ちゃんがものすごい勢いでこっちへやってきた。それから志馬野くんも。奏人くんはまだ来ていないみたい。

「どうやった⁉　告白！　付き合うことになった⁉」

「まぁ、結果は当然告白成功し……」

「……あのね、ふられちゃった！」

私はちょっと大きめの声でふたりの声を遮った。

「……は？」

ふたりはそれはそれはびっくりした様子で、目を大きくさせると固まった。この様子だとふたりは告白は絶対に成功すると思ってくれていたみたい。私もね、ほんの少しだけ思ってたんだ。

でも結果は違う。

「え？ な、なんで？ 嘘やろ？」

「ううん。嘘じゃないよ」

「いや、なんかの間違いやろ？ お前、勘違いしとるんやない？ だってあいつ絶対吉野のこと……」

「間違いじゃないよー。ちゃんと付き合えないって言われたもん」

なるべく笑って答えながら自分の席に向かうと、ふたりはあわてて追ってきた。

「美音……大丈夫？」

「うん。ぜんぜん大丈夫！ 奏人くんはこれからもいつもどおりにしてくれるって言ったから」

心配そうなふたりをよそに私は笑った。

うん。ほら、大丈夫だよ。ちゃんと笑えるもん。ただ、ちょっと、きみの顔を見ると泣きそうになっちゃうだけ。

「あ、奏人！」

奏人くんが登校してきた。それだけで胸がドキッとした。でもこのドキッという胸の音は、いつもの高鳴るような音じゃない。ちょっと悲しげな音。

「奏人！　いったいどういうことなん⁉　なんで美音の告……」

「お前はドアホか！　いっぺん川に沈んでこいや！」

璃子ちゃんが奏人くんに詰めよった瞬間、志馬野くんがパシッと璃子ちゃんの頭を軽く叩いた。

「いったぁ！　いきなりなにするん⁉　今絶対、頭が割れたに！　あー痛い！」

「空気を読めや、空気を！　つーか俺も手痛いわ！　お前どんだけ石頭なん？　そんなに固いのに中身はすっからかんなんやろ」

「はぁぁ！　誰が脳みそすっからかんや！」

騒がしいふたりを横に奏人くんが私の顔を見る。目が合った瞬間、そらしちゃいそうになった。奏人くんは……。

「おはよう。美音」

あ、本当にいつもどおりだ。私がそう言ったから。

「うん。おはよう」

だから私もいつもと同じように笑って挨拶を返した。奏人くんはちょっとだけ眉を下げて安心したように笑うと自分の席に着いた。

「今日も寒いね」

「そうだね」

こんな会話だっていつもどおり。すべてが告白する前のように元どおり。これでいいんだ。

いつもの定位置に奏人くんがいて、笑ってくれるならそれだけでじゅうぶんだ。そうしているうちに私の恋心もいつかきっと消えてなくなる。私にとって奏人くんは一生大切にしたい友だちにしておこう。

璃子ちゃんと志馬野くんはそんな私たちを、なにか言いたげに見ていた。

あれから奏人くんと私は気まずくなることなく過ごせている。たわいない話をして、登下校を一緒にして、ふたりで文化祭の時の写真を買って、笑って。なにも変化はない。強いて言うなら、奏人くんがたびたび欠席するようになったことくらい。でも、学校で会えばまたふつうに会話をしてくれる。

気づけば二学期も最終日。

終業式が行われている体育館で、舞台に立って話している校長先生をぼんやりと見ながら「二学期もいろいろあったなぁー」なんて考えていた。

難聴が悪化して、左耳が聞こえなくなって、みんなを傷つけたこともあった。奏人くんと一緒に紅葉を見て、強くなろうと決めた。奏人くんと初めて文化祭を回って、初めて一緒に写真を撮った。それから奏人くんに告白して……ふられた。うん。ふられたことも思い出にしておこう。

「美音、一緒に帰ろう」

「あ、うん」

終業式が終わり、帰りのホームルームも終えると、いつものように奏人くんが声をかけてくれたから、私は首にマフラーを巻くと椅子から立ち上がった。

「あ。ごめん。日誌出すの忘れてた」

「じゃあ、私、下駄箱で待ってるね」

「うん。すぐ行く」

ローファーに履きかえて奏人くんを待ちながら、冷えた手にハーッと息を吐きあたためる。

「吉野」

「え？」

突然見知らぬ男子生徒に声をかけられた。

「あ、いきなり悪い。今大丈夫か？」

「う、うん」

誰だろう……？　戸惑いつつも彼の顔を見る。今は右耳に補聴器がついているし、たぶんちゃんと聞こえる。

「あのさ、俺二組のイイダって言うんやけど……」

男子生徒……イイダくんは、首のうしろに手を当てどこか恥ずかしそうにそこまで言うといったん口を閉じる。そして、意を決したようにまた口を開いた。

「実はずっと前から吉野のこと……気になっとった。かわいいなぁ……って。簡単に言えば一目惚れ、なんやけど……」

「へ？　ひ、一目惚れ……？」

「あー。初めて会話したのにこんなこといきなり言われても困るよな？　せやで、まずは俺と友だちから始めてくれやん？」

これって……告白？　私は今、告白されてるの？

「あ、でもね、私は、耳が……」

「知っとる。吉野のクラスの奴らに聞いた。でも俺はそんなの関係ないと思っとるし」

なんだ。いたんだ。ありのままの私を好きになってくれる男の子はちゃんといた。

私はまだイイダくんのことは知らないし付き合う気はないけれど、彼の勇気を踏みにじりたくはなくて。友だちくらいならいいかなぁ……って思った。だって、告白することがどれだけ怖くて勇気のいることなのか、私はよく知っているから。

「あ、じゃあまずはお友だちから……」

だから、彼とお友だちからはじめてみよう。そう思った瞬間だった。

「ダメ」

え……？　急にうしろからグイッと腕を引っぱられ、身体を抱きよせられた。バランスを崩した私の身体が、誰かの身体に寄りかかる。この声は……。

「奏人くん……」

そっとうしろを振り返る。私を抱きよせたのは奏人くんだった。なんで……。

「この子が好きなのは僕だから」

なんでまたきみは、そんなこと言っちゃうのかなぁ……。

「え？　あ、奏人やん」

突然の出来事にイイダくんは戸惑いつつも奏人くんの顔を見た。奏人くんがイイダくんを見る目は……まるで自分の大切なものを取られてしまうんではないかと警戒するようなそんな目だった。

「えっと……。ハハッ。ごめん。そうとも知らずに！　今のは忘れてや！　じゃあな！」

　奏人くんの視線にイイダくんは咄嗟に笑って去っていってしまう。イイダくんがいなくなっても、奏人くんは私の腕から手を離さないまま。

「……本当にごめん。こんなことばかりして」

「どうして謝るの？」

「……うん。ごめんね」

　奏人くんはごめんしか言わない。どうして、奏人くんは今そんなにも辛そうな顔をしているんだろう。どうして、私がイイダくんと友だちになるのを阻止してきたんだろう。

「美音」

「ん？」

「今日だけでいいから僕のワガママに付き合ってほしい。もうこれで全部最後にするから」

　それはつまり……もうこういうことはしないってこと？　私が男の子と友だちになったり付き合おうとしたり。そういうのを止めるのは今日で最後にするってこと？

　どうして今日が最後なの……？

「ワガママってなに……？」

「河原に行きたい。美音と」

どうして急に河原なんだろう……。本当はあまり行きたくない。でも奏人くんがずっと辛そうな顔をしているから、私は断れずに静かにうなずいた。ふたりで学校を出てバスに乗り、向かうのは、あの河原。

「下におりよ」

「うん」

ふたりで河原におりていつもの場所……ソメイヨシノの下に向かう。初めて見る冬の姿。今まで桜や緑葉や紅葉できれいに色をつけていたソメイヨシノは、今ではすっかり落葉している状態。桜なんて永遠に咲かないいんじゃないだろうか。そんなことすら思わせるその冬枯れの姿はあまりにももろくて弱々しい。今すぐにでも消えてなくなってしまいそう。でもこれは、春にきれいな桜を咲かせるための準備なんだと。奏人くんは素敵なことを教えてくれた。

寒い、なぁ……。川のそばはいっそう寒くて思わず身震いした。奏人くんはただ木を見上げるだけで、なにも言わない。でもその横顔はすごく寂しそうで、今にも泣きだしそう。

思えば奏人くんは、ソメイヨシノの木を見上げる時、よくこんな顔をする。でも今がいちばん寂しそうに見える。この冬のソメイヨシノと同じ。奏人くんが今すぐ消えてしまいそう。それが怖くて思わず奏人くんの手をぎゅっと握った。

「美音……？」

あぁ、ダメだ。だから嫌だったんだよ。この場所にくるのは。奏人くんとの思い出がたくさん詰まりすぎたこの場所にくると……。

好き……。

どうしても、この気持ちを抑えることができなくなっちゃうから。あきらめられると思ってた。すべてがいつもどおりになって月日が経てば、この気持ちも消えてなくなるって。……でも無理だった。ふられても、どれだけ時間が過ぎても恋心は消えてなくなりはしない。忘れようとすればするほどに強くなる。

奏人くんはずるい。だって、あんなこと言うんだもん。

〝この子が好きなのは僕だから〟

「だから取らないで」ってそう言われてるみたいで。

そうだよ。好きだよ。ずっと好きだよ。私は奏人くんが思うよりもずっとずっと奏人くんのことが好きなんだよ。

「私のこと、好きになって……」

涙があふれる。すがるように奏人くんの顔を見上げる。

「どうして、付き合えないの……っ？」

　止めなきゃ。これ以上言ったら、きみを困らせちゃう。

「好きじゃないのに、どうして……付き合っちゃダメって……言うの？　彼女になってほしいって言ったの？」

　無理だ。止められない。困らせてでも今すぐきみがほしい。

「私も奏人くんと同じことを思ってるよ。だって、好きだからっ。でも、奏人くんは……私のこと、好きじゃないんだよね？」

　同じ気持ちと、同じじゃない気持ち。あと少しなのに。届かないのがもどかしい。

「きっと幸せにできないし、幸せにはなれないよ」

「私じゃ奏人くんを幸せにできない？　私の彼氏になったら、奏人くんは幸せになれないの……？」

　泣きながら問うと、奏人くんはごまかすように笑って、

「さっきのイイダって人いただろ？　すごく優しい人だよ。新学期になったらさ、僕の言葉を否定しておいでよ」

　答えることなく話をそらしてきた。

「なんで？　そんなことしないよっ。だって私が好きなのは奏人くんだもん。奏人くんじゃなきゃ……嫌なの」

「美音」

「どうしてそんなこと、言うの？　やっぱり奏人くんは、私みたいな耳が聞こえない子は彼女にできな……」

「違う！　そうじゃない！」

奏人くんが悲痛な表情で私を見つめる。でもそれはすぐに優しい顔になった。そのまま奏人くんの手がそっと私の頬に添えられる。

「美音。聞いて。美音はこれからたくさんの人に出会って。僕じゃない他の誰かを好きになって。必ず幸せにしてもらうんだよ。これが僕の最後のワガママだよ」

ねぇ、奏人くん。どうしたの？　さっきから変だよ？　どうして最後だなんて言うの？　それじゃあ……まるでお別れの言葉みたいだよ？

違うでしょ？　新学期も会えるでしょ？　また春には私たちはふたりでここに来るでしょ？

「美音ならこの先、僕がいなくても大丈夫。美音はすごく強いよ。きっとこれからもっと強くなれる」

違うよ。私は奏人くんがいるから強くなれるんだよ。そんなまるで「自分がいなくても大丈夫」って言うみたいに笑わないで。

「よかった。全部の季節のソメイヨシノを美音と見ることができて。本当に全部がきれいだった」

「奏人くん……」

「僕は絶対に忘れないけれど、美音は忘れてもいいからね」

奏人くんはそこまで言うとまた優しく笑って、私の頬から手を離した。

「この言葉だって覚えてなくてもいいけど、聞いて」

そのまま私の身体をぎゅっと強く抱きしめると、耳元でささやいた。

「あの時、僕に優しい声をくれてありがとう」

あまりにも儚げで愛おしむような声だった。涙があふれるほどに。

どういう意味……？　あ、待って。まだ離さないで。そう伝える前に奏人くんの身体が離れる。奏人くんはぽんと私の頭に手を置くと、そのまま背を向け歩きだす。

「……奏人くん。帰るの？」

「……」

「一緒に帰っちゃダメ……？」

「……」

「また……。また新学期会おうね」

「……」

いつも私の声すべてに声を返してくれる奏人くんは、もうなにも言わなかった。ぼやけた視界で遠くなってゆく奏人くんの背中を見つめる。ここできみと四つ目の季節を迎え、四つのソメイヨシノの姿を見た。冬枯れの下で、消えることのない想いをふたたび告げたけれど、

〝私じゃ幸せにできない〟

それがきみの答えだった。

次はあの春の桜の下にふたりでいる未来が、私には見えているのに。

きみの瞳にそんな未来は、少しも映っていなかった。

Episode 4

きみの声が聞こえない

「……学校、行かなきゃ」

短い冬休みが終わり、三学期初日の朝。

この冬休みは奏人くんとは一度も会っていないし連絡もなかった。きっとあの時、嫌な思いをさせちゃったから。私がしつこく「好き」だなんて言うから、困らせたし怒らせた。

もう今度こそ認めよう。今日学校で会ったら謝ろう。そう、会えたら――。

「……奏人くん。今日休みだった」

帰りのホームルームが終わり、隣の空いている席を見つめながらつぶやいた。奏人くんは今日学校を休んだ。

「もしかして、まだ冬休みやと思っとるんとちゃうか？」

あははっとおかしそうに笑う璃子ちゃん。そうなのかなぁ。今日、謝りたかったのになぁ。それなら明日。明日こそは。きっと明日になればまたいつものように奏人くんは私の右側にいるはず。だけど――。

次の日になっても次の日になっても奏人くんは学校には来なかった。

「あいつ……。なんで学校こーへんのや。電話もメールも出やんし」

「絶対おかしいよね？　またおばあちゃんが体調崩しとるとか……？」

「でもいくらなんでも休みすぎやろ」

志馬野くんも璃子ちゃんも心配そうに奏人くんの席を見つめる。さすがの璃子ちゃんもここまでくると笑っていられない様子。

「今日みんなで家に行ってみよう」

璃子ちゃんのその提案に私たち三人は、学校が終わるとすぐに奏人くんの家へ向かった。しかし、奏人くんの家のインターホンを押しても誰も出てこなかった。おばあちゃんもいないのだろうか。

「はぁ？　誰もおらへんのかよ」

「なぁ。やっぱりおかしいって……」

「あぁ、わかっとる。けど……俺にどうしろって言うん」

胸がざわざわして落ちつかない。こんなこと今まで一度もなかったのに。その時、冬のソメイヨシノの下で聞いた奏人くんの言葉をふと思い出した。

〝美音ならこの先、僕がいなくても大丈夫〟

あの時の言葉は、まるでこの先、自分はいないってそう言っているようだった。いい。

や……違う。変なこと考えちゃダメだ。きっとどこか遠出してるんだ。そうに違いな

明日まで待とう。大丈夫。明日、奏人くんは絶対学校に来る。そんなふうに何度も言いきかせた。

でも、その明日はなかなか来なかった。奏人くんが学校に来なくなってから、あっという間に三週間が過ぎた。放課後は何度か奏人くんの家へ行ってみたり、連絡も毎日したりしているけれど。奏人くんが私たちの前に姿を現すことは一度もなくて。

「えー。急なことやが……染井が退学することになった」

それを聞かされたのは、あまりにも突然で。先生の言葉にクラスが少しざわめきはじめる。

どういう、こと……？　奏人くんが退学って。そんなこと、ひと言も……。

「は、はぁ？　退学⁉　なんやそれ！　どういうことなん⁉　俺らなにも聞いとらんに！」

同じくなにも聞かされていなかった志馬野くんは椅子を倒しながら勢いよく立ちあがった。

「染井は、今までのぶんも含め、このままやと欠席過多で卒業が不可能な状態なんやわ。それを伝えたら昨日、本人から退学の意思を告げられた」

「いや、待てや……。じゃあ……その欠席する理由はなんなん？」

「それは……本人の希望で伏せることになっとる。染井からそう頼まれた。俺が勝手に話すことちゃうから。ごめん」

本人の意思を尊重したいと、申し訳なさそうにつぶやく先生。

「はぁ？　なんや、それっ……！　意味わからへんわ！　言えや‼」

志馬野くんは行き場のない気持ちをぶつけるかのようにガンッと椅子を蹴った。奏人くん。もう学校に来ないの……？　いつも私の右側の席にいてくれるじゃない。

「また明日」って笑って、朝になったら「おはよう」って笑ってくれたじゃない。

あまりにも突然なことに私の目からは涙さえも出なかった。

私たちの知らない間に奏人くんが学校を退学した。

「ほんまなんで奏人、急にっ……」

「おい、毎日毎日泣くなや。きっとなにか事情が……」

「じゃあその事情ってなんなん⁉　家にもおらへんし、学校も退学したし……。もしかしたらもうこの町にはおらへんのかもしれないんやで⁉」

放課後の三人しかいない教室で、璃子ちゃんが志馬野くんの手を振りはらい大泣きしながら声を荒らげた。そんな璃子ちゃんの姿に志馬野くんは顔を苦しそうにゆがめながら「いいから落ちつけ」となだめる。それでも璃子ちゃんが泣きやまないでいる

と、

「うっせーな！　泣くな言うとるやろが！」

志馬野くんはバンッと勢いよく机を叩いて立ちあがった。

「ピーピーわめくな言うとんのがわからんのか！　そうやって毎日泣いとったらあいつが戻ってくるんかよ⁉」

「あんたは奏人がいなくてさみしくないいん⁉」

「はぁ？　俺がいつそんなこと言ったん⁉」

悲しみに満ちあふれたふたりの声。

「お前だけが泣きたいんだと思うなや‼」

その言葉に教室はしーんと静まり返って、

「……くそっ！」

志馬野くんはイラ立ったように髪をぐしゃぐしゃっとすると、そのまま教室を出ていってしまった。

私はそっとそばによると、泣きつづける璃子ちゃんの背中を優しくさすった。

ねぇ、奏人くん。どこにいるの……？　奏人くんがいないとね、みんなこんなふうになっちゃって、ぜんぜんダメなんだよ。奏人くんがいなくなったのは私のせい？

私がなにかしたなら謝るし、もうワガママは言わないよ。だからお願いだよ。姿を見せて。

今はただそれだけでいいから。そばにいてくれないと、私にはきみの声が聞こえないんだよ。

それからどんなふうにして毎日を過ごしたかわからない。

一日一日がとても長くて、笑い方すらも忘れてしまった。

手がかりもなく、どこにいるのかさえもわからない中、このまま待っていても奏人くんが姿を現す保証などどこにもないことは私たちがいちばんわかっている。家には誰もいないし、学校も辞めてしまって、この町にいない可能性がかなり高い。でも、

「待っていればもう一度会える」、そう必死に言いきかせるしかなかった。

それ以外になにができるのかさえもわからない。そしてなによりも、誰にもなにも言わずに姿を消した奏人くんの気持ちがわからない。


「美音、お誕生日おめでとう」

土曜日。リビングへ行くとお母さんとお父さんが私にかわいいマフラーと手袋の誕生日プレゼントをくれた。それどころじゃなくてすっかり忘れていた。今日二月十三日が、自分の誕生日だったこと。

「美音が生まれてもう十七年か。早いな」

「本当あっという間だったわね。今日の夜はご馳走にしましょう。美音の好きなもの作るわ」

いつもよりもお母さんとお父さんが大げさに笑ってくれる。理由はわかる。私を落ちこませないため。

実は昨日病院で、また少し右耳の聴力レベルが落ちていると言われた。左耳よりはゆっくりだけど、それでも確実に右耳の難聴は悪化している。最近では、補聴器が手離せず四六時中つけている。

「美音、どうしたの？」

「ううん。なんでもない。プレゼントありがとう。夜はお母さんにお任せするね」

お母さんに顔をのぞき込まれ私はハッとすると、首を横に振って平静を装った。せっかくふたりは私を笑顔にしてくれようとしているのに、今ではもう無理してでも笑えない自分が情けない。

私は自分の部屋に戻ると、ベッドの上に飾ってある写真立てを手に取った。文化祭の時、初めて奏人くんと一緒に撮った写真。奏人くんが私の肩を抱きよせながらやわらかな笑みを浮かべている。私の顔は緊張でこわばっててちょっと変な顔だ。でもこの写真を買う時、奏人くんはいつもみたいに「かわいいよ」って言ってくれた。その時は、奏人くんはこれからも当たり前のように私のそばにいると思ってた。奏人くんは今もこの写真を持ってるのかな……？

ねぇ。奏人くん……。覚えてる？　私の誕生日をお祝いしてくれるって、そう約束したでしょう？　今日だよ。もう私の誕生日が来ちゃったよ。奏人くんは忘れちゃったの？　お祝いしてよ。いつもみたいに「かわいいね」って言ってよ。写真の中ではちゃんと、私の右側にいるのに。

「……っ」

写真を見ているとまた泣きだしそうになって、グッとこらえた。

泣いちゃダメだ……。璃子ちゃんや志馬野くんだってすごく辛いのに、周りに心配かけまいと必死に笑って過ごしている。私だけが泣いてるわけにはいかないから。

私は写真立てを元の場所に戻すと、コートを羽織って部屋を出た。外に出て少し気持ちを落ちつかせよう。

外に出ると雪が降っていた。どうりで寒いわけだ……。空を見上げながら手で器を作ると、雪が手に落ちて消える。その時、足元になにかがコツンと当たったのを感じた。

「……ん？」

空から地面に視線を落とすと、あるものが私の目に飛びこんできた。それは……。

ラッピングの施された鉢植えいっぱいのピンクの花だった。

「……なんだろ、これ」

誰かの忘れ物？　いや、そんなはずはない。だって私の家の玄関の前にあるんだから。お母さんやお父さんがこんなドアの真ん前に置いて育てているとも考えにくい。昨日はなかったし、なにより……鉢植えにはラッピングが施されている。もしかして……。

私はしゃがみこむと、添えるように置かれているカードを手に取った。

「あ……」

その瞬間、もう我慢ができなかった。私の視界はみるみるうちにぼやけていった。

ピンクの花のそばに添えられていたもの。それは……。

「奏人くんだっ……」

バースデーカード、だったから。

この花は、奏人くんからの贈り物だ。そんな確証なんてないのにそれ以外、思いつかない。

奏人くん……覚えていたの？　私がピンク色が好きだってことも、私が誕生日には花がほしいって言ったことも。私の誕生日も、そしてお祝いするって約束したことも。

ちゃんと覚えていてくれたの？　守ってくれたの……？

「答えてよっ……奏人くん」

奏人くんが突然いなくなってからずっと我慢していた涙がポロポロとこぼれて、私はバースデーカードを握りしめた。こんなにもきれいな花なのに、涙でぼやけてぜんぜん見えない。

ねぇ、奏人くん。どうしてこんな祝い方するの？　どうして会いにきてくれないの？　直接、渡してほしかったんだよ。私があの時描いていた今日には、奏人くんがいたんだよ。奏人くんがいないと私は笑うことができなくて、ずっと苦しくて、どんどん弱くなってしまうの。

知らなかった。

私を強くするのも弱くするのも。どっちも奏人くんなんだってこと。

「聞こえないよっ……。奏人くんの声が聞こえないんだってばぁっ……」

いつもなら名前を呼んだらすぐ返事をしてくれるじゃん。

「私を迎えにきて……」

私が泣いていたら迎えにきてくれるって、一緒に強くなるって、そう約束したじゃん。

それなのに、……いないじゃん。奏人くん、どこにもいないじゃん。涙はもうとっくに枯れはてているのに、瞬きをすればまた落ちてくる。いつも涙をぬぐってくれるのは、奏人くんだったから。私はひとりじゃ泣きやむことすらできないんだ。姿を現さず、人知れずそっと約束を果たしたきみ。それがきみの答えなのだとしたら……。

私はきっと……もう二度ときみには、会えない。

奇跡が秘密を呼んでくる

あの日、奏人くんが私に贈ってくれたのはリナリアという花だとお母さんから聞いた。なにを思い奏人くんがあの花を選んだのかはわからない。大切な人から贈られたプレゼントなのに、それを見るたびに胸が痛む。だってその大切な人は今、私たちの知らない場所で……。その時、私の足がピタリと立ち止まった。

……いや、待って。違う。そうじゃない。私はハッとすると、急いで階段を駆けあがり教室へと向かった。

「璃子ちゃん！　志馬野くん！」

教室へ入るなり大声を出して、ふたりの名前を呼ぶ。

「美音どうしたん？　そんな息を切らして……」

ふたりは驚いた様子でこっちに駆けよってくると、膝に手を置き呼吸をする私の背中をさすった。呼吸を整える時間さえも今は惜しい。だって、だって……。

「奏人くんは……もしかしたらまだ私たちの近くにいるかもしれないのっ！」

突然学校を退学して、毎日家に行っても誰もいないから。奏人くんはこの町から出ていったのかな。遠くへ行ってしまったのかな。そう思ってた。だから見つけられないのだと勝手に決めつけていた。

でも……。

それならどうして、奏人くんからのプレゼントが置かれていたの……？　あの日、私の家の前にプレゼントが置かれていたということは、奏人くんは私の家に来たってことでしょう？　そんなことになぜ早く気づけなかったのだろう。

「と、とりあえず手当たり次第に聞きまくって……。担任は……あー。あいつは絶対教えてくれやんしあてにならんであかんわ。もう俺らだけでできること全部しよう」

「こんな小さなド田舎やに、絶対すぐに見つけられるわ！　この際、隣町でもなんでも行ったるに！　そんで会えたら一発ぶん殴ってやる！」

あまりにも突然の出来事に悲しみに暮れ、なにをすればいいのかもわからずにあきらめかけていた私たちに、今ここでほんの少しの光が差しこんだ。

そのわずかな光を頼りに、

〝奏人くんが戻ってくるのを待っている〟

昨日までのそんな私たちの投げやりな気持ちは、

〝奏人くんを必ず自分たちで見つけだす〟

今日ここでそんな強い気持ちへと変化していた。

その日から私たちはできる限りのことをした。クラスの子はもちろん、ほかのクラスの子にも奏人くんについてなにか知っている人がいないか聞きまわった。

学校が終われば誰もいないとはわかっていても奏人くんの家に行って、電話やメールも毎日した。

そのどれもが惨敗。でも私たちはもうあきらめなかった。私たち三人はほんの少しの光だけを頼りに、奏人くんの居場所をつかみとろうとしていた。そして、そんな私たちに転機が訪れたのは、本当に突然のことだった。

「はぁぁあ⁉」

授業中のしーんとした中、突然、志馬野くんが大声を出して立ちあがった。

「お、おい！　志馬野！　いきなりなんつー声を出しとるんや！　チョーク折れたやろ！　それになんでお前は今スマホ持っとるんや！　今、授業中や……」

「奏人に姉貴がおるかもしれやん！」

お姉ちゃん……？

「もしかしたらこれが奏人の居場所につながるかもしれやんわ！」

「マジ⁉　それほんまなん⁉」

「おい！　なに宇佐美まで……」

「奏人の姉貴の住所を教えてもらった！　もうそこに行くしかないやろ！」

「おい。お前らいいかげんにしろ！　今授業中やって言っとるやろが！　志馬野！　座れ！」

　さっきからすべての言葉を遮られ、ついに本気で怒りだした先生がバンッと教卓を叩いた。

「つーことで、先生ごめん！　俺らちょっと出てくる！」

「は？　待て待て待て！　お前いったいどこに……」

「あとで反省文でもなんでも書くに！　あーもうなんなら停学でもええわ！」

「わかった！　俺が悪かった！　俺が悪かったから頼むから座っ……」

「おい璃子！　吉野！　行くで！」

　止めようとする先生の手を振りはらい志馬野くんが教室を飛びだす。私と璃子ちゃんも目を合わせて力強くうなずくと、

「行くよ！　美音！」

「うん！」

　椅子から立ちあがり、志馬野くんに続いて教室を飛びだした。

「おい！　お前ら三人どこ行くんや！　教室に戻れ！」

　今の私たちに先生の声など聞こえやしなかった。

「で⁉　奏人にお姉ちゃんがいるってそれどこ情報なん⁉」

「俺の兄貴！」

「なんであんたのお兄ちゃんからそんな情報得ることができるん!?」

「手当たり次第に聞きまくっとったら、たまたまひとり暮らししとる兄貴が思いうかんで、もうこの際ひとり残らず聞いてやろうと思ってダメ元で聞いたんやわ！　染井奏人って奴知っとるかって！　そしたらさっきメールが返ってきて……」

授業中の廊下をドタバタと走りながら、会話を交わす私たち。私は補聴器が外れないように手で押さえながら走る。

「今付き合っとる彼女から奏人って名前の高校生の弟がいるって聞いたことがあるって！　しかも彼女の苗字は元々染井らしい！」

つまり。奏人くんのお姉さんと志馬野くんのお兄さんが恋人同士ってこと？　あ、でも……。

「でも……奏人くんは、兄弟がいないって言ってたよ！」

初めて私の家に来たあの日、奏人くんはたしかに言っていた。親と……それから兄弟はいないって。

「そうやで！　奏人はひとりっ子って自分で言っとったに！　なにかの間違いやないの……!?　名前も偶然とか……」

「そうやけど、こんな偶然の一致、なかなかないやろ!?　なら、もうこの際ほんまはいるってことにしとくしかないやん！　俺らにできることはなんでもするんやろ⁉」

不安そうな私たちを励ますように志馬野くんが言う。

「それにあいつは、本当のことはなにも話さん奴やろ……」

その言葉に私はグッと拳を握りしめた。人違いかもしれない。名前は単なる偶然かもしれない。それでも奏人くんへとつながるものなら、たまたまの偶然だろうがなんだろうがすがるしかないんだ。

「私、その人に会いにいく！」

私は前を走る志馬野くんの背中に向かって叫んだ。

「私も！」

璃子ちゃんも声に力を込めた。

「ほんならはよ行くで！」

途中、廊下の見回りをしていた先生に追いかけられて捕まりそうになった。門が閉まっていたからよじ登って飛びこえた。私たちの行く末を阻むさまざまな邪魔をかいくぐり、学校を出てお兄さんに教えてもらった場所を目指す。

こんなことして大丈夫かなんて、考えすらしなかった。どうでもよかった。あとのことなんて。ただ前を向いて走っている。みんなの気持ちは同じ。今すぐ奏人くんに会いたい。その気持ちさえあれば、私たちはどこまででも走れるんだ。

「ここや。ここの三〇六号室」

たどり着いたのは、小さなマンションだった。私はこのあたりをよく知っている。

だってこの場所から少しだけ離れたところには……あの河原があるから。

志馬野くんが緊張した様子で三〇六号室のインターホンを押す。すると中からは、長い黒髪のきれいな女の人が出てきた。

「な、なんの用ですか？」

いきなり訪ねてきた見知らぬ高校生たちを、女の人はあきらかに警戒している。

「志馬野晶って知ってますか？　俺そいつの弟です」

「え⁉　晶の弟……⁉　あ、でも晶の弟くんが私になんの用……」

「俺ら話があって来たんです」

なにがなんだかわからない様子の女の人に、志馬野くんは真剣な表情で言った。

「と、とりあえず中へどうぞ」

その表情に押されたのか、女の人はとまどいながらも私たち三人を家にあげてくれた。そして、リビングで私たちは思いもしない人物と対面した。

「お、おばあちゃん……⁉」

なんと、奏人くんのおばあちゃんだった。あぁ、そっか。やっぱり。この人は奏人くんのお姉さんなんだ。じゃあ、どうして奏人くんは、ひとりっ子だなんて。

「え？　なに？　おばあちゃん、この子たちと知り合いなの？」

「え、ええ。奏人のお友だちやに。でもどうしてここに……」

お姉さんがおばあちゃんと私たちを交互に見ると、おばあちゃんは驚いた様子で答えた。

「……か、奏人の？」

奏人くんの名前が出るとお姉さんはすぐに視線を落とす。

「なぁ、おばあちゃん！　奏人が急に学校辞めちゃったの！　連絡もないし……。どこに行ったか知らへん⁉」

「つーか、ばあちゃん今までずっとここにおったんか⁉　俺ら毎日家に行っとったんやで！　心配したやろ！」

この人が奏人くんのお姉さんで、おばあちゃんがこの家にいる。奏人くんの居場所にグッと近づいた今、私たちは我も忘れておばあちゃんにたくさんの質問を投げかけた。

「そうかい。みんなはなんも知らんかったんやなぁ」

そんな私たちにおばあちゃんがどこか悲しそうに笑った。

「毎日家に来てもらっとったのに悪いなぁ。あの家からじゃ毎日病院へ通うのは年寄りには難しいに、梓（あずさ）の家に住ませてもらっとったんよ」

梓……。それが奏人くんのお姉さんの名前。

「病院って……この近くの？　ばあちゃんまたどこか具合悪いん？」

「ん？　また？」

「だって奏人は、学校休む時はいつもおばあちゃんの具合が悪なったとか、入院したとか言っとったもん。今までたくさんあったやん」

ふたりの言葉におばあちゃんは目を少しだけ大きくすると、すぐにその目を伏せた。

「……あの子。そんな嘘までついて」

う、そ……？

「あたしは、年寄りやけど入院したことも病気にかかったこともないに。持病もあらへんよ」

「それじゃあ……、奏人くんはなんで今まで……」

本当に奇跡みたいなものだったんだ。志馬野くんが最後の望みをかけたのが、自分のお兄さんだったことも。志馬野くんのお兄さんと奏人くんのお姉さんが付き合っていたことも。そして、ここに来れたことも。そのすべてが私たちにとっては奇跡で。

そしてその奇跡は、

「入院しとるのはな、奏人なんや」

きみの秘密へとつながった。

今度は私がきみを

私が「どうしたの?」と聞いても、「大丈夫」「なんでもない」が口癖で。

その声は私にいろんなことを教えてくれたけれど、私を悲しませるようなことだけは絶対に聞かせようとはしなかった。そんなきみの裏側に隠された思いを、いったい誰が知ることができたというのだろう?


「奏人は生まれつき心臓が悪くて、小さい頃からずっと入退院を繰り返しとってな」

静かな部屋でおばあちゃんが私たちに聞かせる真実。私たちはそれをただ黙って聞いていた。

「高校二年生になってからは、ますます病状が悪化して、去年も何度か入院もしたわ。ギリギリまで学校に通いたかったみたいやけど……冬休みに入ってすぐ倒れてなぁ。それからずっと入院しとる。退院のめども……ついとらんのよ」

ここにいる私たち三人は、誰ひとりとしてなにも言えなかった。

「正直、もうあの子の身体はギリギリの状態なんやわ……。先生には、いつその時が来てもおかしくないって、覚悟をしておいたほうがいいって言われとって……」

だって私たちは、まさか今日それを聞かされるだなんて、そんなのは予想すらしていなくて。

「奏人にとってはな、明日が来ることはもう奇跡みたいな状態なんや」

私たちは今の今までずっと、彼が見ていた怖いものすべてを知らずに笑って過ごしていたのだから。

思い返せば、ふたり初めて出会った場所は病院のすぐそばだった。それでも、「なんであんなところにいたのか」なんてそんなの考えたことあるはずもなくて。けれど、もしもおばあちゃんの言うそれが本当なら……奏人くんは今、あの病院にいる。奏人くんが突然いなくなってからも、私は検査をしにあの病院を訪れていたから。奏人くんは、私が思うよりもっとずっとずっと近くにいたんだと。私と同じ時間、私と同じ場所にいたのだと。

あぁ、なぜ。なぜもっと早く、その可能性を見抜けなかったのだろう。たとえば、おばあちゃんの具合が悪いから学校を長い間休むだとか。ずっと忙しかったから夏休みは連絡が遅れただとか。時折、具合が悪そうだとか、たびたび学校を休むようになっただとか。本当に？って。なにをしてたの？って。

いつから……。いったいいつから私は奏人くんの本当の声を聞きのがしていた？

「嘘やっ。そんなの嘘や……！　だって、そんなの……」

最初に言葉を発したのは璃子ちゃんだった。

「あいつは……なんで俺たちに言わへんかったん？　そもそも姉貴がおるってこと自体初耳やで？　ひとりっ子とかそんな嘘つく理由どこにあるん？　姉貴の存在を知っていれば……俺らはもっと早くあいつの居場所を……」

「私のせいだっ」

さっきまでずっと黙っていた梓さんが肩を震わせながら口を開いた。

「私が、奏人にひどいこと言ったから」

「梓……あんたのせいとちゃ……」

「私が奏人に、奏人は人を不幸にする人間だ、大嫌いだから一生お姉ちゃんって呼ばないでって言ったから……！」

梓さんの涙が床にポタポタと落ちる。

「はぁ!?　なんやそれ！　あんたそれでも奏人のお姉ちゃんなん!?　なぁ！」

「おい、落ちつけや。璃子」

つかみかかる勢いで立ちあがる璃子ちゃんを志馬野くんが必死で止めた。

「ごめんなぁ。璃子ちゃん。この子もずっと辛かったんよ。責めやんといてくれんかな？　誰も悪くないんよ」

おばあちゃんは梓さんの肩を抱きよせながら静かに話してくれた。奏人くんのお父さんとお母さんは奏人くんの病気が原因で毎日のようにケンカをしていて、それが原因でふたりは離婚してしまい、奏人くんはお父さんに、梓さんはお母さんに引きとられ、家族はバラバラになってしまったこと。それは梓さんにとってもあまりにも辛いことで、つい奏人くんにひどい言葉を吐いてしまったこと。梓さんは今でもずっとそれを後悔していて、高校卒業を機に奏人くんに会って謝るためだけにこっちで仕事に就いたこと。でもその勇気がなく、せめてもの罪滅ぼしでおばあちゃんを病院近くの自分の家に住まわせて影でサポートをしていること。すべて聞かせてくれた。

「私が、病気の奏人なんて大嫌いって言ったから。だから奏人はきっと、みんなにも怖くて言えなかった……」

奏人くんは自分のせいでバラバラになってゆく家族を、なにを思いながら見ていたのだろう。誰を思いうかべながら、〝兄弟はいない〟と口にしたのだろう。

「奏人は……助かるんやろ？　し、死んだりしやんやろ……。奏人が助かる方法はあるのかって聞いとるやろ！　はよ答えて！」

璃子ちゃんの大きな声が部屋に鳴りひびく。みんな必死だった。

「ドナーさえ見つかれば、可能性はある。けどそれを……十六年も待っとる状態でな。このままの状態が続くようなら、奏人の心臓は持たんかもしれやん。余命宣告……って言うんかな」

余命宣告。その言葉が重くのしかかる。なにを言えばいいのかさえもわからないほどに。

「仮にドナーが見つかっても、あの子の身体が移植手術に耐えられるかどうかさえも今は……」

おばあちゃんだってきっとこんなこと言いたくない。それでも声を震わせながらでも、私たちにはありのままのことを話す。それをするのは、

「あの子のそばに、ずっとおってくれやんかな?」

そんな思いがあるから。

「きっとすごくさみしがっとる。わかるんよ。聞かなくとも。大切な孫のことやから。あの子がどれだけみんなを大切に思っとるかくらい」

とうとうおばあちゃんの目から涙がこぼれた。大切なのに助けてあげたいのに、なにもしてあげられない悔しさを、きっと誰よりも知っているから。

「きっとみんなにはすごく辛い思いをさせることになると思う。それでもな……?奏人にはどうしても、みんなが必要なんよ」

でもそれをしてほしいと私たちに言う。自分と同じ苦しさや悔しさを一緒に背負ってほしいと言う。それを頼まれた私たちに、

「当たり前やろが！」

迷いなどあるはずはなかった。

「ばあちゃん泣くなや！　心配しやんでも俺らが今すぐにあいつのところに飛んでいったるわ！」

「私もっ……。私も、奏人のそばにおるよ」

ふたりは泣いていた。泣いていたけれど、泣きながらでも立ちあがった。

「ありがとなぁ……。ほんまに、あの子はいいお友だちをもったわ……」

そんな私たちにおばあちゃんは安心したように目を細めて笑っていて、梓さんはずっと泣いていた。

すべての真実を知り部屋を飛び出した私たちは、奏人くんのいる場所へと走った。

怖くないと言ったら嘘になる。手は震えるし、逃げだしたいし、信じたくもない。でも今……。私たちよりもずっとずっと怖い思いをして、ひとりぼっちで怯えている大切な人がいるから。本当に……どうして気づいてあげられなかったのかな。奏人くんが死に怯えている時、苦しくてどうしようもない時。どうして私はその身体を、抱きしめてあげることができなかったのかな。

ねぇ、奏人くん。

私は朝、目が覚めることも、新しい季節を迎えることも、今日が明日も来ることも。

そのすべてが当たり前なことだと思ってたの。明日が来ることは奇跡だなんて、考えたこともなかったの。でも奏人くんにとっての明日は違う。今思えば奏人くんは、来年の夏祭りも一緒に来ようとか、誕生日のお祝いをしたいとか。そんな約束をする時〝絶対〟とは言わなかった。それは……、そこに自分がいる未来が見えていなかったから？

〝うーん。春だよ。冬よりすごく遠い〟

なにを思いながら、新しい季節を迎えていたの？

〝またこの景色を見ることができたんだなーってうれしく思えるんだよ〟

どんな思いで、姿を変えるあのソメイヨシノの木を見上げていたの？　私さ、奏人くんの前で「死にたい」って言ったことあるよ。明日を生きたいと願う人の前で、明日なんていらないと嘆いていた。

〝死にたいって。生まれてこなければよかったたって……。今もそう思うの？〟

あの時の奏人くんはすごく泣きそうな顔をしていた。私の声はどれだけ奏人くんを傷つけた？

私ばっかり守られてごめんね。でも、もうそれも終わりにするね。強がりで涙は見せない奏人くんは、きっと待っていても私の元へは来ないから。でも本当は……私を待っているはずだから。それなら、今度は私が必ずきみを迎えにいくよ。奏人くんがそうしてくれたように。奏人くんの声を聞くために、私の声をもって。今そばに行くよ。待ってて。

「美音、危ない！」

無我夢中で走っていると、横断歩道で璃子ちゃんにその足を止められた。赤信号であることにさえ気づかなかった。ここを渡ればすぐなのに。止まってる時間などないのに。早く、早く変わって。進みたいのに進めないもどかしさ。

「わぁー。この花かわいいー」

信号が変わるのを待っていると、不意に右隣の花屋から女の人の話し声が聞こえてきた。

「この花はリナリアって言うんですよ」

リナリア……。それはあの日、奏人くんが私に届けてくれた花。

「知ってますか？　リナリアの花言葉」

私はずっと、私が幸せにできないから奏人くんは彼女にしてくれないのだと思ってた。両想いだなんてただの錯覚で、私の片想いだと思ってた。でも、もしも、そこに私が見抜けなかった想いがあるのならば。声にできなかった自分の想いを、このリナリアの花言葉に隠していたのならば。

「リナリアの花言葉は……」

本当の本当はあの時……。

〝好きな人は……いないよ〟

「〝この恋に気づいて〟」

きみは、どんな言葉を私に伝えたかったの？

「……っ」

本当にさ……きみには秘密が多すぎるよ、奏人くん。いったいいくつの秘密を抱えているの？　もうぜーんぶ教えてもらうんだから。

「吉野！　行くで！」

信号が赤から青に変わって、私は涙をこらえるとまた走った。病院に着いてナースステーションで病室を聞きだす。エレベーターを待つ時間さえも惜しくて、最後の力を振りしぼり階段を駆けあがった。病室の前。この先に奏人くんがいる。手に力を込めてドアを開ける。もう絶対に見失わないように。もう二度と聞きのがさないように。

「奏人くん……!!」

私はきみの名前を呼んだんだ。

きみはどうですか？

ベッドの背を少し起こし窓の外を眺めていた彼は、私たちの姿を見るなり目を大きく見ひらいた。

「久しぶりだね、奏人くん」

奏人くんはたしかにここにいた。最後に見た時よりも痩せていて、腕にはいくつもの点滴の針が刺されている。少し前とはかけ離れたその姿に胸がズキンと痛んで涙が出そうになったけど、私は目をそらさなかった。

「……なんで、ここ」

「奏人くんのおばあちゃんと……それからお姉ちゃんから聞いたんだよ」

「お姉ちゃん……。え？　梓？」

「うん」

「学校は？」

「それがさぁ。お前のせいで停学かもしれやん。めちゃくちゃやってここに来たで」

「……なんで」

「……て、停学？　いったいなにしてきたの」

私たちと会話を交わし、奏人くんはそっと視線を落とす。ずいぶんと久しぶりに聞いた奏人くんの声。それはあの時よりもずっと……弱々しく。

「奏人くん」

私はそっと近づくと、奏人くんの左手に自分の右手を重ねた。私たちの手がそれぞれ重なるのは、いつもこの手だったでしょう？　私を優しく引っぱってくれた奏人くんの手。触れるたびに強くなれた。私にもそれをさせて。

「私たちね、たくさんの小さな奇跡をかき集めてここにたどり着いたんだ。どうしてかわかる？　みんな奏人くんに会いたいと思ったからだよ。そのためならなんだってできたの」

私たちが奏人くんのところにたどり着けないように、私たちがあきらめられるように奏人くんがたくさん置いてきた大きな壁。初めはそれにまんまと邪魔をされたけれど、それでも私たちはひとつずつ壊してここに来た。

「知ってる？　いちばん悲しいのは、大切な人が泣いてる時にそれを知らないことなんだよ。もう絶対にひとりになんてしてあげないもん」

だからもう観念してね。奏人くんの負けだよ。

「そういうことやから。奏人、もう俺らから逃げんなや」

「知っとる？　私たちは奏人が思うよりもずっーと往生際が悪いんやで？」

志馬野くんと璃子ちゃんは目に涙をためながらも、勝ちほこったように笑った。

うつむいていて奏人くんの表情はよく見えないけれど……。私の手が触れている奏人くんの手は少しだけ震えている。

「ここに来たら……私たちはもう二度と引き返さないよ」

たとえ、奏人くんがどんな道をたどろうと。もう絶対離したりはしないと。私たちはずっと一緒だと。そう強く強く訴えた。それを聞いていた奏人くんは……。

「……やだ」

……なっ⁉

なんと、まさかの拒絶をしてきた。

「そ、それなら奏人くんが嫌だって言っても、勝手にそばにいるから！」

「無理だよ」

「無理じゃないもん！」

「もういいから……。お願いだから、帰って」

「そんなの私たちがよくないよ」

「美音……。しつこい……」

「奏人くんがしつこいんだよ」

お互い負けじと言い返す。私たちに居場所を突き止められたというのに、この期に及んでもまだ奏人くんが折れてくれない。私たちとはいられないと言う。

「もー。奏人くんって意外と頑固なの？」

これはなかなか手強いかもしれない。奏人くんは私たちが思うよりもずっとずっと頑固者で、

「会いにきてほしくなかった」

「嘘つき」

とても強がりだ。

「奏人く一ん。そろそろ検査の時間……あれ？　お客さん？」

ガラッと病室のドアが開いたかと思うと看護師さんが入ってきた。

「検査の時間、もう少し遅らせようか？」

「いや、いい……。いいです。今行きます」

看護師さんが私たちに気をつかってくれたのに、奏人くんは首を横に振りベッドから降りてしまう。私たちから逃げようとしてるんだ。

「……な⁉　奏人……」

志馬野くんはそんな奏人くんに顔を引きつらせた。看護師さんに「本当にいいの？」と気にされながらもコクリとうなずく奏人くん。

「そ、それならまた来るよ！　明日も来るから覚悟しててね！」

病室を出ていく奏人くんの背中に向かって叫んだ。奏人くんはなにも言わなかった。

「おいおい。あいつかなり頑固やぞ。あいつがいちばん往生際悪いやろ」

「これからはさ、嫌がらせみたいに毎日来てやろう」

奏人くんがいなくなった病室で璃子ちゃんがククッと笑った。この時私たちの心は落ちついていた。奏人くんのすべてを受けいれられると思った。やっと会えた私たちの大切な人。もう逃がさないと、決めている。


「……なんでまた来たの」

あれから数日。私たちは毎日学校が終わると、奏人くんの病室へと足を運んでいた。土日なんて朝から夜までずっと一緒にいる。

学校を飛びだした私たちはあのあと、校長室で正座をさせられ先生たちにこっぴどく叱られた。停学こそはまぬがれたものの、これから修了式まで毎朝七時半に登校して学校全身の掃除をすることになった。

「……やだって言ったじゃん」

「やだって言うほうがやだもん」

今日も奏人くんは相変わらずこんな調子。私たちが病室に来てもいつも目をそらして、前のような笑った顔はちっとも見せてくれない。それでも私たちはめげずに病室に通っている。今日は璃子ちゃんと志馬野くんはおばあちゃんの所に寄っていて遅れてくるから、病室には今、奏人くんとふたりきり。

「どうして嫌なの？」

「だから、それは……」

と、その時。奏人くんが咄嗟に口を手で押さえると身体を丸めた。

「奏人くん……⁉」

奏人くんの元へ近寄り顔をのぞきこむ。

「う……」

「苦しいの？　気持ち悪いの？　吐きそう？」

背中をさすってあげるも、奏人くんは言葉さえ発することができない様子で。一瞬、顔をゆがめたかと思うと……そのまま嘔吐（おうと）してしまった。でも、吐いたのは胃液のみ。それは奏人くんがここ最近、なにも食べられないくらい衰弱していることを意味していた。

奏人くんの指の隙間からそれがポタポタと私の制服に落ちる。

「ごめん。美音……。制服汚し、た……」

悔しそうな顔。

「……ごめんっ。ごめん。ごめんねっ……」

何度も何度もごめんとつぶやく。なんで？　どうして謝るの？　どうして奏人くんは、そうやって……。思わず奏人くんの身体を抱きしめた。制服の汚れなんか気にならなかった。そんなのどうでもいいからただ強く。

「美音、離して……。今、汚いから……」

私の腕の中で奏人くんが小さく震える。とても弱い力で私から離れようとするから、私はそれをさせまいとさらに力を込めて抱きしめた。

病衣の隙間から見える奏人くんの腕にはたくさんの点滴の針の跡。奏人くんはこれを隠すために今までずっと半袖を着なかったんだ。自分のこんな姿を見せたくないから、私たちを今も遠ざけるんだ。

どうして隠すの？　見せてよ。だってこれは、奏人くんが今を一生懸命生きてる証だって。私はそんな奏人くんが今、愛しくて仕方ないんだって。

「奏人くんは、がんばって生きてる……！　汚いなんて、言わないでっ！」

ねぇ。早くわかってよ、奏人くん。

あのあと看護師さんが来て手際よく処置をしてくれて、汚れた私のカーディガンも病院で洗ってくれた。よほどあんな姿を見られたくなかったのか、奏人くんは「帰って」と言ってきたけど私は帰らなかった。

しばらくして落ちついた頃、奏人くんにそっと話しかける。奏人くんは私から目をそらすようにずっと窓の外を見ている。

「奏人くん、聞いてるかな？」

「……」

「さっきから、奏人くんが、知らんぷりするから……悲しい……。うぅ。泣けてきちゃった……」

「な……!?　き、聞いてる。聞いてるから」

奏人くんがあわてて返事をしてやっとこっちを見てくれた。

「えへへっ。やっと目が合ったね」

「泣いてないじゃん」

私がうれしそうに笑うと、奏人くんは少し困ったような顔をした。

「奏人くんは私が今なにを思ってるかわかる？」

「わからない」

「かっこいいなぁって思ってるよ」

私の言葉に奏人くんは少し驚いた顔をする。

「美音、なに言ってるの？　さっき、あんなの見せられたじゃん……」

「知らないの？　奏人くんはね、どんな姿もかっこいいんだよ？」

私はそっと笑うと、いったん言葉をやめてまた口を開いた。

「奏人くんに聞きたいことがひとつあるの。聞いてもいい？」

「答えないかもしれないよ」

「じゃあ答えるまで聞く」

遅くなってごめんね。もうあと回しになんてしないよ。

「奏人くんは今、なにを思いながら生きてるの？」

「なにも……。なにも思ってないよ」

「本当の本当は？」

「美音には教えてあげない」

「どうして？」

「だって美音……泣くかもしれない」

奏人くんが布団のシーツをぎゅっと握る。……奏人くんはいつもそう。私のことばかりじゃん。そうやって我慢して、私の悲しむことは絶対に聞かせやしない。すべて隠しちゃう。ねぇ、もうそんなことしなくていいから。

「だから、言わない」

ダメだよ。それじゃあ、なにも聞こえない。かたくなに口を閉ざす奏人くんを前に、私は自分の右耳についてる補聴器をそっと外した。

「なにしてるの……？」

「奏人くんの声をこの耳で聞くためだよ」

　こんな機械越しなんかじゃない。直接この耳で。奏人くんの声を。

「私ね……。あれからまた難聴が少し悪化しちゃったんだ。補聴器がないとあまり聞こえなくてね……」

「え……。そう、なの？　大丈夫？」

「でもね、奏人くんの声だけはいつだってよく聞こえるの。今も聞こえてるよ」

　残された右耳の聴力。神様が今この瞬間もまだ私から奪わないでいてくれた。それはきっと奏人くんの声を聞くためなんだ。私にはまだ、音のあるこの世界で残された役目があるの。奏人くんを守るっていうそんな役目が。

「奏人くんは私に優しい声をいっぱいくれた。泣き言を全部聞いてくれた。私は奏人くんにたくさん守ってもらってきた」

「……」

「今度は私にそれをさせて？」

　まっすぐ奏人くんを見つめると、奏人くんは私から目をそらしてしまう。そらさないで。私はここにいるんだよ。

「お願い。隠さないで。私は弱い姿をたくさん見せたのに奏人くんは見せてくれないなんて……そんなの不公平だよ」

　大丈夫だって。なにも心配はいらないよ。

「私は奏人くんの声なら信じられたよ。奏人くんは私の声を信じられないかな？」

　私が声を聞くよ。私の声で導くよ。今度は私が奏人くんを守るから。

「奏人くん」

　だからもうなにも隠さないで。

「本当は……」

　その隠した思いを。

「本当はずっと、怖い……」

　きみの声で聞かせてみせて。

「明日、死ぬかもしれない」

　奏人くんが消えいりそうな声でつぶやいた。

「たぶん、だけど……。余命宣告とかされてる、と思う……」

　奏人くんも知っている。自分自身の置かれている状況を。

「おばあちゃんも先生も……そんなこと僕に言わないけど。もうダメなのかなぁって
わかる。だって、最近ずっと、身体がおかしい……。いつ死んでも、おかしくないっ
て」

命の限界をきっと誰よりも強く感じている。

「死にたくない、けど。もう、辛い……」

私はずっと、この言葉を聞きのがしていた。

生きたいのにそれを脅かすたくさんのものが奏人くんをこんなにも苦しめる。そんな怖い世界にひとりぼっち置きざりだなんて。誰がするもんか。奏人くんは決して、私をそうしなかったんだ。

「奏人くん」

奏人くんの震える手をぎゅっと握る。ちゃんと聞こえたよ。奏人くんの本当の声が。

私は助けてあげたいのに、代わることさえできない。無力な自分が悔しい。胸が張りさけそう。けど……。

「ほら、見て。私の顔。泣いてなんか、ないでしょ……？」

泣かないよ。奏人くんの前では。泣くわけにはいかない。奏人くんだってまだ、泣いていないのに。

やっとひとつだけ教えてくれた。奏人くんの秘密。でもまだたくさんあるでしょ？

「奏人くん、まだ聞きたいことあるよ……」

「さっき、ひとつって言ったじゃん」

「泣かなかった、ご褒美だよっ……」

「ずるい」

ずるくてもいいよ。秘密をたくさんもってる奏人くんが悪いんだもん。

「奏人くんには今……好きって気づいてほしい人が、いるんでしょう……？」

こんな秘密、とか。私はもう知ってるんだから。奏人くんがあの花に込めた想いを知ってるの。

「私もいるよ。私は、奏人くんが好き。今も好き」

「なんで、まだそんなこと……。絶対、おかしいっ……」

〝きみが好き〟

もう何度伝えたかわからない。伝えても伝えきれないのだから仕方ない。じゃあ、奏人くんは？　伝えあう大切さを教えてくれたのは奏人くんだよ。それなら奏人くんも私に伝えてよ。気づいてほしい気持ちがあるなら、花言葉に閉じこめておかないで。思わせぶりな態度でドキドキさせて喜ばせて、本当は違うだなんて。そんなことばかりしないで。

私の世界から音が消える前に、奏人くんの声で聞きたい。いつもいつも私ばっかりが好きでずるいよ。だから、ねぇ。もう嘘はなしだよ。

「奏人くんのことが大好き」

――きみが好きです。

「もう、やっぱりさ。奏人くんも……絶対私のこと好き、でしょう？」

——きみはどうですか？

たくさんの秘密を暴かれて、奏人くんはきゅっと唇を結んだ。その最後の秘密だけは秘密のままにしとこうと、また声と共に言葉をのみこもうとした。それでも、私がいつまでも声を待つから。

「……好き」

暴かれる最後の秘密。

「僕のほうが先に、好きになったんだっ……」

きみはもう、嘘をつくのをやめた。

優しい声の女の子　～奏人ｓｉｄｅ～

きみは僕に、〝優しい声をくれた〟だなんて言うけれど。

違うよ。

僕がきみに優しい声をもらったんだよ。きみの声を信じられないわけがない。その声を信じていろんなことを乗りこえてきたんだ。

覚えてる。

あの時聞いたきみの声は、この世界のなによりもあたたかかったことを。僕は今でもよく覚えている。

きみは、忘れちゃったけどね。

運動をしてはいけません。食事には気をつかいなさい。薬を毎日飲みなさい。こんなことを幼い頃から口うるさく言われてきた。

『どうして？』僕がそう聞けば、『きみのためだよ』みんなそう答える。周りの人が当たり前にしていることは自分にはできない。逆に周りの人がしなくてもいいことを自分はしなくてはならない。そうしているうちに、幼いながらも自分の身体は人とは違うのだと薄々感じはじめて。

小学生になった頃には、自分は命さえも危いことを知った。病院で過ごす日々に楽しいことなんてなにもない。病院内で自分と同じ病気の子と友だちになって、やっと少しだけ楽しい時間を見つけたと思った矢先にその子は亡くなってしまった。ついさっきまで生きていて、『また明日』そうお互い手を振って別れたはずなのに。それはあまりにも突然で、呆気なくて。この時がいちばん「死」というものを身近に感じた。

次は自分の番かもしれない。そう思ったら眠ることさえできなかった。でもそんな恐怖を感じる暇もないほどに、毎日襲ってくる吐き気や発作。

これを乗りこえれば治るというわけでもないのに、乗りこえなければいけない現実。なんで。どうして。どうして僕が、こんな目に。

『はぁ……。あの子また入院なの。この間、退院したばかりじゃない』

『そんなことを言うな。奏人が聞いていたらどうするんだ』

ベッドの上で眠っていると、病室の外からお母さんのため息とお父さんの怒った声が聞こえ目が覚めた。僕のせいでふたりはいつもこんなふうにケンカをしていた。お母さんはこんな僕を嫌っていた。でも仕方ないと思ってた。僕がこんな身体だから。

『本当……奏人なんて産まなければよかった』

だから、そんな言葉も平気で……泣きそうになったのはきっと気のせいで。

『おい！　いいかげんにしろ！』

パシンッとお父さんがお母さんの頬を叩いた音が聞こえた。……どうして叩くんだろう。お母さんは間違ったことなんか言ってないのに。

『今いちばん辛いのは奏人だろ!?　奏人が懸命に闘っているのに母親のお前がそんなことを言ってどうするんだ！』

『なによ！　私と梓は辛くないとでも言いたいの!?　毎日あの子につきっきりで家族の時間もなくて私だって辛いのよ！』

止まらないふたりの言いあい。ごめんなさい……。僕はその声を遮断するように布団を頭までかぶった。

僕には梓という名前のふたつ上のお姉ちゃんがいたけれど、梓は僕に「お姉ちゃん」と呼ばれるのをすごく嫌っていた。

『奏人の病気のせいで、お母さんとお父さんはケンカをするんだよ！』

『大嫌いだから一生お姉ちゃんって呼ばないで！　奏人を弟だなんて思いたくな

い！』

だから、そう言われた日からお姉ちゃんと呼ぶのはやめた。梓の思う家族の中から自分の姿をそっと消した。それが自分が唯一できる梓への罪滅ぼしだと思っていた。

日に日に壊れてゆく家族。きっと自分さえいなければうまく成り立つのに。

『お父さん。毎日病院に来なくていいよ。お姉ちゃ……梓とお母さんのそばに……』

『どうしてそんなさみしいこと言うんだ？ 奏人は家族だろ』

……家族。家族、か。家族って、なんだっけ。

いつの間にか人の声を聞くことが怖いと思うようになっていた。もう毎日が苦しいし辛い。自分なりにこらえて我慢してるつもりなのに。それなのに神様は嫌なことばかり与えてくる。

自分にだけとことん冷たい世界。

小三の五月、心臓の手術をすることになった。幼い自分にとって手術なんてワードはとても恐ろしかった。でもそんな弱音を吐ける人など身近にはいない。

手術前日。病室のベッドの上でただひとり、ひたすら明日の手術に怯えていると、

『あ、あの……！』

病室の外から、小さな声が聞こえてきた。そっと視線をやると見慣れない女の子がひとり立っていた。

『どうしたの？』

『お母さんとね……はぐれちゃって……。私のお母さん、知らない？』

どうやら女の子は病院内でお母さんとはぐれてしまい、ここに迷いこんでしまったらしい。

『ごめん。知らない』

『グスッ……。お母さん……私を置いて帰っちゃったのかなぁ……』

『そんなことないと思うけど』

『でも、いないもん……』

『それなら誰か看護師さんとかに聞い……』

『グスッ……うぅ……うわぁーん！』

女の子は僕の声など聞かずに泣きだしてしまった。ど、どうしよう。ナースステーションに連れていってあげたいけれど……正直、今は動くのが辛い。

『じゃあ……迎えが来るまでここにいる？』

だから迷った挙句、僕はそう言った。

『……い、いいの……？』

『うん。いいよ。入ってきて』

女の子を自分の病室に招きいれると、パイプ椅子に座らせる。

『これ、飲む？』

『なぁに？　これ……？』

『いちごオレ』

昨日、隣の病室の人にもらったけれど、僕は甘いものは禁止されているから。女の子はいちごオレを受けとると、おいしそうに飲んで泣きやんだ。

『私もこれあげるね』

『これはなに？』

『いちごの飴だよ。すごく甘くておいしいよ』

『……ありがとう』

また僕が口にできないものが返ってきてしまったけれど、やっと落ちついてくれた女の子にホッと胸をなでおろした。

僕たちはいろいろな話をした。友だちとお話をしたいだとか。友だちと遊びたいだとか。女の子が口にするのはそんな願望。それなら、それをすればいいのに。

僕にそう言われた女の子は『友だちがいないからそれはできない』と言っていた。

それに加え女の子は『私は今うまくおしゃべりできてるかな？』とよくわからない質

問をしてきた。僕はそれを謎に思いながらも『できてるよ』と答えて。『なんて言ったの？』と聞き返されて、もう一度同じことを言うと、『聞き返してごめんね』と謝られたから、『ううん』と首を横に振った。

ちょっと違和感みたいなものを感じていたけれど、とくに気にとめることもなかった。

『ずっと入院してるの？』

『うん』

『いつ退院するの？』

『わかんない。一生できないかも……』

『どうして？』

『明日、手術をする……。その時、死んじゃうかも。失敗とかしたら……』

泣かない代わりにぎゅっと布団のシーツを握ってうつむく。すると、自分の手になにかが触れたのを感じた。それは女の子の小さな手だった。そっと顔を上げると、女の子はニコッと微笑んで僕に言った。

『大丈夫だよ』と。

〝あの心臓の病気の子、もう危ないんじゃない？〟

〝完治させることは難しいです〟

『けど、みんなは無理だって……』

『みんなは言っても、私はそう思わないもん』

大人たちさえもあきらめているのに、なにも知らない小さなきみはそう言いきって。

〝奏人なんて産まなければよかった〟

〝大嫌いだから一生お姉ちゃんって呼ばないで！〟

『でも……死んだほうが……お母さんもお姉ちゃんもきっと喜ぶ……』

『ううん。死んじゃダメだよ。悲しいから』

僕が死んだら悲しいって言ってくれて。いったいなにが大丈夫だと言うのだろう。わからないけれど、

『絶対死なないよ。大丈夫』

きみにそう言われた瞬間。あぁ、もしかしたら大丈夫かもしれない。そう、思ったんだ。今まで聞いてきた冷たい声を、きみはいとも簡単にあたたかいものにかえてしまった。

知らなかった。毎日冷たい言葉や声ばかりを聞いていたから。

こんなにも優しい声を持つ人がいることを、僕は知らなかった。お父さんや先生やおばあちゃんに言われる〝大丈夫〟よりも、初めて出会ったきみの声で聞いた〝大丈夫〟のほうが何倍も心強くて。

きっと女の子にとっては、今まで何度も口にしてきたようなありふれた言葉だったのかもしれない。それでも……。この世界にはあたたかいものがあると言われたら、それならそれはこの声だと。そう言えるくらいに、僕にとってはあまりにもあたたかかった。この世でいちばん優しいものに触れた瞬間だった。

できることなら、

〝もっときみの声を聞いていたい〟

そう思ったんだ。

女の子がいなくなってからも、僕は女の子の優しい声を思い出し何度も自分に『大丈夫』だと言いきかせた。

それから治療や薬の副作用などの辛いことに襲われるたびに、僕はあの声を頼りにすべてを乗りこえた。あの日以来、女の子とは病院で会えていないけれど……。またいつかあの声を聞けたらいいな。その時は名前を聞こう。そんなことを思っていた。

ある日、僕の願いが通じる出来事があった。

一学期の最終日。七月にやっと退院して学校に通えるようになったというのに、すぐに終業式を迎えてしまい落ち込んでいると、

『あ……。あの子……』

僕は自分の通う学校の廊下で、あの女の子を見かけた。なんだ……。同じ学校だったんだ。

入院ばかりでぜんぜん学校に来られないから知らなかった。うれしくなって咄嗟に話しかけようとした。でも……。

『美音ちゃん、耳が悪いの変だよー』

『難聴って病気なんでしょ？』

『なんだよ、これ。だせーな』

あの子はクラスメートに囲まれ、そんなことを言われていた。女子たちは指を差してクスクスと笑って、男子たちはあの子の耳についているなにか小さな機械を無理やり外すとからかっている。いじめだとすぐにわかった。すごくムカついた。あの子を傷つける者たちに。自分の大切なものを壊されているような感覚だった。

でも……。

『……痛っ』

こんな時になにもできない自分が、いちばんムカついた。突然心臓の痛みに襲われて、立っていられずにその場にうずくまる。

すぐ目の前にいるのに。僕を助けてくれた声を持つあの子が。今度はあの子が怖い目に遭っている。僕が助けなきゃいけないのに。あの子もきっと……誰かの優しい声を待っているのに。なぜ、こんな時に……。

薄れゆく意識の中、先生たちの騒がしい声を聞いていた。伸ばしたこの手はあの子には届かなかった。


『先生……難聴ってなに?』

結局病院に逆戻りして夏休みはまた入院することになってしまった僕は、お見舞いに来てくれた担任の先生に尋ねた。

『難聴というのは、人よりも耳の聞こえが悪いことだよ』

耳の聞こえが悪い。

『美音って名前の子もそうなの?』

『美音? あぁ、一組のあの子のことか。そうだね。あの子の場合は左耳のほうが少し悪くてね。こんなふうに人によって症状や程度は違うんだよ』

だからか……。だからあの子は僕と会話をしていると変なことを聞いて不安そうな顔をしたり、何度も聞き返してきたりしたんだ。きっとそれが原因で友だちがいなくて、ひとりぼっちで過ごしている。あの子はぜんぜんおかしくなんかないのに。

『そういう人たちはどうやって会話をするの?』

『補聴器っていう機械を耳につけて聞こえをよくしたり、聞こえない時は手話という方法で会話をしたりするよ』

手話……。あの子も……できるのかな。手話。それなら僕も。

『お父さん。僕、手話を習いたい』

『手話?』

『うん』

先生が帰ったあと、入れかわるようにお父さんが病室に入ってくると、すぐにそれを伝えた。お父さんは少し不思議がっていたけれど、僕が『なにかをしたい』というのがうれしかったのか、手話の本を買ってきてくれて、夏休みの間は手話教室にも通わせてくれた。新学期これをもってあの子に会いにいこう。僕がきみの友だちになるよって。そう伝えよう。今度こそは。

でも……それは叶わなかった。

『奏人、二学期になる前に父さんと引っ越そう』

『……引っ越し?』

『そう。おばあちゃんの家だ。奏人、おばあちゃん大好きだろ?』

おばあちゃんの家……。ここからすごく遠い。そしたら、あの子と会えない。引っ越しなんてしたくない。でも、お父さんにはワガママを言ってこれ以上迷惑をかけたくない。だから僕は、あの子と会うほうをあきらめた。お父さんが引っ越しを決めた理由はお母さんとの離婚だった。お母さんは梓を、お父さんは僕を引きとった。

『奏人のせいだよ！』

『奏人は人を不幸にする人間だ！』

梓は、お父さんに手を引かれ家を出ていく僕の背に向かって、そう叫んでいた。梓から大好きなお父さんを奪ってしまった。お父さんから大切な娘を奪ってしまった。家族を取り返しもつかないくらいに壊して。

あの子は優しい声で僕を助けてくれたのに、僕はあの子を助けてあげることができなくて。本当に自分は……誰も幸せにすることはできないんだな、そう思った。

新しい土地での生活にはすぐに慣れた。

引っ越しても相変わらず入院ばかりだけど、優しいお父さんとおばあちゃんに囲まれて、笑って過ごせていた。なによりも……お母さんと梓の冷たい声を聞かなくてもいいことに安心していた。

引っ越しをしてからもやめなかったことがある。それは手話の練習だった。なんとなく、やめちゃダメな気がして。一年後には手話をマスターして、ついでに指文字というものも身につけた。こんなことしても、使い道などないのに。

今頃あの子は、誰かに傷つけられて泣いているのだろうか。理解してくれない人に囲まれひとりぼっちでいるのだろうか。あと一歩間に合わなかった後悔は、日に日に大きくなってゆく。

中学生になると、新しい友だちができた。璃子とシマ。気づけば三人で行動するようになっていた。でもふたりには病気のことは言えなかった。言ったら悲しませてしまうんではないだろうかとか。梓やお母さんみたいに冷たい声を向けられてしまうんじゃないだろうかとか。たくさん考えた挙句、嘘をつくという方法を選んだ。

体調不良や入院で学校を休むたびにおばあちゃんの看病だとデタラメ言って、病気で体育の授業ができないのも自分は極端な運動嫌いということにして。嘘をつくたびに、またひとつ嘘が増えてゆく。罪悪感はあったけれど、やめることはできなかった。

そんな中、お父さんが交通事故で亡くなった。家族の中で唯一味方でいてくれたお父さん。

お父さんにはきっと、思い描いていた理想の家族像があったはずなのに。自分さえいなければお父さんはもっと幸せになれたのに。

『お父さんの元に生まれてごめんなさい』

遺影に向かってそう謝罪することしか僕にはできなかった。

その日からおばあちゃんとふたり暮らしになった。僕につきっきりで息子の死を嘆く暇もない。本当に……自分はいつだって誰かのお荷物でしかない。

こんな自分がとことん嫌になる。

中学二年生になる頃には自分の中で密かな楽しみを見つけていた。それは……病院のそばの河原に咲く大きなソメイヨシノの姿を見にいくこと。季節が変わるごとに年に四回、僕はあの場所へとひとりで向かう。行くたびに姿を変えるソメイヨシノ。それは僕がまたひとつ季節を乗りこえたことを意味している。自分の命があとどのくらいもつかなんて見当もつかない。でも年齢が上がるにつれ、治るどころかおかしくなっていっている。

『いつか治るかもしれない』なんて、そんなありもしないことを考えたことはない。だから、来るたびに思っている。この光景を見るのは今日で最後かもしれないと。一年後は見ることができないかもしれないそれぞれの季節のソメイヨシノを目に強く焼きつける。どの季節のソメイヨシノを見るのも好きだけど……。僕はやっぱり春の姿がいちばん好きだった。

そして……。

そんなピンクのソメイヨシノのそばで、僕はきみにもう一度会えたんだ。

高一の春休み終盤。

春休みはずっと入院していて、その日はちょうど退院の日だった。おばあちゃんが退院手続きをしている間、僕は待合室のソファーに座りながら『どうせまたすぐに入院なんだろうなぁ』なんてぼんやりと考えていた。すると、見覚えのある女の子を見かけた。見間違いかと思った。だってこんなところにいるはずがない。でも……なんとなくあの時の女の子じゃないかって気がして。

僕はおばあちゃんに『先に帰ってて』と言いのこすと、あわてて女の子のあとを追う。女の子は橋の上から河原に咲くソメイヨシノをどこか悲しげな目をして見ていた。たしかあの子は……左耳のほうが悪いと小学生の時先生が言っていた。今はどうかわからないけれど、僕は女の子の右うしろに立つと、

『桜、好きなの？』

そう声をかけた。ちょっと驚いたようにこっちを見る女の子。名前を聞くと『吉野美音』と答えた。

美音……。やっぱりこの子だ。やっと会えた。あの日からずっとずっときみに会いたかった。

美音は僕のことは覚えていないみたいだった。無理もない。だってあの時、僕はマスクをしていたから。

美音と河原で桜を見ていた時間はほんの少しだったと思う。ずっと言いたかったことがあったのに、会えたことがうれしすぎてすっかり忘れてしまった。でも不思議なことにこの時の僕は、またすぐに美音と会えるような気がしていた。

そしたら、ほら……。新学期の初日、美音とまた会えた。同じ学校で、同じクラスで。こんなの絶対、奇跡だと思った。後悔でいっぱいの僕を哀れんだ神様がもう一度チャンスを与えてくれたのだと。隣の席だというので、左側は美音にあげた。僕が右側から話しかけられるように。そして、やっと言える。あの頃は言えなかった。間に合わなかった。

『僕たち、仲良くなろうよ』

この言葉を。

それを言われた美音はぎゅっと拳を握りしめると、なにも言わずに去っていってしまった。

次の日も、次の日も。僕は美音をひとりにさせたくはないのに、美音はひとりになりたがる。美音が僕に笑ってくれることはない。なにがダメなんだろう。そうしているうちにまた美音を悲しませる者が現れた。

『吉野さんは障がい者やん！』

それを言われた時の美音は、まるで僕らに知られたことに怯えているようだった。

ああ、そっか。ダメなんだ。ただ、そばにいるだけじゃ。僕が思うよりも美音の心の傷はずっとずっと深かった。

でも、もう大丈夫。あの時とは違う。救える。今度は僕の番だよ。僕が美音を変えてあげる。でも僕は変わらない。すべての怖いものから守ってあげるよ。そんなに泣かないで。ひとりさみしい思いをするくらいならさ、

『僕と一緒にいよう』

もう、僕のそばにいなよ。

『おいで』と震える手を引っぱった。

一度はためらってしまったけれど、美音は僕の手を握ってくれた。やっと救いだすことができた。絶対にこの手を離さないと強く誓った。

それから美音が笑ってくれるようになった。うれしい。すごく。ずっと見たかった。かわいすぎて『かわいい』しか言えなかった。

Episode 5

つながったものたち

奏人くんが自分の声で話してくれた。本音や私への想いを。それから……大切な過去を。私たちは私が思うよりもずっとずっと前からつながっていたんだ。春の出会いは、再会だったんだ。そんなにも前から奏人くんは私のことを想ってくれていただなんて。

なんだかもうすべてが愛しくて、奏人くんを抱きしめると一緒に泣いた。

知らなかった。

奏人くんはいつも笑ってたから。こんなふうに泣くんだってこと。やっと奏人くんが私にも涙を見せてくれた。そう思ったらうれしくて、私の目からは滝のようにドバーッと涙が流れる。

「……ちょっと、泣きすぎだね」

奏人くんが私の背中に手を添えて、鼻をすすりながら少し困ったように眉を下げる。

「どうして美音が……そんなに泣くのかな？」

「だってぇ。奏人くんが、泣くまで……絶対泣かないって決めたからぁ。やっと、泣いてくれたからっ……。もう、奏人くん泣くの遅いよぉ！」

「……泣き虫」

奏人くんよりも泣いてしまう。どうしようもない。

「あのね、奏人くん。重たいでしょ？　奏人くんが背負ってるもの、ひとりじゃ背負うには重たすぎるでしょ？」

「……少し」

「少し……？」

「すごく。すごく重い」

もう強がりはいらない。それを知った奏人くんが吐いてくれる弱音。だから、押しつぶされそうになって動けない。ひとりで抱えて生きてゆくにはあまりにも重たい。

「じゃあこれからはさ、私にも一緒に背負わせて？」

「その代わり、私の背負ってるものは、奏人くんが半分持ってね！」

私が半分持ってあげるね。奏人くんの背負う大きなものを私も背負って生きるよ。

「うん。持つ。持つよ」

お互いの迷いも寂しさも苦しさも、これからは全部半分こ。それならあとは最後。

「付き合いたい」

この願いはいつ叶えてくれるの？

「奏人くんと付き合いたい。彼女になりたいよ。もういいかげん叶えてくれないかなぁ？」

「……なってくれるの？」

「なりたい」

「僕でいいの？」

「奏人くんがいいんだよ」

「でも……」

「でもって言わないで……。奏人くん、私が付き合いたいって言ったら、絶対付き合うって言ったじゃん！　嘘はダメなんだよ！」

「なんかそれ……話盛ってる」

奏人くんが少し目を伏せる。

「きっとすごく辛いよ。美音が。僕はなにもしてあげられない。たくさん泣かせてしまうかもしれない。僕には明日生きている保証がない」

「そんなの私だって同じだよ。明日生きてる保証なんて誰にもないもん」

「美音のと僕のはぜんぜん違う」

誰よりも優しい奏人くんは、私の幸せばかりを願ってくれるから、まだためらってる。そうやっていろんなことをあきらめてきたのなら、もうそれはしなくていいよ。

自分の幸せを二の次にしないで、たまには自分に甘えてみて。

「じゃあ……私が奏人くん以外の人と付き合ってもいい？」

「……嫌だ」

「私が重荷になるかな？」

「僕が重荷になるよ」

「ならないよ。大丈夫」

「どうしてわかるの？」

「それはね……」

そっと奏人くんの瞳を見つめる。あと少しの勇気は、いつだってこの言葉で。

「ふたりなら大丈夫だって私がそう思うから！」

〝大丈夫〟

私の声が奏人くんを。奏人くんの声が私を。いつだってこの言葉で優しく引っぱってきた。それなら今度はふたりの未来に使おうよ。なるようにしかならない未来、少し冒険でもしてみるつもりでさ。私たちなら絶対大丈夫だから。奏人くんは私の言葉にちょっと目を大きくさせると、すぐにまた優しげな目元で笑った。

「……それ、僕のマネじゃん」

「違うよ。奏人くんが私のマネしたんだよ」

奏人くんがそっと私の身体を抱きよせる。

「幸せにさ、できるかな」

「……できるよ。奏人くんなら」

たくさん遠回りした。もう二度と会えないかと思った。でも、私たちはまた会えた。

三度目の出会いを果たした今。奏人くんはそっと私の右耳に顔を近づけると、私の胸をドキドキさせた。

「美音」

「なぁに？」

やっと、

「僕の彼女になって」

やっと、この言葉をくれたんだ。

「……はいっ！　もちろん！　喜んで！」

元気よく返事をしてぎゅーっと抱きつく。奏人くんが照れくさそうに笑う。

「私、今日から奏人くんの彼女だぁ。やっと彼女になれた！　うれしいっ！」

これから先、どんなことが待ちうけているのかな。わからない。でも……。

「好き。大好き。すごく好き。本当に……ずっと好きだったんだ」

「私も！　私も奏人くんのことがずーっと大好きなんだよ！」

でも今は、そんなこと気にしなくてもいいんじゃないのかな。「好き」って声にすれば、「好き」って声が返ってくる。その事実さえあれば。よけいな不安は置いてきて。これだけ持ってふたり一緒にこの先を歩くんだ。

「やっほー！　遊びにきたでー！」

ガラッと勢いよく病室のドアが開くと、璃子ちゃんと志馬野くんが入ってきた。

「あー！　璃子ちゃん！　志馬野くん！　聞いて！　あのね、私、奏人くんの彼女になれたんだぁ！」

「ちょっ……美音！　待って！」

うれしくてうれしくてふたりにもすぐ自慢した。

「おー！　まじか！　やっとか！　激ピュアカップルの誕生や！　もー！　私たちをいったいどんだけ焦らしたと思っとんの？」

「ほんまにな、ここまで来るのに時間かかりすぎやろ。お前ずーっと吉野のこと好きやったやろ？　俺らにはバレバレやったで？」

「……やめて」

ふたりは自分のことのように喜んでくれた。奏人くんはちょっと恥ずかしそうにすると、

「璃子。シマ。ありがとう」

そうつぶやいた。きっとその「ありがとう」にはいろんな意味が詰まっているんだと思う。このたったひと言で、奏人くんの気持ちはふたりにすべて伝わるから。

「おう」

志馬野くんが短い返事をして笑う。

「お礼は売店のメロンパンやで！」

璃子ちゃんがニカッと歯を見せて笑う。

もうダメだって思った時もあった。それでも私たちはまた四人そろって笑いあっている。やっぱりいつだって、この四人がいい。

「あ、そうや。実はな？　奏人に会わせたい人がおるんやけど」

「会わせたい人？」

璃子ちゃんが視線をドアのほうにやると、遠慮がちに人が入ってきた。

「奏人……」

それは……梓さんだった。

そっか。ふたりが梓さんの家に寄ってからここに来たのは、梓さんをここに連れてくるためだったんだ。思いもよらない人物の登場に、かなり驚いた様子の奏人くん。

梓さんは一瞬だけうつむいてしまうも、ぎゅっと拳を握って顔を上げると、

「今までずっと、ごめんねっ」

目にいっぱいの涙をためてずっと伝えたかった言葉を伝えた。

「たくさん傷つけてごめんね。お姉ちゃんらしいことをなにひとつしてあげられなくて……ごめんねぇ」

「ううん」

悔やんでも悔やみきれない過去を、梓さんはたくさん奏人くんに謝った。それに対して奏人くんは静かに首を横に振る。

「会いにきてくれてありがとう」

「奏、人……」

そっと奏人くんが笑うと、梓さんが奏人くんを抱きしめた。

「本当はね、すごく大切なの……。奏人のこと。嘘じゃない」

「うん」

「もっと大切にしてあげたい。だからこれからはさ、会いにきてもいい……？」

「うん」

「私さ、奏人にお姉ちゃんって呼ばれるの本当は好きなんだ。だから……。もう一度お姉ちゃんって、呼んでくれる？」

「うん」

「今、呼んで？」

「うん。……うん？　え？　今？　ここで？」

梓さんが身体を離すと、奏人くんは恥ずかしそうに、でもうれしそうに笑って、

「お姉ちゃん」

奏人くんだって、きっとずっと呼びたかった。

「うん……！　私は、奏人のお姉ちゃんだよ！」

うれしそうに笑ってまた奏人くんを抱きしめる梓さん。……ちょ、ちょっと抱きつきすぎでは？　一回ならまだしも二回も。いや……やっぱり一回でもダメ！

「そ、それ以上奏人くんに抱きつくのはダメです！　奏人くんは私の彼氏……！」

「奏人の彼女⁉　いつの間に……⁉　でもやだねー。奏人は私の弟だもん」

「あー。だからダメだってぇ」

私が引きはなそうとするも、梓さんも負けじとさらに強く奏人くんを抱きしめた。

そんなふたりのやり取りをみんなはおかしそうに笑っていた。

一度はバラバラになったけれど、またつながった恋心。友情。家族。そんなものたちがあふれたこの空間は、今この瞬間、間違いなく世界でいちばんあたたかい。

私の声でも、奏人くんを守れるよ。

愛しい

奏人くんは私の彼氏で、私は奏人くんの彼女。ふたりは恋人同士。

「恋人同士かぁ。えへへ」

今日は土曜日。つまり奏人くんと朝から夜まで一緒にいられる大切な日。

私は病院のエレベーターに乗りながらひとりニヤニヤ。もうね、奏人くんのことを思うたびに顔がゆるんじゃう。だってずっーと奏人くんの彼女になりたかったんだもん。早く春休みにならないかなぁー。春休みになったら、平日もずっと一緒にいられるのに。

エレベーターを降りると、早く会いたくて廊下を走りたい気持ちを抑えつつ、奏人くんのいる病室へ向かう。そっと病室をのぞくと、奏人くんはベッドを少し起こして本を読んでいた。

よかった。今日は体調がいいみたい。そ、それにしても……。

「奏人くんが、今日もかっこいいよぉー……」

肩にカーディガンをかけている姿も、本を読む姿も、全部がかっこよすぎて悶絶。

「また顔がニヤケちゃう……」

あんなにかっこいい人が私の彼氏なんだ……。彼氏……。

あぁ、どうしよう。奏人くんが本を読んでる姿……写真撮りたい。スマホを取りだし無音カメラを起動するとそっと奏人くんにピントを合わせる。奏人くんはまったく気づいていない。が、しかし。

――カシャ。

「あ……！」

無音カメラを起動していたつもりがふつうのカメラを起動していたらしく、シャッター音が鳴ってしまった。奏人くんはそれに気づくとこっちを見る。スマホをかまえたままの私と目が合った。

「盗撮かな？」

本を閉じてクスッと笑う奏人くん。その顔も写真撮りたい！　かっこいい……！

「そんなところでなにしてるの？」

「か、奏人くんがかっこいいなぁって思いながら見てました……」

「ばーか」

〝ばーか〟って言った！

言い方にキュン。

「入ってこないの？」

「は、入る……」

あ、あれ……。なんか緊張しちゃう。奏人くんは改めて自分の彼氏なんだと思ったら、今さらドキドキしてきちゃった。

「そこで話すの？」

「き、緊張しちゃう……」

「なんだそれ」

おかしそうに笑う奏人くんが、私のほうへ手を伸ばす。

「もっとそばにおいでよ。そこじゃなにも聞こえないでしょ？」

あぁ、もう。好き！　すごく好き！　大好き！　私はパタパタと走って奏人くんの身体に飛びこむとそのままぎゅーっと顔をうずめた。

「いらっしゃい」

奏人くんは、なんとか私を受け止め優しく笑う。奏人くんに抱きしめられるの大好き。心がふわふわする。これが……恋。彼女の特権。

「いつもあんなふうに盗撮してるの？」

「ううん。今日だけだよ」

「本当に？」

「本当だよ」

「ふーん？」

あ、奏人くんが完全に疑ってる。

「本当だよ！　いつもはしてないよ！　信じ……」

──カシャ。

……へ？

顔を上げたとたん、奏人くんが自分のスマホを私に向けているのに気づいた。

今……撮った？

「隙あり」

「……っ」

意地悪に笑う顔……好き。

「な、なんで撮るのぉ……？」

「美音も撮ったじゃん」

「消してよー」

「やだね」

必死にスマホを奪おうとするも、奏人くんは腕を伸ばして私が届かないようにしてくる。

「これロック画面にしていい？」

「ダ、ダメ！　今、絶対変な顔だったもん！」

「ううん。すごくかわいいよ」

久々に奏人くんに「かわいい」って言われた。う、うれしい……っ。あ、そうだ！

「奏人くん！」

「あれ。ロック画面ってどうやって変えるんだっけ」

スマホを操作しながら奏人くんが返事をする。どうやら本当にさっきの写真をロック画面にしている模様。

「この間、看護実習生に告白されたって本当……？」

奏人くんに抱きついたまま顔を見上げながら尋ねる。

「どこから仕入れてくるの？　そんな情報」

奏人くんは、スマホから私に視線を移すと笑った。やっぱり本当なんだぁ。もう。

奏人くんはどこにいてもモテちゃう。油断も隙もないよ。

「妬いてるの？」

「うん」

「断ったよ？」

「でも、奏人くんに私以外の彼女ができたら……」

「なに言ってるの？　僕の彼女は美音じゃん」

当たり前のように奏人くんが答える。キュンキュン通りこして泣いちゃいそう。

「うん！　そう！　私が奏人くんの彼女！　うれしい……」

「あ、戻った。さっきからどうしたの？　情緒がおかしい」

なんとでも言ってください。かっこいい彼氏の彼女にはこの悩みはつきものなんです。

「僕は美音がいちばんだよ」

でもそのひと言で、そんな悩みは今どこかへ吹っ飛んでいっちゃいました。

「言っとくけど、僕のほうが心配なんだよ。また男に絡まれてないかなとか……。学校に行けないからなおさら」

「奏人くんもそういう心配するの？」

「当たり前。美音が思うよりもずっとしてるよ。付き合う前からしてただろ？」

たしかに……。

奏人くんはそうだった。奏人くんも意外とヤキモチ焼きなんだ。

「毎日病院ばかりでどこにも連れていってあげられないし。周りの子たちは彼氏にいろいろしてもらってるだろうし……。こんな彼氏がいてもつまらなくない？」

ちょっと申し訳なさそうな顔をして奏人くんが私の頭をなでる。

「でも私は奏人くんがいちばんだもん」

「それさっき僕が言ったやつだね」

　ヤキモチ焼くのも。いちばん好きなのも。ふたり一緒。気持ちが一緒ってすごく幸せだね。たわいない会話をしながら過ごす穏やかな時間。

　ふと、カレンダーに目をやると私はあることに気づいた。……気づけばもう三月。今月は奏人くんの誕生日だ。

「奏人くん、誕生日なにがほしい？」

「なにもいらないよ」

「それはダメだよ。お祝いするって約束したもん」

「ダメ……？　なにも思いうかばないよ。なんだろ……」

　ちょっと困った様子で「うーん」と考える奏人くん。サプライズもいいけれど、でもどうせなら奏人くんがほしいものをプレゼントしたい。

「じゃあ、ゆっくりでいいから考えておいてね。私をサンタさんだと思っていいよ！なんでも用意してあげる！」

「ハハッ。うん。わかった。考えとくね。それクリスマスだけどね」

　奏人くんは小さく笑うと、ふわっとあくびをした。

「眠たいの？」

「少しだけ」

「横になる？」

「んー。いいよ」

「ううん。横になって」

奏人くんが、あまり寝られていないのを知っている。奏人くんはそれを言わないけど私はちゃんと知ってるんだよ。だから眠たい時はちゃんと寝てほしい。

私は奏人くんを横にすると、胸元まで布団をかぶせてあげた。疲れたように息を吐く奏人くん。身体を起こしてたから疲れちゃったのかな？　奏人くんの横が少し空いてる……。

添い寝とか……。って、なに考えてるんだ。私！　邪念を必死に振りはらっていると、

「入る？」

奏人くんは私の気持ちを察したのか、ベッドの右側に寄ると布団を空けた。

「奏人くんって、エスパー？」

「一緒に入りたいって顔に書いてる」

私ってそんなにわかりやすいのかな。

「ほら、いいよ。おいで」

うぅ。それはずるい……。その顔と声で「おいで」と言われて、行かない女の子がこの世界にいると思いますか？

私は靴を脱ぐとそっとベッドに入った。奏人くんと同じベッドの中。

奏人くんが身体を私のほうに向けて、目を合わせてくれた。こんな場所でこんなにも近い距離。ドキドキ。こういうこと、彼女だからできるの。

「最近……」

「ん？」

「最近、眠るのがすごく怖い。とくに夜は。このまま目が覚めなかったらどうしようって」

笑ってるのにちょっと切なげな表情。その表情に私の胸がキュッと締めつけられる。

忘れてるわけじゃない。私たちの恋は、幸せなことばかりじゃないことを。

もっとそばにいたい。もっと一緒に生きたい。誕生日よりももっと未来の約束を交わして叶えたい。それはきっと贅沢なんかじゃないのに。

「でもね、美音といるとすごく安心するからかな。眠たくなる。今なら寝れそう」

「奏人くんの目が覚めても私が隣にいるよ」

いるよ。私は。だから奏人くんも隣にいて。どこにも行かないで。眠ったあとは、必ず目を覚まして。必ず……。

「っ……」

「あ、泣いちゃった」

思わずあふれてきた涙。

「僕が変なこと話しちゃったからかな」

こんなにも愛おしくてどうしようもない人が、明日にはこの世にはいないかもしれないなんて、そんなの嘘だよ。

「辛い？」

「……幸せ」

「ごめんね」

「ごめんね。っていうのやだ」

「やっぱり僕だとダメだね。泣かせちゃう」

「それもやだ。私は奏人くんがいいもん……」

「うん。じゃあもう言わない」

奏人くんからそんな言葉はほしくないよ。

「泣かないで」

よしよしと背中をなでてくれる奏人くんの手があたたかくて、また涙がこぼれちゃう。一度、心が不安になっちゃったら止めるのはなかなか難しい。

「美音も少し寝る？」

私を落ちつかせるような声。今いちばん怖いのは奏人くんなのに。私が守ってあげたいのに、いつも私が守られちゃうね。

私は右耳の補聴器を外すと奏人くんの胸に耳を押しあてた。トクントクン。奏人くんの心臓が動いてる。命の音が聞こえる。奏人くんが今私の隣で生きてる証。この音が愛おしい。

「音が、聞こえる。奏人くん……生きてる。私と一緒に、生きてる」

「うん」

この耳でずっと聞いていたい。

「こんなの……絶対……明日も一緒に生きてる」

「うん」

この耳でずっと聞いていられるはず。

「ぎゅってして……」

奏人くんはなにも言わずにそっと私を抱きしめてくれた。奏人くんの胸に耳を押し当てたまま、目をつむる。

もっと時間がほしい。ありったけの時間が。足りない。足りなさすぎる。

神様お願い。奏人くんの命の音を止めないで。奏人くんを連れていかないで。奏人くんから明日を奪わないで。

奏人くんの心臓の音を聞きながら頬を伝う涙。

奏人くんは私が落ちつき眠りに落ちるまでずっと、頭をなでてくれていた。

それから私はたびたび奏人くんとベッドの中で一緒に眠るようになった。

奏人くんが私が隣にいると眠れるというから目が覚めるまでずっと隣にいてあげる。

その時は必ず補聴器を外して奏人くんの心臓の音を聞いている。この音、もっともっと続いて。そう願いながら。

いつも私まで一緒に寝ちゃうんだよなぁ。奏人くんの隣は心地よすぎる。隣を見ると奏人くんがまだ眠ってる。もう少し寝かせてあげたい。昨日の夜も眠れなかったみたいだから。そう思ったのに……。

「あー！　ふたりがベッドの中でイチャついてます！　お巡りさんこっちです！」

突然声が聞こえてきたかと思うと、璃子ちゃんたちが入ってきた。

や、やばい……！　私はバッと勢いよく身体を起こすと補聴器をつけた。

「病院内でイチャイチャは禁止ですよ！」

「ち、ちがうよぉ〜」

ニヤニヤ笑う璃子ちゃんに私の顔がまっ赤になる。

「ん……」

璃子ちゃんの声がうるさかったのか、奏人くんが目を覚ました。

「あー。……璃子たち来てたんだ」

目をこすりながら璃子ちゃんを見ると「いらっしゃい」と笑う。

「いらっしゃいちゃうわ！　きみたちベッドの中でなにしとったん⁉　奏人……美音に手出したん⁉　よくもうちの純粋ピュアっ子に。ひゃー！　私は悲しい！」

「やかましい奴やなぁー」

なにやら勘違いをして大騒ぎをする璃子ちゃんに、志馬野くんはやれやれとあきれた様子でパイプ椅子に座る。志馬野くんは大人だね。

「付き合っとるんやからそれくらいするやろ。まぁでも場所はちゃんと考えなあかんで？」

「……って、ちがーう！　志馬野くんも璃子ちゃんと同じ勘違いしてるよ！」

「ふ、ふたりともなにを勘違いしてるの！　違うよ！　してないよ！」

「あのな、吉野。知っとるか？　しでかした奴ほど〝してない〟って言うんやで」

必死に否定するも、ふたりはまるで信じてくれない。奏人くんに救いを求めるけれど、

「見られちゃったね」

奏人くんは否定もせずにそんなまた誤解を招くようなことを言って、クスリと笑うから。結局ふたりは勘違いしたままになってしまった。それからしばらくの間、四人は近況を話した。笑い声が響く中、

「くっ……」

「奏人くん⁉」

急に奏人くんが苦しそうに胸を押さえて身体を丸めた。そのまま横に倒れベッドから落ちそうになった身体を支える。

「どうしたの？」

「痛いっ……」

苦しそうな声で胸の痛みを訴える奏人くんは、すぐに呼吸までもがおかしくなってしまった。

「斗真……。奏人が。どうしたらいいん？」

「落ちつけ。今、先生呼ぶから。奏人の身体さすったれ」

冷静にナースコールを押す志馬野くん。

「どう、しよっ……。こんなっ……」

「大丈夫や、奏人。すぐに先生が来てくれるに」

「吐く……」

「いいから。気にしやんでいいから吐け。我慢すんな」

奏人くんが不安にならないように、志馬野くんは落ちついたトーンで声をかけてあげる。志馬野くんはいつも頼りになって心強い。でも今……志馬野くんの手は震えている。

「奏人！　これに吐いていいで、私らのこと気にする必要ないやろ？　私たちは友ちなんやから。な？」

志馬野くんばかりに頼っていちゃいけない。璃子ちゃんは涙をグッとこらえると、奏人くんに袋を当てがった。私も奏人くんの身体を抱きしめながら背中をさすった。

私の腕の中でひたすら痛みをこらえる奏人くん。さっきまでは笑って会話をしていたのに、病魔は奏人くんの身体を無情にもむしばんで、ひと時の安らぎすら与えてくれない。私は、苦しんでいる奏人くんを見ていることしかできない。なぜなにもできないの。なんのために私がいるの。無力で、歯がゆい。だけど……、

「美音っ……」

「ん……？　なぁに？」

「声、が……」

消えいりそうな奏人くんの声。私は抱きしめたまま右耳を奏人くんの顔に近づけた。

「声……？」

「声が、聞きたい……」

私の声……。そうだ。私には声があるんだ。この声で守るって決めたんだ。

「奏人くん、大丈夫！　大丈夫だからね……！　私が大丈夫って言ったら、奏人くんは大丈夫だもん！　そうでしょっ？」

意識が朦朧(もうろう)としている奏人くんにも聞こえるよう声に力を入れる。奏人くんは弱々しくも何度もうなずいた。私は先生が来るまでずっと奏人くんに「大丈夫だよ」と言いつづけていた。

それからすぐに先生が来てくれて、奏人くんは落ちつきを取りもどすと眠ってしまった。先生はこれはいつもの症状だって。もっとひどい時があるって。あんなにも痛くて苦しそうだったのに、それ以上の苦しみがあるなんて。そんなのあんまりだ。

私たちは眠る奏人くんの手をただただ静かに握りつづけていた。

奏人くんが目を覚ましたのは、数時間経ってからだった。ゆっくり目を開けた奏人くんは三人に握られた自分の手に視線をやると、そのまま私たちの顔を見た。

「ずっと……いたの……？」

「当たり前やろ。どこにも行くわけないやろが」

「そっか。ありがとう。あったかい……」

三人の手の温もりにそっと笑う奏人くん。これからは目が覚めても隣に誰もいないだなんて、そんな寂しさは感じさせないよ。

「……美音の声聞こえたよ」

「だっていちばん大きな声出したもん」

奏人くんの手を握る手にぎゅっと力を入れる。今日が初めて四人で怖いものを乗りこえた日だった。

この日を境に奏人くんの病状は日に日に悪化していった。

「奏人。来たでー」

今日は休日。いつもより早めに病室へと向かうと奏人くんはぐったりとした様子で横になっていた。いつもは「いらっしゃい」って笑ってくれるのに今は声を出す気力も身体を起こす気力もないみたい。

無理もない。病室に来る前に看護師さんから聞いた。奏人くんが明け方までずっと激しい吐き気と胸の痛みに襲われていたと。疲れきった顔。すごく辛い。

奏人くんは点滴につながれ身体を左側に向けて横になっているから、私たち三人も左側に座った。あまりしゃべることもできず私たちの会話を横になりながら聞いてるだけの奏人くん。でも奏人くんが私たちの声が聞きたいと言うから、私たちは奏人くんに聞かせるように三人でたくさんしゃべった。

「寒い……」

布団を口元までかぶり、奏人くんがポツリとつぶやく。

「じゃあ、俺のジャケットかぶっとき」

「私もカーディガン貸してあげるに」

「私もコートあるよ」

みんなはそれぞれ上に着ているものを脱ぐと、奏人くんにかけた。

「……こんなにいらないよ」

たくさんの上着に埋もれ、奏人くんはおかしそうに笑っていた。ずっと病室で過ごし、気づけば面会終了時間。この時間は一日の中でいちばんさみしい。

「帰りたくない……」

「……ダメだよ。親が心配するよ」

「やだぁ。もっといるもん……」

私は、横になったままの奏人くんの手をぎゅーっと握ると、子どもみたいに「帰らない」と駄々をこねる。奏人くんは困ったように笑いながらも、私の頭をなでてくれるからよけいに寂しさが増しちゃう。

「泊まる……。私これからここで暮らす……いい？」

「んー。夜中の病院は怖いよ。いいの？」

「またそういうこと言う……」

一秒も離れたくない。私の知らない間にどこか行っちゃわない？

「ほら」

「うぅ……」

奏人くんがベッドに腕をつきながらゆっくり身体を起こしポンと私の背中を押す。

奏人くんは今すごく身体が辛いのに、起きあがらせてしまった……。私は渋々コートを羽織ると、何回もうしろを振り返りながら病室の外へ。

「璃子。シマ。美音をよろしくね。もう暗いから、できれば家の近くまで送りとどけてほしい」

「おう。そのつもり。任せろ。またな」

「明日も来るに。ゆっくり休んで」

奏人くんが小さく手を振ると、ふたりも振り返す。

「美音、バイバイ。また明日ね」

「……うん」

私は半泣きになりながらもコクリとうなずいた。

〝また明日〟

何回も聞いてきた言葉なのに。今はすごく不安になる。この言葉を、明日も明後日もずっと交わしたい。

「あいつ……。今日ずっと身体しんどそうやったな……」

「ほんまやな……」

奏人くんの病室をあとにすると、廊下を歩きながらふたりはそんな会話を交わす。

「なんで、奏人なんやろ……」

「泣くな」

うつむく璃子ちゃんの頭に志馬野くんはポンと手を置いた。私たちは、奏人くんの今日を生きているという奇跡が日に日に弱く小さくなってゆくのをこの身で感じている。いつだって、不安はどうしようもない。


翌日。私と璃子ちゃんと志馬野くんは今日も病院に来ていた。奏人くんの病室へ向かう途中、私たちの隣をあわただしく看護師さんたちが通りすぎる。不思議に思いながら角を曲がる。

「え……」

その瞬間私たちの足がピタリと止まる。だって看護師さんたちが入っていったのは、奏人くんの病室だったから……。嘘……。なんで……！

「奏人くん！」

私たちは走って奏人くんの病室へと向かう。

「おばあちゃん！　梓さん！　奏人どうしたん⁉」

「みんな……」

病室の外にはおばあちゃんと梓さんがいて、私たちに気がつくと悲痛な表情で私たちを見た。どうしてそんな顔をするの。まるで奏人くんが……。

「奏人の……奏人の心臓が止まっちゃったのっ！」

え……？

梓さんの泣きさけぶような声に、私の身体が固まる。そのまま病室の中に視線をやると、先生や看護師さんたちに囲まれた奏人くんの姿があって、ベッドには赤い血がついている。

奏人くん……血を吐いたの？　心臓が止まった？　あの音が……止まったの？　なに、それ？　やだ……やだ……やだ！

「奏人くん！」

「あ、美音ちゃん！　待って！　入ったらあかん！　落ちつき？　な？　大丈夫やに。今先生たちががんばってくれてるから」

中に入ろうとしたら、おばあちゃんに止められてしまう。

「先生！　呼吸の確認ができません！」

険しい顔をしてあわただしく動く先生たち。わけがわからなくて、私の目からは涙

も誰でしょ。だって昨日「また明日」って言ってたでしょ。誰でも
いいから奏人くんを助けて。
奏人くんの容態が安定したと聞かされたのは、しばらく経ってからだった。
それまで生きた心地がしなくて、聞かされた時は思わずしゃがみ込みまた泣いてし
まった。
生きてる。奏人くんは生きてるっ……。
「しばらくの間、彼は集中治療室で過ごすことになります。あの状態でふたたび心臓
が動いてくれたのは、本当に奇跡だと思います」
「先生、ありがとうございます……」
おばあちゃんと梓さんが泣きながら先生に頭を下げた。
その日は面会を許されず、奏人くんに会えたのは次の日になってからだった。まだ
眠ったままの奏人くん。たくさんの機械につながれ酸素マスクを取りつけられたその
姿に胸が苦しくなった。
「奏人くん、がんばったね。がんばってくれてありがとう……」
幾度となる点滴のせいで内出血をしている奏人くんの腕をさすってあげる。いつも
痛がってるから。

「もう少し、がんばって……」

奏人くんはじゅうぶんがんばってるのに、こんなこと言ってごめんね。でも、お願い。もっともっとがんばって生きて。私のそばにいてよ。

ずっと腕をさすってあげていると、奏人くんの手がピクリと動いた。

「あ……奏人くんっ」

ゆっくり開く奏人くんの目。黒目が横に動いて私を映す。それだけであふれる涙。私は泣きすぎだ。

「美、音……？」

奏人くんの口元に右耳を近づけると、酸素マスクでこもって消えそうだったけど、聞こえた。奏人くんが生きてるから声が聞こえるんだ。

「うん……。そうだよ。ここにいるよ」

私は泣きながら笑った。そしたら奏人くんもまだハッキリとしていない意識の中で小さく笑ってくれたのが、酸素マスク越しでもわかった。

「……生きてる……よかった……」

「奏人くんが、がんばったからだよ」

「また……泣いてたの？　泣き虫、だなぁ……」

「な、泣いてないもん」

奏人くんの声は、涙がでちゃうほどあたたかいんだよ。

目が覚めた日から奏人くんは少しずつ回復していき、明日からはふつうの病室で過ごせるようになる。本当に奇跡以外の何物でもないと先生は言う。そしてそれは同時に、奇跡さえ起こらなければ奏人くんは生きられないことを意味する。

いつものようにお見舞いに来た最中、

「この間さ、本気でもうダメだと思った。血、吐くの止まらなくて……。心臓が、なんか痛いとかじゃなくて……おかしくて……」

奏人くんが少し目を伏せながらぽつりぽつりと言葉をつなげる。

「怖かった」

いいよ。弱音をたくさん聞かせて。それを聞くのは私の役目だもの。私の耳はそのためにあるの。奏人くんの声を聞くために。

「美音もきっと怖かったよね……？　ごめんね」

もう、また私のことばかり。いいんだよ。私のことなんて。今は自分のことだけ考えて。

「でもさ、死んだらもう美音に会えないって。だから死んじゃダメだって強く思ったんだ。そしたらまた美音に会えた」

奏人くんの顔に小さな笑み。胸が奥底から熱くなる。

「美音のおかげだ。美音はすごいね」

「えへへっ。そうでしょ」

きみのためなら、いくらでも。

「あ。美音。時間だよ。帰らなきゃ」

「もう……？」

集中治療室は面会できる時間が限られていて、一日たったの十五分しかない。今日もあっという間にお別れの時間になってしまった。

「明日にはふつうの病室に戻れるから。それに明日からは美音も春休みだろ？　またたくさん会えるよ。今日はもう帰りな」

「うん……」

ここは個室ではない。ほかにも今を生きようと懸命に闘う人たちがいて、その人に面会すらできない人もいる。私はおとなしくうなずくと集中治療室を出た。だけど、なかなか離れられずガラス越しでずっと奏人くんを見つめる。すると、それに気づいた奏人くんが手話で、

《早く帰りなさい》

そう伝えて笑ってきた。そっか。奏人くんが私のために覚えてくれた手話がある。

《あと一分だけ奏人くんを見つめてる》
《なにそれ。怖い》
《ひどい》
《嘘嘘。ありがとう》
無音のやり取り。クスッと笑った。
《寄り道しないで帰りなよ》
《うん》
《気をつけてね》
《うん》
《一分経ったよ》
《あと一分》
もう少し。
もう少しだけ。
《明日も来るね》
《待ってる》
《奏人くん、好き。大好き》
《知ってるよ》

《奏人くんは？》
《大好きだよ》
《明日は声で聞きたい。好きって言ってね》
愛してる。生きて。もっと。
《じゃあね》
私はその手話を最後に手を振ると、そっと集中治療室をあとにする。ひとりになったとたんまたあふれる涙。
好きなのに。こんなにも好きなのに。なぜもっと一緒にいられないの？　ひとりひとりがもっている生きているという奇跡。それは平等でなければいけないのに、神様は不公平だから奏人くんに与えた奇跡はあまりにももろい。
もしもほかの誰かの奇跡を奪う代わりに、奏人くんが生きられるというのならば。私は迷うことなくほかの誰かの奇跡を奪うだろう。私って……最低かな？　でも仕方ないよ。奏人くんには奇跡が足りないの。誰かの奇跡を奏人くんにわけて。奏人くんが明日もこの世にいると信じさせて。
「絶対。死なないでっ。奏人くん……」
奇跡という言葉は、時に悲しい。

離れたくない

〝誰かの奇跡を奏人くんにわけて〟

そう願ったのはたしかに私だった。そして、それは……なんの前触れもなくやってきた。

私は奏人くんの病室に行く前に検査を受けていたのだけど、前回と比べて聴力レベルに差はないという結果だった。まだ私の聴力はもっている。でも、明日どうなってしまうかなんてわからない。そして、それは……奏人くんの命も同じ。

会計を済ませ、奏人くんの病室へ向かおうとした時。

「あ、美音ちゃん！」

うしろからポンと肩を叩かれ振り返ると、そこには梓さんがいた。梓さん以外にも、璃子ちゃんや志馬野くんやおばあちゃんの姿まで。

「どうしたんですか？」

「それがねー」

「え？」

「奏人にドナーがあらわれたの！」

それを聞いた時、ぶわっと涙があふれた。

だって、私が強く強く願った奇跡が訪れたのだから。

「本当、ですか？」

「ええ。今朝知らせをもらって。美音ちゃんにも早よ知らせたくてここで待っとったんや」

目を潤ませるおばあちゃん。でも……喜べるばかりではないことを私はよく知っている。おばあちゃんはゆっくりと、私にありのままを話した。

奏人くんの身体が臓器移植手術に耐えられるかといったら、もう正直かなり厳しいということ。手術中に命を落とすかもしれないこと。仮に臓器移植手術に成功しても、拒絶反応や感染症を引きおこし命を落とすかもしれないこと。そして、それらはすべて、起こらない可能性よりも起こる可能性のほうが高いこと。

「今の奏人の身体では、移植手術は負担もリスクもかなり高い。奏人自身もそれはじゅうぶんにわかっとる」

「……」

「ほんまのことを言うとな、あの子の命はこのままじゃもって半年と言われとった。それが延びるかもしれやん。これを逃したらもう二度とこんな奇跡は訪れへん。あの子には怖い思いばかりさせてしまうけど……。もうこれに賭けるしか方法はないんよ」

　生きるために必要なのは、死ぬかもしれない手術。奇跡の代わりにあるのはいつだって大きな代償。そして、

「それからな……手術は県外の違う病院でするんよ。ここからかなり離れとってな、もう今までみたいに会える距離ちゃうくなる」

「え……？　違う、病院……？」

「いつ戻ってこれるかはわからへん。術後の経過や治療によっては……こっちに戻ることができやんかもしれやん」

　それは……つまり……。奏人くんと離れなければならない。

　そういうこと……？

「あ、でも……手術の日は奏人くんのそばにいたり、遠くても時々面会に行けますよね？」

「いや、奏人はそのつもりはないって。俺らもさっきそれを言ったんやけど断られたわ」

　私の問いに志馬野くんが答える。

　どうして、そんな……。

「出発はいつですか……」

「三十日。明日や」

明日は奏人くんの誕生日だ。あまりにも早いその時に喉がつまる。心の準備なんて、そんなもの。

「……美音ちゃん」

なにも言えずただうつむく私の肩におばあちゃんがポンと手を置く。

「あたしらはここにおるで、奏人とふたりで話しておいで。今日は体調がいいみたいやで起きとるに」

私はその言葉に、ひとり病室へと向かった。

「奏人くん……」

「美音」

病室の外から名前を呼ぶと、私に気づいた奏人くんがこっちを見る。

「全部……聞いた？」

私の様子で察したんだろう。その問いに私はコクリとうなずく。

「そっか……。美音、おいで」

奏人くんがいつもみたいに優しく笑って私を手招きした。

「ここに座っていいよ」と言われ、私はベッドの上に座った。奏人くんの左側。

「最初はね、すごく迷ったんだよ。自分だけいいのかなって」

「……」

「けど……そうやって迷うことは、提供してくれた人の思いを無駄にしてしまうような気がして。僕はその人にお礼すらも言えないのに」

奏人くんはトンと自分の左胸に触れて静かに話す。私はなにも言えずにただうつむくだけ。奏人くんは自分の手術への恐怖や不安はいっさい口にしない。それよりも、臓器提供者や移植待機者のことを思っている。こんなにも強く優しい人だもん。私が思う以上に悩んだに違いない。

〝人の命をもらい生かされる〟

希望のそばには、そんな罪悪感があるはず。

「でもそれはきっと間違ってないよ」って声をかけてあげたい。なのに、声が出てこない。なにか……なにか言わないと。

でも、今、口を開いたら……きっと私はよけいなことを言ってしまう。

「美音、今日さ。先生にある頼みごとをしたんだ。なんだと思う？」

「なに……？」

「今日、美音をここに泊まらせたいって」

奏人くんはそっと笑うと、私の頭を優しくなでた。

「特別に許可をもらえたんだよ。美音、泊まりたがってただろ？　泊まる？」

「うん……」

「でも夜はすごく怖いよ。美音、大丈夫かなぁ？」

「幽霊……出る……？」

「もしかしたら出るかも」

「でも、泊まるぅ……」

「ハハッ。そっか。じゃあちゃんと親にも連絡しとかないとね」

奏人くんが私を抱きよせる。奏人くんがなんでこんなことを先生に頼んでくれたのか。それは……私たちが一緒にいられる夜はこれで最後かもしれないから？

「今日はずっと一緒にいよう」

ねぇ、お別れの準備なんてしないで。その日は奏人くんからひと時も離れなかった。本当にひっつき虫みたいにぴったりくっついた。

そして、あっという間にやってきた夜。消灯時間はとっくに過ぎている。明かりひとつないまっ暗な静かな病室で、奏人くんと同じベッドに入る。すぐ横にいるのに、暗すぎて奏人くんの顔がぜんぜん見えない。

「こ、怖い……」

「だから言ったじゃん」

奏人くんは今までずっと、こんなまっ暗な病室でひとり過ごしていたんだ。

「明かりつけよっか」

奏人くんが小さな明かりをつけてくれた。パチンという音と共に、やっと奏人くんの顔が見える。……私の愛おしい人。

「奏人くん……。今、何時？」

「十二時過ぎた頃かな、たぶん」

もう明日じゃない。今日。奏人くんがこの町からいなくなる日は今日になってしまった。

奏人くんがこの世に生まれた大切な日にふたり一緒にいられてうれしいのに、瞳の奥が熱くなってグッとこらえる。

「奏人くん……誕生日おめでとう。生まれてきてくれてありがとう」

「そんなこと初めて言われた。すごくうれしい。ありがとう」

お母さんに〝産まなければよかった〟そう言われたことを思い出しているのかな。

奏人くんはちょっと切なげに笑う。あぁ、どうしよう。なんかもう、どうしようもなく……。

「奏人くん……」

「ん？」

ダメだ……。これ以上しゃべってはダメだって。

「私ね……願ったの……。誰かの生きる奇跡を、奏人くんにわけてって……」

早くやめないと。わかっている。なのに……。

「そしたら叶ったの。叶ったのに……」

奏人くんの顔を見た時から、ずっとずっと言いたくて。でもこれは絶対に奏人くんの前で言っちゃダメだって。笑顔で「がんばってね」って見送るんだって。そう必死に言いきかせてのみこんだ言葉が、

「奏人くんと、離れたくないよぉ……」

我慢、できない。

「行かないでっ……」

どうして引き止めてしまうのだろう。誰かの生きるという奇跡が、奏人くんにわけられる。きっとその誰かには迎えたい明日があった。それを自分の知らない人に託し、奏人くんの元に届いた。でもその奇跡は、奏人くんの命を奪うことになるかもしれない。たしかに願っていた奇跡のはずなのに、いざ訪れると、怖くてさみしくて苦しくて。私のいない場所で、奏人くんがこの世からいなくなる。そんな未来を一瞬でも想像してしまうと、たまらなく恐ろしいの。

「なんで、会いにいったらダメなの？　私も、ついてくっ……。連れてってっ……置

いてかないで……」

「ダメ。美音は連れていかないよ。会いにくるのも禁止だよ」

「嫌っ……。奏人くんが戻れる日まで私も戻らない……」

「学校あるじゃん」

「じゃあもう学校辞める……」

「ばーか」

困らせてしまう。でも、止まらない。

「毎日、メールとか……電話……する……？」

「んー。それもいらない。してこないで」

「なんでそんなこと言うのぉ」

「もう二度と美音に悲しい思いをさせたくないからだよ」

どうして？　奏人くんは悲しくないの？

「奏人くんと一緒がいいっ。やだぁ……。離れるのやだ……」

「また美音のイヤイヤがはじまっちゃったね」

秒針が進むにつれて近づく、奏人くんが生きてかえるという保証のない別れ。涙があふれる。泣いてばかり。

「ねぇ、美音」

奏人くんが泣きつづける私を自分の腕の中に抱きよせながら、私の名前を呼ぶ。

「誕生日さ……ほしいプレゼント決まったよ」

「な、に……？」

「なんでもいいんだよね？」

「うんっ……」

「じゃあさ」

奏人くんはちょっと身体を離すと、私の目を見て言った。

「今日の朝、出発をする前に美音とふたりであのソメイヨシノを見たい」

〝ソメイヨシノを見にいきたい〟と。

「誕生日プレゼントくれる？」

「うんっ……。あげるっ……。あげるから……私も……」

「じゃあもう早く寝ないとね」

〝私も連れてって〟という言葉はわざと遮られてしまった。

奏人くんは、恐怖などちっとも顔に出さずにいつものように笑っているのに。私は、離れたくない。そばにいたい。生きてほしい。そんな弱音ばかりで。いつまでたっても奏人くんのような強く優しい人にはなれない。

ソメイヨシノは知っている

「じゃあ奏人、行っておいで。手術前やに、あんまり無理しやんでや」

「うん。行ってきます」

三月三十日の正午。奏人くんは今日転院をする。

梓さんとおばあちゃんは、奏人くんについていき三人で一緒に暮らすという。梓さんなんて、奏人くんの手術と転院が決まった昨日のうちに仕事を辞めて新しい家を探しだしてきた。すべての準備が整い、あとは出発するだけ。

私と奏人くんは出発まで少しだけ時間をもらったので、これから河原へと向かう。本当は出歩くのはあまりよくないのだけど、先生は奏人くんのお願いには弱いみたい。そばの河原なら……と許しをもらった。

「美音、行こ」

「うん」

おばあちゃんたちに見送られ病院を出る。

「奏人くん……歩くの辛くない？」

「うん。今日は薬が効いてる」

「そっか。辛くなったらすぐに言ってね」

手を握り奏人くんに合わせてゆっくりな歩調で河原に向かう。途中、何度も足が止まりそうになった。だって、これが終わったら……奏人くんは行ってしまう。私を置いて、遠い場所へと。

〝そばにいて〟と言ってほしい。

〝ついてきて〟と言ってほしい。

私はするよ。したいよ。なぜ、言ってくれないの……？

「美音、顔を上げて。見えてきたよ」

奏人くんに言われてうつむいていた顔を上げる。奏人くんが指差す少し先に見えるのは……満開のソメイヨシノ。

「桜が、咲いてる……」

「今日が満開日なんだって」

……いつの間に咲いていたんだろう。いつも病院に来る時はバスだし、バス停は河原の反対側にあるから知らなかった。私たちは河原に到着すると、下におりた。

今日は私が奏人くんの手を引く。ゆっくりと歩いてたどり着くいつもの場所。ソメイヨシノの木の下。私たちは指を絡めて手をつないだまま、隣に並んでソメイヨシノを見上げた。

「わぁ……。すごい」

最後に見た時、ソメイヨシノは葉が落ちつくし色のかけらもない状態だった。本当に春になったら桜を咲かせるのか疑問に思うくらいにもろくさみしい光景だった。それが今はどうだろう。ソメイヨシノは春の訪れを知らせる立派な桜の木へと姿を変えている。これが……ソメイヨシノが寒い冬を乗りこえた証。私が奏人くんと初めてソメイヨシノを見た時もこの光景だった。またふたり、同じものを見ている。

……ううん。違う。あの時は夜だったから。春の陽ざしを目一杯浴びる桜の花びらたちは、あの時よりもいっそう輝き澄んだ桃色の景色を作りだしている。

「……思い出すね。いろいろと」

隣で奏人くんが懐かしそうにつぶやく。

「自分が誕生日を迎えられるなんて、二度も美音とこの景色を見ることができるなんて思ってもいなかった。美音は？」

「……私はどっちもできると思ってたよ。信じてた」

「じゃあこれは美音が僕にくれた奇跡だね」

私が奏人くんにあげた奇跡……？

「美音が信じてくれていれば、絶対叶うんだ」

奏人くんを見つめると、奏人くんはソメイヨシノから私に視線を移して目が合った。

「素敵な誕生日プレゼントをどうもありがとう」

「……っ」

春の陽だまりに劣らないあたたかい笑みが私の胸を締めつける。

「何度も離れて何度もさみしい思いをさせてごめんね。今までたくさん泣かせちゃったね」

「……っ、ううん」

「でももう、そんなのはこれで最後にすると約束するよ。だからさ」

奏人くんはいったん言葉をやめると、そっと笑ってまた口を開いた。

「待ってて」

奏人くんは……、〝そばにいて〟とも〝ついてきて〟とも言わなかった。ただひと言〝待ってて〟そう言った。

奏人くんはいつも遠い約束をするとき〝絶対〟という言葉を使わなかった。冬のソメイヨシノの下で、奏人くんの瞳には私とふたりでいる未来は映っていなかった。自分の運命を悟ったようなとても悲しい顔をしていた。

「絶対に戻るよ。この場所に。約束する」

今の奏人くんの瞳には……それが映っている。

誓うように〝絶対〟という言葉を添えて。

「その時、美音にここにいてほしい。僕は必ずまた美音に会いにいくから。だから美音は、僕のことを信じて待っててよ」

またふたりが出会える未来が。またふたりがこの場所にいる未来が。

「ここをもう一度ふたりの再会の場所にしよう」

見えているんだ。……ねぇ、奏人くん。やっとわかったよ。奏人くんが私に、会いにくるのもついてゆくのも、連絡すらもしてはダメだと言った理由が。

〝もう二度と美音に悲しい思いをさせたくないからだよ〟

私が〝奏人くんは生きている〟そんな希望を、ずっと持っていられるようにでしょう……？

もしも自分がこの世を去ってしまっても、私がそれを知らなければずっと信じていられる。

泣かないで悲しまないでいられる。だから奏人くんは私をそばに置いておこうとはしない。

本当に……奏人くんはあきれるほど優しいんだ。でも、奏人くんはいつだってそういう人だった。そんな奏人くんが唯一私に「待っててほしい」とお願いをした。

私はどうして忘れていたのだろう。今までずっとふたりがそれぞれ背負うものが、何度も私たちを引きはなした。それでも、何度でも出会えたのは、いつだってふたりの気持ちが同じだったからだ。奏人くんが〝絶対に会える〟と信じているのに、私がそれをしなくてどうするの？

「僕のこと信じてくれる？」

信じてあげなくちゃ。叶えてあげなくちゃ。

〝美音が信じてくれていれば、絶対叶うんだ〟

奏人くんに奇跡をあげられるのは……いつだって私しかいないのだから。奏人くんの手を握る手にぎゅっと力を込めて、まっすぐに瞳を見つめる。

桜が春を目指して寒い冬を乗りこえるのと同じように、その先にきみがいるのなら私たちはきっとどんな時間でも乗りこえられるって。

「信じて、あげるっ……」

奏人くんの覚悟や優しさを受けいれ、私の瞳にも奏人くんの瞳に映る未来を映した。

もう迷わないよ。だって私は……きみが生きるために必要なものすべてを一緒に背負って生きるって。そう、誓ったんだ。

「奏人くんのこと……信じて待ってるっ！」

「ありがとう」

奏人くんがそっと私を優しく抱きしめてくれる。私も奏人くんの背中に腕を回す。

「こんなにも優しい子がいてくれて、僕は幸せ者だね」

「違う……私が幸せなんだよっ。私がたくさん幸せにしてもらったんだよ……」

私の目からはポロポロ落ちる涙。悲しいから泣いてるんじゃない。愛しいから泣いてるんだよ。

「必ず……必ず戻ってきてね……」

「うん。必ず」

こんなにも愛しい人の帰りなら、私は待っていられる。

「私……奏人くんの声が大好き。優しくて……あたたかくて。私を守ってくれる声」

「僕も好き。美音の声。僕だってたくさん守ってもらったよ。離れても忘れない。毎日思い出す」

「また会えるまで……私の耳は……聞こえるかな。奏人くんの声……また聞けるかな」

「絶対、聞こえるように届けるよ」

こんなにも愛しい人の声なら、私は信じられる。

「顔を上げて」

奏人くんの胸から顔を上げると、奏人くんが人差し指で私の涙をぬぐった。

「僕たち……別れる？　どうしよっか。もしも美音がそうしたいなら……」

「いやっ。別れない……」

「付き合ったままでいいの？」

「ほかにかっこいい人が現れたら？」

「この世界に奏人くん以外にかっこいい人なんていないもんっ」

「えー。なんだそれ」

……もう。なんでいつもわざと私に恥ずかしいことばかり言わせて。そうやって笑ってばかりなの。

「もしかして奏人くんは、私よりも……かわいい子が現れたら、その子と付き合うの？　それは……浮気って、言うんじゃないですか？」

「ううん。違うよ。それなら今してもいいかなと思ったんだ」

「え？」

両頬に手を添えられ目の前に影ができる。そのまま奏人くんの顔が近づいて、

「美音がこれからも僕の彼女でいてくれるなら、これくらい問題ないね」

ふたりの唇が軽く重なった。あ……。今、私……奏人くんと。

「あれ？　顔がまっ赤だ」

あまりに突然の出来事に一瞬フリーズして、すぐに私の顔が赤くなってゆく。

……キス、しちゃった。

「きゅ、急にずるいよっ……！」

「ダメだったの？」

「違う……。キュンッてしたのっ！」

「またそれ言ってる。なにそれ？」

ふん。男の子にはわからないよ。

大好きでたまらない人とキスしたら、胸がドキドキしてキュンとしちゃう感覚は。

「かわいいなぁ。本当に」

プンプンと怒る私とは対照的に奏人くんが意地悪に笑ってくる。

「誰かに取られる前に戻ってこなきゃ」

うぅ……。だからそういうことサラッと言わないで。たまらなくなっちゃう。

「奏人くんは意地悪だ……」

「ハハッ。怒ってる」

「だって、短かったもん……。一瞬だった」

「え？　そこに怒ってるの？」

「うん……」

欲張りになっちゃう。

「じゃあ……もう一回する？」

クスリと笑う奏人くん。

「するぅ……」

私は、もっともっととせがんだ。

「あと一回だけだよ」

奏人くんが私の腰を抱きよせて、コツンと私のおでこに自分のおでこをくっつけた。

この時間が終わるのを惜しむように。

「僕と出会ってくれてありがとう」

「私も……ありがとう」

「また会おうね」

「うん。待ってる」

ソメイヨシノは知っている。

春、桜の下で再会を果たし、
夏、緑葉の下で恋心を募らせ、
秋、紅葉の下で一歩前に進み、
冬、冬枯れの下で悲しい別れを遂げ、
今、再会を約束したふたりのことを。

そのすべてをそばで見ていたソメイヨシノは、知っている。

「僕たちなら大丈夫だって僕はそう思う。美音は？」

「私もぉ……！　私もそう、思う！」

「そっか。じゃあ、絶対大丈夫だ」

同じ気持ちで信じあえる私たちならこの先、大丈夫であることを。ソメイヨシノはきっと、知っている。

愛しそうに笑う奏人くんが私の後頭部に手を添えて、私はそっと目をつぶった。その時、春の風が吹いてソメイヨシノが静かに揺れた。ソメイヨシノはまるで私たちの背中をあと押しするようにきれいな桜の花びらを降らすと、もう一度キスを交わすふたりの姿をそっと隠してくれた。

「またこの場所で」

二度目のキスは……一度目よりも長くて優しい、再会を約束するキスだった。

「じゃあ、行ってくるね」

「行ってらっしゃい」

あっという間に奏人くんの出発の時間がやってきた。璃子ちゃんと志馬野くんもお見送りにきて、みんなにエールをもらった奏人くんがおばあちゃんと一緒に梓さんの車に乗りこむ。すぐに走りだす車。遠くなる。離れてゆく。

「……奏人、くん……」

一気にあふれる涙。止まらない。

「奏人くんっ……！」

さっきまでそばにいたのに。もう会いたい。だけど……、

「奏人くん……がんばってっ！　待ってるよ！　待ってるから‼」

私は服の袖で涙をぬぐうと、精いっぱいに笑って大きな声で名前を呼んだ。

「奏人！　待っとるではよ戻ってきてやー！」

「死んだらぶっ飛ばすからな‼」

璃子ちゃんと志馬野くんも大きく手を振る。すると奏人くんが、後部座席から顔を出し同じように手を振ってくれた。私たちは車が見えなくなるまで、ずっと奏人くんの名前を呼んでいた。

大丈夫。今はちょっとさみしいだけ。またきみの声が聞こえるその日まで。それまでは、さよなら。

四度目の出会いは必ず、このソメイヨシノの下で。

待ってるよ。

流れる季節

「はい。ということで、お前ら三人今日はプール掃除な。おめでとう」

「また俺らかよ！」

　季節は夏。

　二学期初日早々、私たち三人に与えられたのはプール掃除。理由は簡単。なぜならみんな遅刻をしてきたから。

「俺ら始業式に間にあったやろ！」

「あのなぁ。お前ら今日の始業式、途中参加やったやろが。それは間に合った言わへんわ、ぼけ。ほんまにさー、お前らってなんで必ず始業式の日に遅刻するん？　わざとか？」

　先生もすっかりあきれ顔だ。

「お前のせいやで。お前の。頼むからいいかげんにしてな？」

「はぁ⁉　今日は絶対あんたのせいやろ！　あんたが髪のセットに時間かかったからやん！」

騒がしいふたりの横で私は窓の外を見た。あの日から半年の月日が経った。季節は春から夏に変わり、私たちはもうじき受験を控える高校三年生になった。私たちは今年も相変わらず三人一緒にいる。おまけに担任の先生も教室の場所さえも去年と同じだから、本当に代わりばえがない。変わらない毎日。ただそばに……いまだ彼の姿はない。

奏人くんを忘れた日なんて一度もない。

何度も電話をしようとしたし、何度も会いにいこうとした。手術は終わった？　成功した？

術後の経過は？　まだ治療中？　たくさん聞きたいことがある。でも〝信じて待っている〟。それが奏人くんと私の約束だったから。

「おい！　吉野、ぼーっとすんな！」

「え？　あ、はい！　すみません！」

先生に名前を呼ばれハッと我に返る。そうだった……。私は今お説教されてるんだった……。

「お前らもうすぐ受験やろ？　しっかりしてくれや。二年の時なんかいきなり学校からいなくなるし。あのあと担任の俺がいったいどれだけ校長に叱られたか……。それから……」

長い長いお説教に志馬野くんと璃子ちゃんはげんなりした顔でため息をつく。

「なぁ、お前ら。あの時はすまんかったな」

お説教の最中、先生がどこか申し訳なさそうな顔をして目を伏せた。

「染井の場所教えることができやんくて」

先生もきっとあの時すごく心苦しかった。でも奏人くんのお願いをしっかり守ったんだ。

「そんなん気にしやんでも、俺らは余裕であいつに会えたわ。ほぼ俺のおかげでな」

「……そうか」

「ハッ」と笑う志馬野くんに先生は安心したように笑う。

「それで、あいつはまだこっちに戻ってこやんのか？　手術受けにいったんやろ？　なにか連絡とか……」

「ないで。連絡。俺らもしとらんに。ただ待っとる。それがあいつのお願いやったから」

「そうなんやな。染井はそういう奴やからな。でもきっとすぐに戻ってくるに」

「当たり前やろ」

そう。奏人くんは戻ってくる。そう信じて待つしか私たちにはないんだ。

それからも季節は惜しむことなく流れていった。

「やっとこの高校とおさらばできるー！」

私たちは今日高校を卒業した。卒業式が終わりみんなが帰った教室で私たち三人は思い出話に花を咲かせる。気づいたらもう四時。教室にはオレンジの夕日が差しこむ。

「三年間あっという間やったなぁ」

黒板に書かれた【卒業おめでとう！】という文字を見つめながら志馬野くんがつぶやく。私は二年間しか通わなかったけれど、とてもたくさんの思い出が詰まった高校。卒業かぁ……。ちょっとさみしいなぁ。

「春からみんなバラバラやなぁー」

「言うて絶対頻繁に会うやろ。結局俺ら全員このクソ田舎に残ることになったし。いつまで一緒におるん」

私たちは四月からそれぞれ大学生、専門学生になる。

たくさんの子が高校卒業を機に上京してゆくけれど、私たちは誰ひとりとしてこの町から離れる選択をはしなかった。都会に憧れを抱く璃子ちゃんは絶対に上京すると思っていたから少し意外。みんなバラバラの学校だし、璃子ちゃんと志馬野くんはひとり暮らしをはじめるみたいだけど、いつでも会える距離。

「お前、俺と離れるからって泣くなよ？」

「はぁ？　泣くわけないやろ！　やっとあんたと学校と家から離れることができるんやからせいせいするに！」

「あぁ？　あのさぁ……お前、俺の知らんところで男作ったらぶん殴るで」

「それを言うならあんたたって、私を差しおいて女と遊ばんでよ」

このふたり、こんな会話をしてるけれどまだ付き合ってないんだよ。びっくりだよね。

「でも、新生活楽しみやなぁ。美音は教育大学だっけ？」

「うん。そう」

璃子ちゃんは美容系の専門学校。志馬野くんは経済大学。そして私は教育大学への進学が決まっている。周りが続々と進路を決める中、私はなかなか自分のやりたいことが思いうかばず、どうしようかすごく悩んだ。その時、ふと思いついたのが聾学校の先生だった。

あの頃の私と同じように難聴や聾という、周りとは隔離された世界で、辛くさみしい思いをしている子どもがきっとたくさんいる。そんな子たちをひとりでも多く笑顔にできるように、聾学校の先生になろうと決めた私は、聾学校の先生になるために必要な特別支援学校教諭免許状が取れる教育大学に進学することにした。

聾学校の先生になるという決意のかたわらには誰がいたと思う？　奏人くんなんだ

よ。奏人くんがいなければきっと私の学校生活には思い出なんてひとつもなかった。難聴を理解し受けいれてくれた奏人くんがいたから、私は素敵な思い出を得ることができた。

だから私は絶対に聾学校の先生になって、奏人くんが私にそうしてくれたように、子どもたちに寄りそって素敵な学校生活を送らせてあげるんだって決めたんだ。

「結局私たちが卒業するまで、奏人戻ってこやんかったなぁ」

「そうやなぁ」

ふたりも私と同じように奏人くんのことを考えていたのか、風の吹く窓の外を見ながらぼんやりとつぶやく。

来月で奏人くんが転院してから一年が経つ。こんなに季節が流れても……奏人くんがこの町に戻ってくることはなかった。進学先が市外なのにもかかわらずこの町に残った理由……それは誰も口にしないけれどきっとみんな同じ。奏人くんが帰ってくるのをこの場所で待っていたいからだ。みんな「明日こそは」と毎日を過ごしてきた。

ねぇ、奏人くんにも早く知ってほしいよ。奏人くんのおかげでできた、私がこれから進む道を。

「……っ」

ポロリと流れるひと筋の涙。

　奏人くんと離れてからずっと泣くのを我慢していた。でも、今日くらいいいよね……？

「奏人くん……まだかなっ」

　もしかしたら……なんてよけいなことは少しも考えていない。信じて待つことだけしかしないと決めたから。でも早く会いたくてたまらない。

「会える。絶対に。信じろや。あいつを」

「うん……。信じてる……」

「なら、もっと信じろや。そしたら明日会える光景しか思いうかばんやろ？」

　いつも力強い志馬野くん。

「そうやで。奏人は絶対生きとる。きっと今がんばっとるよ。美音の元に戻るために。信じよう」

　いつも安心させてくれる璃子ちゃん。ふたりは奏人くんが出会わせてくれた、心の底から大切に想う友だち。ふたりと一緒なら、私はまだ奏人くんを待ちつづけることができる。

「うんっ。ありがとうっ……ふたり共大好きっ」

　私は制服の袖で涙をぬぐうとうなずいて笑った。

「……よし！　そろそろ帰ろっか！　駅のほうまで行かへん？　卒業祝いにさ、おいしい物でも食べよ。もちろん斗真のおごりやで」

「また俺かよ。俺、今、金欠やし。たまにはお前が……」

「早よ行くでー。私、焼肉食べたーい」

「あ、おい！　人の話聞けや！」

教室を出ていくふたりに続いて私も廊下へ出ると、うしろを振り返り教室を見渡した。奏人くんと一緒に学校に通えたのは一年もなかった。でもここで奏人くんと隣の席になって、たわいない話をして、たくさん笑って、たくさんドキドキした。

教室は奏人くんとの思い出が詰まった大好きな場所。

「ありがとう」

私はもう来ることのない教室にさよならを告げると、そっとドアを閉めた。

託した手紙

「先生ー！　ナオちゃんが私の絵本を取ったぁ！」

「えぇ？」

　四年間の大学生活を経て、二十二歳の私は今年から聾学校の先生になった。小学校一年生の担任という立場にある私は教員生活一週間目の新米教師として毎日を忙しく過ごしている。

　朝、教室に向かう途中、ドタバタとレイちゃんが向こう側から走ってきた。そのうしろにはふてくされた顔のナオちゃんの姿。ナオちゃんは私の受けもつクラスの児童で、レイちゃんは隣のクラスの子。ふたりとも聴覚障がいを持っている。

　レイちゃんの場合は中途難聴者で補聴器があれば聞こえるけれど、ナオちゃんは生まれつき音のない世界で生きている。私はナオちゃんのそばに寄るとしゃがみこんで視線を合わせた。

《どうしてレイちゃんの絵本を取ったの？》

《だってレイちゃんが、絵本に出てる変なモンスターと私が似てるって言ってきたも

ん》

手話で問いかけると、ナオちゃんは相変わらずふてくされた顔をしながらそう手話をした。モ、モンスター？　うーん。ケンカを仕掛けたのはレイちゃんか。

「こら。レイちゃん。レイちゃんが最初にナオちゃんをからかったんでしょ？」

「だってー。ナオちゃんいっつも私とお話ししてくれないんやもん」

プーッと頬を膨らますレイちゃん。どうやら、レイちゃんはからかったわけじゃなくて、ナオちゃんと仲良くなるきっかけを作りたかったらしい。

《レイちゃんはね、ナオちゃんとお話ししたかったんだって。仲良くなりたいって》

《やだ》

《どうして？》

《どうせ私は聞こえないもん。みんなと違うから仲良くなれない》

ちょっと泣きそうなナオちゃん。ナオちゃんは幼稚園の時、聾が原因でいじめられていたと親御さんから聞いた。誰とも通じあえない。そんな思いからふさぎこんでしまった子。かつての私と同じ。でも、今の私はこの子に寄りそえる立場にいる。

《ナオちゃん。先生の話を聞いて》

《なに？》

《どうせ自分なんてって思わないで。ナオちゃんはもうひとりぼっちなんかじゃない

よ。ここにはナオちゃんの素敵なお友だちがいるんだよ》
《本当に？》
《うん。ほら。見て》
私がレイちゃんを見ると、ナオちゃんもレイちゃんを見た。すると、ナオちゃんはスッと自分の胸の前に手を出した。
《ごめんね》
「ううん。私のほうこそごめんね」
私がナオちゃんの手話をレイちゃんに教えると、レイちゃんはニコッと笑った。
「私とお友だちになろう」
《うん。なる》
今度はレイちゃんの言葉をナオちゃんに手話で教えてあげると、ナオちゃんは照れくさそうにうなずいた。……一件落着、かな?
「よし。じゃあ早く自分たちの教室に戻って。授業するよ」
「はーい！」
レイちゃんが「行こ！」とナオちゃんの手を握るとふたりは仲良く手をつなぎ教室に戻っていく。私はふたりを微笑ましく思いながら立ちあがると、ふと窓の外を見た。
もうあれから五年かぁ……。本当に時の流れはあっという間だなぁ。学生だった私が今はもう先生なんだもん。

璃子ちゃんも美容師として、志馬野くんも会社員としてそれぞれ忙しい日々を送っている。もちろんこの町で。社会人になっても私たち三人がこの町から出ていくことはなかった。あ、璃子ちゃんと志馬野くんといえば、高校卒業してすぐに付き合いはじめたんだよ。やっぱり離れるとさみしくなっちゃったのかな。やっとお互い素直に自分の気持ちを伝えたらしい。今でもふたりは仲良くケンカをしながら付き合っている。

それから私の右耳の難聴は、大学生の時にかなり進行してしまった。補聴器がなくてもなんとか会話ができたあの頃と比べて、今では補聴器がないとそれがまったくできない。その補聴器をつけていても、少しでも騒がしいとまったく聞きとれないほどに聴力は落ちてしまった。大学生活中は本当にたくさんの人に支えられてきたし、私を教師として採用してくれた人たちにも感謝をしている。月日の流れと共にいろいろなことが変化してゆく。

でも……。

五年の月日が経った今も、私は奏人くんとは会えていない。もう五年も経ったんだ。こっちに戻ってこない理由を考えると、心がどうしようもなく不安になってしまう。それでも私は今でも奏人くんは生きていると信じて待っている。悲しくなっても希望を持ちなおし泣かないでいられる。本当、奏人くんの思惑どおりだね。

　でもそろそろ会いにきてほしいよ、奏人くん。できれば補聴器越しじゃなくて、この耳で直接声を聞きたかったんだよ。もう叶わなくなっちゃったじゃん。

「先生ー！　早くー！」

「あ、うん！　今行くよ！って、レイちゃんは隣のクラスでしょ！」

　私はレイちゃんの声でハッと我に返ると、パタパタと廊下を走って教室へ向かった。

　今日も奏人くんのいない一日が始まる。


　二日後。今日は休日なんだけど、ついさっき志馬野くんから「大事な話がある」とメールが来たので急遽三人で会うことになった。待ち合わせ場所は志馬野くんの勤める会社近くの駅前。私はふたりに会うのは大学卒業ぶりだけど、ふたりは絶賛同棲中。

　待ち合わせ場所にはすでにふたりがいて、璃子ちゃんが大きく手招きをしているのが見えた。私よりも二年先に社会人になった美容師の璃子ちゃんは、いつ見ても髪色が明るくてオシャレでかわいい。その隣にはスーツ姿の志馬野くん。今日は休日出勤をしていたらしい。志馬野くんの学生時代明るかった髪色も今じゃまっ黒。まだあまり見慣れない。でもスーツがよく似合うイケメンサラリーマンだ。私は駆け足でふたりの元へ寄る。

「志馬野くん、お仕事中だったんでしょ？　今、大丈夫なの？」

「あぁ。大丈夫。たぶん」

志馬野くんは、ざわついている駅で声が聞こえない私のために手話をしながらそう言った。

「会社飛びだしてきた。それどころちゃうから」

と、飛びだしてきた……？　それっていろいろ大丈夫なのかな……？　でもそうまでして私に話さなきゃいけないことがあるってことなんだろう。

「ほんま悪い。会社近くの駅まで来てもらって。遠かったやろ？　俺が吉野のところへ行けたらよかったんやけど。俺、お前の家知らへんし」

「ううん。私は大丈夫だよ。それで……話って……」

「これ」

志馬野くんが手話をやめて、鞄の中からあるものを取りだし私に差しだした。それは封筒に入った一通の手紙。

「……手紙？　私に？」

「おう。それ奏人から」

え？　奏人くんから？　思わぬ人物の名前にドキッと胸が鳴る。

「五年前、転院する日にあいつから預かった。吉野に渡してくれって。河原で読んでほしいって言っとったで」

　さっきとは打って変わりどこか真剣な表情の志馬野くん。

「そう、なんだ……」

　知らなかった。奏人くんが私への手紙を志馬野くんに渡していたなんて。

「でも、なんで今……」

「今、渡す理由ができたから」

　あれ……。なんだろ。なんか、今……。

「それと同時に、吉野が奏人を待つ理由がもうなくなったから」

　すごく嫌な予感がする。

「俺もついさっき連絡もらって。ほんま突然のことやから……。早く璃子にも吉野にも知らせなあかんって。肌身離さず持っといてよかった」

　ドクンドクンと心臓が鳴る。

「奏人に頼まれとった。もしも自分が死んだらこの手紙は吉野に渡……」

「い、嫌！　言わないで！」

　私は咄嗟に志馬野くんの声と手話を遮った。嘘だ。そんなの嘘だよ。だって……。

「聞きたくない……。そんなの聞きたくない！」

「あ、美音！　どこ行くん⁉」

「おい！　吉野！」

私は手紙を握りしめると、逃げるようにふたりの元を去った。なに、これ……。奏人くんは私を悲しませないように泣かないように〝信じて待ってて〟と言ったんでしょ？

それなのに……〝もしも自分が死んだら〟って。こんな手紙を用意していたの？ダメだよ。そんなことしたら。こんなことなら私もついていけばよかった。連絡すればよかった。会いにいけばよかった。こんな結末……あんまりだ。どれだけ走っただろう。もう走りすぎてここがどこなのかさえもよくわからない。息が苦しい。

ふと、顔を上げるとそばにバス停。

〝河原で読んでほしいって〟

「なんで……あの、場所なのっ……」

そこは私と奏人くんが再会するはずだった場所でしょ？　そこでこの手紙を読まなくてはいけないの？　私はバスに乗ると、かつて奏人くんが入院していた病院の近くで降りた。

そしてフラフラした足取りで河原までやってくると下におりた。

ひと気のない河原。ソメイヨシノは何年経っても変わらずそこにある。満開が過ぎて桜が散り、若葉が芽吹きはじめた葉桜の姿をしていた。晴れわたる空の下で、夏の濃い緑葉とは違うやわらかな薄緑色をした葉が涼しげな空気を醸し、わずかに残る淡いピンク色の桜の花びらが春光の名残を感じさせる。桜でも緑葉でも紅葉でも冬枯れの木でもない。この春と新緑の境目の姿を私は初めて見た。こんな姿もあったんだ。ソメイヨシノの桜は散り際も美しい。

私はそっとソメイヨシノの下に腰を下ろすと、右耳の補聴器を取った。すべての音がシャットアウトされ、なにも聞こえない。

無音の世界。手紙をぎゅっと握りしめる。

読むのが怖い。お別れの言葉なんて、見たくない。必ずここで会うって約束したのに……。やっぱり読むのはやめてしまおう。それで志馬野くんの言葉は聞かなかったことにして、また奏人くんを待とう。

「そんなの、ダメ……だよね……」

奏人くんは必死に闘ってきたんだ。最後まで希望を捨てず、私なら大丈夫だと信じてくれた。それなのに私が逃げてたらダメじゃん……。奏人くんが私に残した言葉。

私は震える手で手紙の封を開けた。

＊＊＊

美音がこの手紙を読んでるのはいつなんだろう？
ぜんぜん見当がつかないけど、あの場所で読んでくれていることを信じて書くよ。
この手紙はいつ書いてると思う？
美音が初めて僕の病室に泊まった時だよ。
覚えてるかな？
今、美音は泣き疲れて隣で寝ているけれど、寝言で僕の名前を呼んでるよ。
いったいなんの夢を見てるの？
美音が僕についてきてくれると言った時、すごくうれしかったんだよ。
本当はそうしてほしい。
できることならばずっと隣にいてほしいし、そばで見守っていてほしい。
美音がいないと乗りこえるのが難しい。
幼い頃、初めて美音の声を聞いた時からずっと思ってた。
また美音に会いたいって。
それを今も思ってる。
まだ出発前なのにだよ。笑えるよね。
こんな状態で美音と離れたらどうなるかな。
明日の今頃、僕の隣に美音がいない。

そんなこと考えるだけで泣きそう。
早く戻りたい。美音のところに。
でも美音には美音の未来があるから。
やっぱり美音は連れていけないから。
明日「待ってて」そう言うよ。
美音はきっとそれを受けいれてくれる。
僕はわかるよ。
だって美音は優しいから。
美音がくれた優しい声と言葉を全部持って、僕ひとりで行くよ。
離れてごめんね。
さみしい思いをさせてごめんね。
きっと僕は、美音のことをたくさん待たせたね。
待ちくたびれてすねてるかな？
泣き虫な美音のことだから泣いてるかな？
それとも僕のこと忘れちゃったかな？
でも、もういいよ。もう待たなくてもいいよ。
次は姿の代わりに声を待ってて。

会えなかった日々の出来事をたくさん聞かせて。
僕の名前を呼んでみて。
返事をするから。
美音が今どんな状態であっても大丈夫。
美音は絶対僕の声が聞こえる。
僕がそれを信じさせてあげる。
美音の声を待ってるよ。
美音もそこで待ってて。
あ、いちばん大切なこと書き忘れてたね。
ごめんね。
美音がこの手紙を読んでるということは、きっと僕はもう

＊＊＊

「ふぅ……奏人、くん……」

あの日の想いや本音が書かれた一枚目の最後まで目を通した瞬間、私の目からはとめどなく涙がこぼれた。続きを読むのが怖くてめくれない。

だって奏人くんは、もう……。

これから誰に涙をぬぐってもらえばいいの？　これからなにを信じて生きていけばいいの？

「なん、でっ……。戻るって、約束したじゃんっ。待ってたのに……」

私は顔を伏せると、手紙をぐしゃっと自分の顔に押しあてた。奏人くん。もう私の世界からは、ずいぶんとたくさんの音が消えちゃったの。それでも幸せは減ったりはしなかった。それは奏人くんの声を今でも鮮明に覚えているからだよ。奏人くんの言うとおりだよ。私は奏人くんの声を覚えている。忘れるほうが難しかった。

だから……ずっと奏人くんの声を待っててもいい？　本当にもう一度声を聞かせてくれる？

〝僕の名前を呼んでみて〟〝美音の声を待ってるよ〟

だって、奏人くんも私の声を待っているんでしょ？　呼ぶよ、呼ぶから。

「奏人くんっ！」

ねぇ、奏人くん。ふたりでたくさんソメイヨシノを見たけれど、葉桜は見たことなかったよね。ソメイヨシノにはこんな姿もあるんだって知ってた？　きっとソメイヨシノにはまだまだ私たちの知らない美しい姿がたくさんあるよ。ふたりで一緒に見つけようよ。聞いてほしいことがたくさんあったんだよ。

「奏人くんってばぁ……！　呼んでるじゃん！　返事を、してよっ！」

ねぇ、神様。私のお願いを聞いて。

私の声をあなたの場所にいる奏人くんに届けて。奏人くんに私の声を届けたら、今度は奏人くんの声を私に届けて。遠すぎるなんて言わないで。意地悪ばかりしないで。せめてこれくらい叶えてよ。

なにも聞こえないまま、また一秒時間が経つ。この五年間のようにたくさんのことを覚えて、たくさんのことに出会って、その代わりにたくさんのことを忘れて。

それでも、これだけはこの先も絶対に忘れないよ。聞くだけで笑顔になれて、強くなれて、待ちこがれて、キュンとして、ドキドキしてばかりだった奏人くんのあの声を。

だから奏人くんも忘れないで。ずっと覚えておいて。私が奏人くんにあげた声を。

そして……叶うならば……どうかもう一度今ここで……。

「……声を聞かせてっ……。お願いっ」

何度も何度も名前を呼んだ。声が枯れるまで叫んだ。もう聞こえないけれど、必ず聞こえるはずだからと、待ち続けた。

もう一度、会いたい。

もう一度、抱きしめたい。

もう一度、声が聞きたい。

ねぇ、奏人くん。

「……奏人くん！」

私の声は、聞こえましたか？　ソメイヨシノの芽吹きはじめたばかりの若葉が揺れて、春の陽気と清涼な空気がそっと風に薫った。そして、それと同時に……。

「聞こえてるよ」

あぁ。私は、会いたいと思うあまり幻聴でも聞こえるようになってしまったのだろうか。

だって今……たしかに聞こえた。今の私にはなにも聞こえないはずなのに。あの声は遥か遠い空の上にあるはずなのに。

「美音」

声がすぐそばで聞こえるんだ。そっと、手紙から顔を離す。

私の足元には誰かの足があって、手が差しだされている。その瞬間、強い風が吹き私の手元から手紙が離れる。地面に落ちた二枚目の手紙に書かれた文字たちが私の視界に飛びこんで、一枚目の途中と二枚目の文章をつなぎあわせた時、次に私の瞳に映ったのは。

「ただいま」

愛おしい人の姿だった。

＊＊＊

美音がこの手紙を読んでるということは、きっと僕はもうきみの元に戻ってきたんだと思います。

＊＊＊

きみの声が聞こえる

「会いに、きたの……？」

「うん」

涙で視界がぼやけているというのに、その姿だけはハッキリと見える。私は……幻聴だけでなく幻覚までも見えてしまうようになったの？

「幽霊、ですかっ？」

「ばーか」

……ううん。違う。

「じゃあ、本物ぉ……？」

「もちろん」

姿が見えるから、口の動きで伝わる。手が触れてるから、温もりを感じる。

「必ずここに戻るって約束しただろ？」

優しく笑うその懐かしい顔が、私の瞳にしっかり映っている。もう、幻聴でも幻覚でもない。今ここにいるのはたしかに。あぁ……やっと……、

「奏人くんだぁ……！」

やっときみが、私の元に戻ってきたんだ。私は立ちあがると、勢いよく奏人くんの胸に飛びこんだ。

「奏人くん……奏人くん……奏人くん……！」

子どもみたいに「うわぁーん」と声をあげて泣きじゃくりながら、また何回も奏人くんの名前を呼んだ。懐かしい体温に包まれ、これは夢じゃないと感じさせてくれる。

奏人くんが私の手から補聴器を取って、そっと私の右耳につけた。

「聞こえる？」

……声だ。奏人くんの声だ。

「聞こえるっ！　奏人くんの声が聞こえる。おかえり……」

「うん。ただいま」

「ずっとずーっと奏人くんに、会いたかった……！」

「僕も。僕もずっと美音に会いたかった」

奏人くんがぎゅーっと私を抱きしめる。

「待っててくれてありがとう。たくさん待たせちゃったね」

「うん、待ったっ……。いっぱい待ったよ！」

会いたかった。待っていた。言葉では言いあらわすことができないほどに。

「すっかり大人になったね。あいかわらず泣き虫だけど」

高校生の頃より少し大人びた奏人くんが、私の涙を人差し指でぬぐった。

「奏人くんは……大人になってもかっこいい！　もっとかっこよくなってるっ！」

「ハハッ。どうもありがとう」

あぁ、奏人くんの笑った声だ。この声が大好きだったんだ。私はそのまま奏人くんの胸に補聴器越しで右耳を当てた。

もう私の耳では聞こえない。でもたしかに感じる。伝わる。とても小さいけれど大きな鼓動は命の音。誰かの生きた証が、奏人くんの中で生きている。

奇跡がここにある。

「奏人くん、ちゃんと生きてるっ」

「当たり前じゃん。さっきから幽霊だとか……。手紙読んでないの？」

「だってあれ、お別れの手紙だと思ってて」

「えー。最後まで読んだ？」

「読む前に奏人くんが……来たっ」

私はてっきり〝戻れなくなったからもう待たなくてもいい〟そんなことを伝えたいんだと思ってた。

「あれ本当はね、手紙というよりは、自分の不安を紛らわすために書いたんだ。ふたりがもう一度出会える姿だけを想像して書いてた」

〝戻ってきたからもう待たなくてもいい〟

そう、書かれていたんだ。

「お別れの手紙なんて用意するわけないだろ？　そんなの美音絶対泣くし。そうじゃなくてもずいぶんと泣いてたけど……。いったいシマになんて言って渡されたのかな？」

ククッとおかしそうに笑う奏人くん。本当にとんだ勘違いをしてしまった。でも、いい。会えたならもうなんでもいいの。

「奏人くん、あのね、聞いて。私ね……学校の先生になったんだよ！」

「え、先生？　すごいじゃん」

「でしょ？　もっとほめてっ……」

「よくがんばったね」

よしよしと頭をなでてくれる。ずっとずっとこうしてほしかった。

「本当に強くなったね」

「奏人くんのおかげだよっ……」

「僕はなにもしてないよ」

「ううん。してくれたよ！」

奏人くんがいたから私はここまで変われたんだ。

「それからね、右耳がもう補聴器がないと聞こえなくなっちゃった……。補聴器があってもうまく聞こえなくて……」

「そっか」

「でもね、さっき奏人くんの声が聞こえたんだよ！　奏人くんの手紙に書いてたとおり本当に聞こえたの！」

もう不可能だと思ってた。この耳で直接奏人くんの声を聞くことは。でもさっきたしかに奏人くんの声は私に届いた。あんなの奇跡だ。奏人くんの声が私に奇跡を起こしたんだ。

「奏人くんの声はやっぱりすごいんだよ。魔法だ！」

「魔法？　ハハッ。うん。そうかもね」

長かった五年にやっと終止符が打たれる時。次の願いはきっとふたり同じ。

「これからは、ずっと……一緒？」

「ずっと一緒だよ」

「もう二度とどこにも行かない……？　離れないっ？」

「もう二度とどこにも行かないし離れないよ」

「奏人くん……」

「うん？」

奏人くんの顔を見つめる。私の瞳には奏人くんが、奏人くんの瞳には私が映っている。約束したこの場所で約束を果たした私たち。それならもう今度はふたりが一生離れることのないようにと。あの日私たちを見守っていたソメイヨシノは、

「好きぃ……！　大好き！　奏人くんが大好き！」

「僕も大好き」

〝きみとずっと一緒にいられますように〟

そんな私たちの願いを、静かに静かに聞いていた。

知ってる？　私たちが今までソメイヨシノの下で願ってきた想いの数々は、すべて叶ってきたんだよ。

「僕を信じてくれてありがとう」

優しい声と共にキスが落ちてくる。ふたりの胸を愛おしい感情でいっぱいにするんだ。

「あ、シマたちだ」

奏人くんが私から顔を離す。向こうからは、璃子ちゃんと志馬野くんが勢いよく走ってきた。

「か、か、奏人やぁー！　会いたかったぁー！」

「お前どんだけ俺らを待たせたと思っとんの⁉　遅すぎやわ……。なぁ、ほんまにさぁ……」

　ずっと会いたかった人の姿に大泣きする璃子ちゃんと、言葉を詰まらせ瞳を潤ませる志馬野くん。

「……おかえり、奏人。よくがんばったな」

「奏人のこと美音と一緒に信じとったで！」

「うん。ただいま」

　大切な人たちに迎えられるうれしさや自分が戻る場所に変わらないものがある愛おしさ。そんなあたたかさに奏人くんは涙をグッとこらえるとうれしそうに笑った。

「……そういえばシマ、美音になんて言って手紙渡したの？」

「あー！　そうや！　おい！　吉野！　なんで俺の話を最後まで聞かんとどっか行くん⁉」

　志馬野くんはハッと思い出すと、私に怒りながら教えてくれた。

〝もしも自分が死んだらこの手紙は美音に渡さず捨ててほしい〟

〝でももしも奇跡が起きてもう一度戻ってこれたならその時は渡して〟

〝これは再会を知らせる手紙にするよ〟

　そう奏人くんに言われ手紙を託されたことを。

「うぅ……ごめんなさいっ」

シュンと肩を落とす私の顔をのぞき込み奏人くんが「早とちり？」とクスクスと笑う。

「けど、よかった。これでまたみんなそろったな」

「ありがとう。みんなこの場所にいてくれて。本当にありがとう」

私たち四人は並んで、季節の終わりとはじまりを同時に告げるソメイヨシノを見上げた。長かった。本当に。終わりが見えないような日々だった。でもこれから私たちには時間がたくさんあるね。奏人くんと会えなかった間、本当にいろいろなことがあったよ。まだまだ聞かせたいことがたくさんあるんだよ。私の声で教えてあげるから全部聞いてね。離れていた時間をすべて埋めるように。

「あ、そうだ！　奏人くん聞いて！　璃子ちゃんと志馬野くんが今すごくラブラ……」

「い、言うな――！」

「え？　なに？」

さぁ、なにから話そうか？

エピローグ

「奏人くん！　起きて！　朝だよ！　早くしないとお仕事遅刻するよ！」

「……嫌」

「嫌、じゃなくて！」

　奏人くんがこの町に戻ってきてからあっという間に六年の月日が経った。

　奏人くんが五年間もの間戻ってこれなかったのは、手術は成功こそしたものの、術後の経過がよくなく、拒絶反応がひどかったからだと聞いた。それでも奏人くんは辛い治療と必死に闘って、約束どおり戻ってきてくれた。今は定期的に受けている検査でも問題はなく、周りの人となんら変わりのない生活を送れている。

　再会できた日から私たちは片時も離れなかった。私のワガママですぐに同棲をはじめて、毎日一緒にいた。夏祭りに行ったり、写真を撮ったり、誕生日をお祝いしたり、旅行やソメイヨシノを見にいったり。離れていた時間にできなかったことをたくさんたくさんした。

「……あれ!?　なんで桜（さくら）も一緒になって寝てるの〜！　さっきまで起きてたのに！」

そんな奏人くんと私には今、大切な大切な宝物が増えたんだ。

バッと布団を剥ぐと、奏人くんにピッタリ抱きついているのは、私たちの大切な娘の桜。

さては奏人くん……私が「パパを起こしてきて」と桜を寝室に行かせたのに、桜を布団の中に引きずりこんだな。

私たちが結婚したのは再会から二年後の二十四歳の時。まだ結婚は早いと思っていた奏人くんをあと押ししたのは私のお父さんなんだって。それどころか「きみに娘をもらってほしい」「早く孫の顔が見たい」って。あの過保護のお父さんがだよ。びっくりだ。

結婚した次の年に生まれた桜。桜が産声をあげた時、奏人くんは涙を流しながら私を抱きしめると何度も何度も「ありがとう」と言っていた。一度はあきらめた自分の命の元に、新しい命が誕生した。桜がこの世に生まれ祝福を浴びた瞬間、一方でたくさんの人が見送られこの世を去っただろう。

「おめでとう」の数だけ「さよなら」のあるこの世界で、生きているという奇跡。命が続くということは、決して当たり前ではないことを奏人くんは誰よりも知っているから。

そんな私たちに新たな奇跡をくれた桜は、今年で三歳になるんだけど完全にパパっ子。

いつも奏人くんにベッタリだもん。でもそれは〝美音に似たんだよ〟と奏人くんは言う。ふたりの顔を見つめていると、それだけで幸せで心がぽかぽかする。

〝いつか私とあたたかい家庭を作ろうよ！〟

私が高校生の時に勢い余って口にしてしまったものが今ここにある。奏人くんは優しくすべてを包みこんで私と桜を大切にしてくれる。

奏人くんは本当に私の自慢の素敵な旦那さんだ。あぁ旦那さん、か……。えへへ。この響きはいまだに照れちゃうなぁ。

「奏人くん！　起きなさい！」

ゆさゆさと奏人くんの身体を揺らす。奏人くんは眠たそうに目を開けて、自分の胸の中に桜がいることを確認するなり、

「……かわいい」

桜をぎゅーっと抱きしめた。……またやってる。

「奏人くん……親バカしてないでいいから早く起きてください。あと三分以内に起きなかったら朝ごはんなしですよ」

微笑ましく思いながらも、私は心を鬼にして腰に手を当てる。

「……ママ怖いね」

「こわーい」

そんな私をからかうように、奏人くんは手の甲で桜の頬をなでながらクスクス笑ってる。またそうやって桜を味方につけて！　だから桜は奏人くんの言うことしか聞かないんだよ。

「もー。どうせ私は怒りん坊のお母さんですよ……」

「あ、怒った」

フイッと顔をそらしてみる。

「嘘嘘。ごめんね。こっちを向いて」

奏人くんは片手で桜を抱っこしたまま少し身体を起こして私の腕を引っぱると、

「いつもありがとう」

手話と同時にそう言いながら、触れるか触れないかくらいのキスをした。

「だ、だからぁ！　急にするのはダメだって言ってるのに！　なんでいつも、そうやって」

「いつまで経っても初めてみたいな反応するね。かわいいなぁ」

奏人くんはいつまで経っても意地悪……。あと寝癖がかわいいです……。

「美音も入る？」

「は、入らない……。起きないとダメだよ……」

「ちょっとくらいいいじゃん」

「入りません！」

「美音、おいで」

も、もう！　だからその声で「おいで」は反則……！　奏人くんは本当にずるいよ。私の扱い方を熟知しすぎだもん。いくつになっても奏人くんは私をドキドキさせる天才だ。

毎日毎日奏人くんに恋をしてる。好き。大好き。

私は「ちょっとだけだよ……」とベッドの中に入った。パパとママの間に挟まれてキャッキャッうれしそうにはしゃぐ桜。家族三人、かけがえのない存在。

奏人くんはこっち側に身体を向けて私の背中に手を回すと、桜と私を自分のほうにぎゅっと抱きよせた。

「あー。これやばい。すごく幸せだ」

うん。幸せだね。すごく幸せだ。

ねぇ、奏人くん。

私たちの声は奇跡だと思うんだ。声がふたりをつなぎ何度も何度も出会わせてくれた。奏人くんの声が私を守り、私の声が奏人くんを守り。

「声が聞きたい」と待つこともあったし、「声を聞かせたい」と迎えにいくこともを。
いう美しい音だけは決して忘れない。
私は聞いたよ。奏人くんの優しくあたたかい声を。桜の産声や無邪気なかわいい声
今度は私たちふたりで守りぬいてゆくもの。
となってくれた。その奇跡が私たちの間に新たな声を運んできた。
どんな言葉でも〝きみの声なら〟とたくさんのことを信じられて、心強い道しるべ
あった。

たしかに聞いたんだ。残されたわずかな音がすべて消えさる日が来ても、この声と
この先も絶対大丈夫。

名前を呼んで、愛してると叫んだならば、そっと目を閉じて少しだけ待ってみて。

そしたら聞こえる。あの声が。

たとえ周りの人が幻聴だってばかにしても、私はその声を信じて手を伸ばすよ。

「桜が彼氏とか連れてきたらどうしよう……」

「そんな心配より遅刻の心配してね」

私の世界は、今日もきみの声で満ちている。

END

あとがき

こんにちは。嶺央です。このたびは『あのね、聞いて。「きみが好き」』をお手に取ってくださりありがとうございます。

今作は〝声でつながるふたり〟をテーマに執筆しました。私は、人の声にはとても大きな力があると思っています。たとえば、誰かのひと声で物事が大きく動くことがあります。何気ないたったひと言が、誰かを守ったり救うことがあります。人から言われた言葉というのは意外にもずっと覚えているもので、その人の人生を左右することだってあります。

この物語の奏人と美音がそうです。幼い頃、奏人が聞いていた冷たい言葉や声を、美音の声があたたかいものに変えました。人を信じることに怯え、音が消えてしまうかもしれないという底知れぬ恐怖にうずくまっていた美音は、奏人の声から勇気をもらい、少しずつ強くなることができました。いつだってお互いの声で守り合い、たくさんの壁を乗りこえて、最後にはふたりの力で守るべき新しい声に出会えました。

そして、後半は〝声〟というテーマを大切にしつつ、〝命〟というテーマも加えました。

この世界には「生きたい」と願いながら、明日を迎えられなかった人がたくさんいます。そのなかで、目が覚めた時に自分に今日という日があることは、本当に奇跡なんだと思います。

そんな奇跡があるからこそ出会えた人がいて、出会えた人がいるからこそ伝えたい言葉ができて、そして、それを声に出して伝えたくなります。そう考えたら、人の声に巡り会えるのは、命という奇跡があるからこそなんですよね。

話はだいぶ変わりますが、今作は自分のなかでこれ以上ないくらいにピュアでかわいいふたりを目指して執筆したのですが、どうでしたか？　ふたりのやり取りに少しでもキュンとしていただけてたらうれしいです。

最後になりますが、今回お忙しいなか素敵なイラストを描いてくださった七都サマコ様。書籍化に携わってくださった皆様。そして、この本を読んでくださった皆様。本当にありがとうございました。またどこかでお会いできることを願っています。

二〇一八年十二月二十五日　嶺央

この物語はフィクションです。実在の人物、団身等とは一切関係ありません。

嶺央先生への
ファンレター宛先
〒104-0031　東京都中央区京橋1-3-1　八重洲口大栄ビル7F
スターツ出版（株）　書籍編集部気付　嶺央先生

あのね、聞いて。「きみが好き」

2018年12月25日　初版第1刷発行

著　者　嶺央 ©Reo 2018

発行人　松島滋
イラスト　七都サマコ
デザイン　齋藤知恵子
DTP　久保田祐子
編集　相川有希子
編集協力　ミケハラ編集室
発行所　スターツ出版株式会社
〒104-0031
東京都中央区京橋1-3-1 八重洲口大栄ビル7F
TEL 販売部03-6202-0386（ご注文等に関するお問い合わせ）
https://starts-pub.jp/

印刷所　共同印刷株式会社
Printed in Japan

ISBN 978-4-8137-0593-2　C0193